随筆の玉手箱

茂木　繁

まえがき

本にするなら、ともかく面白く読めて、内容も充実してどこかためになりそうなものにしたい。そう念願して上梓《じょうし》した本もこれで四冊目、編著の『母の歌心 親心』を入れれば五冊目になる。

本を送らせていただいた方の中には、少数ながらも熱心な読者となった方もおられるようで、多分に社交辞令であるにせよ、次作を期待するお手紙もいただく。喜んでくださるならば、何とかそれに応えてみたいと、背中を押されるように週末や仕事帰りにパソコンに向かえば、不思議とその翌年にはまた一冊の本に仕立て上げてもいいほどの分量になっていた。

しかし、コロナ禍も三年が経過してＷＨＯが緊急事態の終了を宣言するほどに、ようやく世の中全体が日常のベースに近づいてくると、これまでのようにふんだんにあった自由時間の有効活用という訳にもいかなくなり、よほど書下ろしに精でも出さない限り、幾分ページ数に不足をきたすようになってきた。

そんな時、救世主となったのは、「同じ話は何度書いてもいい」とあった、本文でも触れる田中泰延さんの『**読みたいことを、書けばいい。**』という本だった。

そこで、母の追悼本が絶版となったのを契機に、埋め草のようにして書いたつもりの自分でも愛着のあるエッセイの一部を救済するかのように、加筆して今風に装いを整えて再録することで、不足分を補うことにし、その分また面白く読めるものも増えた格好となった。

ただし、「文字が多い本は、それだけで読みたくなくなることは良く知られている。大切なことは文字が少ないことである」というその本の教えからは、全体として外れっぱなしである。活字も小さめで、行間を取らず余白も殆どないものもある。また、「つまらない人間とはなにか。それは自分の内面を語る人である」というアドバイスにも大幅に反しているに相違ない。

かくして、本や映画はもとより、種々見聞したものからフィクションを交えて抽出した、混迷する未来へのヒントのための箴言《しんげん》の備忘録を集大成し、とても文学とも呼べず哲学ともつかない代物で、何が飛び出してくるか分からない「玉手箱」のような随筆集ではあれ、それだけに思いも寄らず面白く読んでいただけることを密かに期待して、先ずは「自分が（こんな本を）読みたかった」から、そして縁があった誰かにそのおすそ分けすることで、遠藤周作さんが『**自分づくり**』の中で、「まだ会ったことのない人でもその人の作品、創作品を通して、あなたの人生の友となることもある」と述べているような関係に発展することを願って、毎度のことながら些《いささ》か辟易しながらのことではあるけれど、あえて一冊の本にまとめてみることにした。

何はさておき、手に取っていただき、目次を開いて、興味を覚えた箇所から読み始めていただければ幸いである。「玉手箱」と題したこの本の名前の意味をきっと実感されることと思う。

目次

オードリ・ヘップバーンの人生

銀幕には当時二〇歳年上のキャサリン・ヘップバーンが君臨していた。大物の陰になってしまうことを恐れた周囲は、彼女に改名することを勧めたが、頑として受け入れなかったという。笑顔を絶やさず清楚な中にも、一本芯の通った女性だった。

写真が満載された**『オードリ・ヘップバーンという生き方』**（監修＝清藤秀人）の解説記事の記憶を辿れば、彼女は再婚同士のアイルランド人とオランダ人の両親の間に生まれた。母は前夫との間に二人の息子をなしていたが、男爵家の三女だった。母方の貴族の血脈を引いているのだから、彼女は生まれながらに、『ローマの休日』の王女役の資格を有していたとも言えようが、彼女の語録には**『自伝を書くとすれば、書き出しはこうなるでしょう。私は一九二九年五月四日に生まれて、三週間後に死にました。』**とある。実際、咳の発作で心肺停止状態となり、母の懸命の献身で蘇生したのだった。彼女がそのまま死んでいたら、果たして取って代わるような大スターが誕生したであろうか。運命の不可思議さと人の命のかけがえのなさを思わされる。

一家はイギリス国籍だが、落ち着かず各地を転々し、父は親ナチの政治行動をとっていたが、母が反発して不仲となり、彼女が六歳の頃父が出奔してしまう。三年後離婚に至り、彼女は母の祖国オランダへ移ると、ナチを元凶とする第二次世界大戦が勃発し、栄養失調に陥りながらも、一二歳からクラシック・バレエを始め、一六歳の誕生日の翌日に五年間のドイツ占領が終わった頃は、一六八センチ四一キロの痩身で代謝機能の疾患もあったが、回復するとロンドンのバレエ学校で巨匠マリー・ランバートに師事する。そのストレスもあって大食いすることがあり、節制して体形を戻すよう努めていたが、プリマ・バレリーナにはなれないと師匠に宣告されたため、挫折を冷静に受け止めた彼女はモデルやミュージカルへの挑戦を始め、遂に一九歳で映画に進出するようになる。

そうした彼女を力強く支えた信念は、『Impossible（不可能）なことなんていない。その言葉自体に「**I'm possible!（私はできる）」と書いてあるもの**』だった。「わが辞書には不可能という言葉はない」と豪語したナポレオンを連想させるような素晴しい着眼である。できるという思いが先ずなければ、物事の多くは成就しないものだ。人生とは、どこまで自己肯定できて、これぞと思える一事に持てる才能と根気を傾き続けていけるかなのであり、その強弱と長短で到達点が決定するのだ。

二二歳になり、映画の出演六作目『初恋』ではヒロインの妹のバレリーナ役に起用される。少女の頃から打ち込んできたクラシック・バレエの経験は、決して無駄にはならなかった。

七作目の『モンテカルロへ行こう』の撮影の最中、『**私の人生で起きたことは、どれもみな思いがけないときにやってくるのよ**』と言っていた彼女は、女流小説家コレットと出会い、「見て！あそこに私のジジがいる」とコレットをして言わしめ、『ジジ』のブロードウェイ上演の主役に抜擢されると、幸運は津波のように次から次へと押し寄せてくる。花も盛りの笑顔がチャーミングな彼女に魅了されて、映画『ローマの休日』（拙著『生き方のスケッチ 55の小宇宙』の「卒業という名の青春挽歌」の項参照）のヒロインの話が舞い込み、監督ウイリアム・ワイラーにも認められるのだ。同じ一九五三年にはビリー・ワイルダー監督の映画『昼下がりの情事』（後出の「塩野七生の『人びとのかたち』礼讃」

の項参照）にもおませなヒロインとして起用されている。

『チャンスなんて、そうたびたび巡ってくるものではないわ。だから、いざ巡ってきたら、とにかく自分のものにすることよ。』と語録にもある通り、彼女は置かれた境遇をわきまえる賢さとしたたかさと大胆さを持ち合わせていた。物事には流れというものがあり、それに乗れば労せずしてとんとん拍子にすんなりいくところでも、下手に抵抗したり逡巡したりすれば逆流となって押し流されてしまう。実力の違いなどそうした流れに比べれば知れたものなのだ。いや、むしろ実力も経験も不足だと自覚している頃に、大いなる可能性を見込んだ話はやってくる。そして、折角のチャンスを逃してしまえば、次のチャンスの波の大きさは総じて小さくなる。肝心の実力も経験も、時間がたった割には不十分なままだったりする。そもそも世界は何もその人中心に回っている訳では決してないのだ。

実は、引く手あまたで得意絶頂だった彼女には、イギリスの運輸会社の御曹司である婚約者がいた。しかし、「私が結婚するときは、本物の奥さんになりたい」と念願する彼女にとって、両親の離婚と父親の失踪がつらい経験としてトラウマのようにしてあったため、そんな「家庭」にこだわる気持ちが人一倍強かった彼女は、女優との両立を危ぶんで婚約を解消してしまうのだった。

ところが、一九五三年製作の『ローマの休日』でアカデミー主演女優賞を受賞し、共演したグレゴリー・ペックのパーティーで俳優兼映画監督のメル・ファーラーと出会うと恋に発展し、舞台『オンディーヌ』で共演してトニー賞も受賞し、翌年の映画『麗しのサブリナ』（拙著『無事の効用』の「家族模様あれこれ」の項参照）も大ヒットして、目まぐるしく活躍する彼女を心配するメルに勧められてスイスで休養中にプロポーズされて、二五歳で結婚に至る。

どこまでも家庭を最優先にしたい彼女は、一年に二本以上映画の仕事はしないと決意する。しかし、二七歳でトルストイの『戦争と平和』、二九歳で修道院の非人情な戒律に苦しみ戦禍で父が機銃掃射で殺されると力尽き離脱する美貌が際立つ『尼僧物語』などに出演するうち二度流産し、三〇歳で『緑の館』に出演した頃、夫が父を探してくれたためようやく再会を果たして経済的援助を始めるが、『**私には子供を産む以上に大切なことなど何もありません**』と周囲に語って憚《はばか》らなかった彼女は、再び妊娠すると、仕事を全て断って万全を期し、一九六〇年七月に長男を生んで、ようやく悲願を達成する。

一九六一年の映画『ティファニーで朝食を』（後出の「犬派か猫派か再論」の項参照）に出演した後は、一九六三年に、脚本家（ウイリアム・ホールデン）のタイピスト役として、構想定まらず右往左往する脚本家の仮想劇につきあって相手役をコミカルに演じているうちに本物のラブシーンへと発展して幕となる映画『パリで一緒に』や、離婚寸前だった夫の変死に国から二五万ドル横領した事件が絡んで三人の仲間に狙われる妻に接近する、実は大使館当局者で変名を使う謎の男（ケーリー・グラント）との角逐《かくちく》の末に悪《わる》は次々と怪死し、古い切手に化けていたお金を返しに行った妻はその相手先の謎の男と結ばれる映画『シャレード』に出て、映画『マイ・フェア・レディ』への起用に意欲を燃やしていたが、その映画出演を断ったブロードウェイで同役のジュリー・アンドリュースに代わって、念願通り三五歳でヒロインの座を射止めると、押しも押されもせぬ世界的大スターとなった「オードリに嫉妬する」夫との不和が募っていく。一九六五年に三六歳になった彼女は、スイスの農家を購入して女優業から遠ざかるかのように居を移して寡作になるが、三度目四度目の流産を経て、三八歳で別居となり、あれほど家庭にこだわっていたのにその翌六八年に離婚してしまう。傷心の彼女を慰めようと、友人たちがエーゲ海クルーズに招待すると、今度は九歳下のイタリア人精神科医ドッティと出会い、離婚から六週間後に電撃的に結婚して、翌年には四一歳で次男を出産する。『**愛は行動なのよ。言葉だけではだめなの。言葉だけで済んだことなど一度だってなかったわ。私たちには生まれたときから愛する力が備わっている。それでも筋肉と同じで、その力は鍛えなければ衰えていってしまうの。**』とは恋愛経験も豊富だった彼女の弁である。そんな信条の彼女は、またまた女優は休んで主婦に専念する。それもこれも「離婚」によって子供たちに悲しい思いをさせたくない一心からだったが、ドッティはプレイボーイで有名で、友人たちがこぞって結婚に反対していた相手でもあった。

四五歳で五度目の流産をするが、リチャード・レスター監督から『ロビンとマリアン』で自分と同年輩の四七歳のヒロインの話を打診されると、思い切って引き受けて終生の友人となるショーン・コネリーとの共演を果たす。『**私はあまり多くを期待する人間ではないの。だからかしら、私は私が知るなかで誰よりも恨み辛みと無縁の人間よ。**』と彼女が述べるように、度量が広く恩讐を超えた淡々とした心境になりながら、映画出演が断続的に続いていたが、夫とはもはや修復不可能の状態だった。

そんな頃、友人の食事会で妻を亡くしたばかりの俳優ロバート・ウォルダースと出会って、五一歳になっていた彼女は、またまた恋に落ちるが、やがて父を見送り、五三歳で夫と離婚し、以後結婚にはこだわらない形式でロバートとスイスで共に暮らし、五五歳で母の死に遭う。

一九八七年からユニセフに貢献して五九歳で親善大使となるが年間報酬は一ドルだった。その活動にはロバートも同行してくれた。女優レスリー・キャロンは彼女の活動を、「彼女のキャリアは2つに分けることができる。第1章では望みうるすべての栄光を手に入れ、第2章では手に入れたものをすべて還元した」と評している。コンゴで看護師としても献身する『尼僧物語』の役を地で行くかのようだ。一九九二年に内戦と飢餓が続くソマリアに赴いた彼女は腹痛を訴えるも、異常は見つからないと診断されて旅を続けたが、その後ロサンゼルスの病院に入院し、結腸がんの手術を受ける。静養後スイスへ戻り、『**死を前にしたとき、みじめな気持ちで人生を振り返らなくてはならないとしたら、いやな出来事や逃したチャンス、やり残したことばかりを思い出すとしたら……。それはとても不幸なことだと思うの。**』と、仕事に家庭に恋に完全燃焼したと思える人生が幸福だったことを述懐し、息子たちには『**あなたたちは私がつくり出した2つの最高の創造物よ。**』と満足げに感謝の言葉を残す。最期はとても穏やかだったが、手術の七九日後に「ごめんなさい、そろそろ行くわ」と言い残し、一九九三年一月二〇日六三歳で旅立った。ちなみに、一月二〇日は私の妹の命日である偶然にも驚いた。『**私はずっと幸せでした。多くの悲しみがあったとしても、すべての恩恵によって幸せでした。それだけで満ち足りています。**』とあるのは、終わりよければすべてよしということであろうか。それにしても、ロバートは見上げた男である。財産相続人となることを頑として断り、その後も彼女の遺志を継いで活動した後、二〇一八年七月に亡くなっている。

　彼女の長男に娘が生まれたのは、彼女が死去した翌年の一九九四年である。彼女は、残念ながら美人の血脈を引いた孫の顔を遂に見ることはなかった。

最後に彼女の語録を更にいくつか転記してみたい。

『私の最大の願望は、いわゆるキャリアウーマンにならずにキャリアを築くこと。』

家庭との両立に心を砕いてきた人ならではの言葉である。女性であることに先ずはしっかりと土台を据えていて、女性であることに揺るぎなき自信と誇りを持っている。そこには男性に伍してなどといった発想はない。またその根底には前出の『私には子供を産む以上に大切なことなど何もありません』という誇らしげな考え方が息づいているのだ。スターにならなかったら、何の疑問もなく専業主婦の道を全うしたのではないだろうか。芸能界からさっと身を引いた例えば山口百恵のように。

『正直なところ、私は笑うことが何よりも好きなんだと思う。悩ましいことがたくさんあっても、笑うことで救われる。それって、人間にとっていちばん大切なことじゃないかしら。』

彼女の写真にはなんと笑顔が多いことか。何があろうが、愛らしい笑顔を振りまいては、自分はもとより周囲も元気にしてくれている。仏教の教えに「顔施《がんせ》」という施しがあるが、その功徳を確信させられるような満面の笑顔なのだ。人間は笑うことができる唯一の動物でもあるのだから、人間であるためにこの特権はふんだんに行使していくべきだ。「笑う門には福来る」といった格言など知らなくとも、そうして彼女は自ずと幸運を招き寄せてきたように思われる。

『成功というのは他人の目に映るものよ。私が毎朝鏡の中に見るのは、〝成功者〟じゃない、ただの

私。』

自分の考えや受け止め方をひたすらメルクマールにして、世間の評判などものともしない彼女の強靭さを窺《うかが》わせる言葉だ。一時的にもてはやされる成功者や流行《はや》り廃《すた》りは、普段から嫌と言うほど目にしてきたから、目もくれようとしないのだ。だから、そこで言う「ただの私」は、成功に浮かれるただの私ではなく、冷徹に現実を受け止めているただの私であり、他人の目にどう映ろうとも、どこまでも自己を肯定してかかるただの私なのであって、それだけでもはやただ者ではないのだ。

『幸福のこんな定義を聞いたことがあります、「幸福とは、健康と物忘れの早さである」ですって！私が思いつきたかったくらいだわ。だって、それは真実だもの。』

健康でなければ、幸福感も場合によっては無に帰してしまう。それは誰しも実感できることだが、物忘れの早さが幸福の秘訣とは意外の感もある。スポーツの負け試合の後のコメントによくあるように、悪いことは早く忘れる切り替えの早さを言うのであろう。

人生は今ここにいるその時しかないと言ってもよい。常に日々新たにフレッシュな一期一会《いちごいちえ》の感覚で立ち向かう真剣勝負の連続である。過去を引きずっている暇など本来ないはずなのだ。映画俳優など特にそうであろう。出演した配役をこなし終えたら、全て忘れて別の人生の役づくりに挑戦していかなければならないのだ。それに、物忘れしているようであっても、潜在意識下では全て完璧に蓄えられて、その後の己の人生に活かされているのだから、安んじて早く忘れて、後顧の憂いなく現実に全力で向かっていけばいいのだ。

『「胸がない、背が高すぎる、歯並びが悪い、顔が四角い、…」コンプレックスがあっても「アイメイクに力を入れ」るなど、「努力して自分を美しく見せることに成功」』

彼女がチャーミングな美の化身のようであったから、言われるまで彼女のコンプレックスには気付かなかった。言われてみれば、マリリン・モンローなどとは対極の存在であって、確かに胸はなく、スレンダーで、顔は四角く、そして眉毛が太く長すぎるようにも思われる。しかし、そんなパーツにどれほどの人が馴染《なじ》めないでいたであろうか。印象に残るのは、彼女の瞳の輝きや笑顔、彼女のファッションで表現される彼女の身体全体の動きであり、彼女の言葉や笑い声を伴ったあくまで全体像のイメージであり、部分では全くないのだ。コンプレックスの多くは、本心が思っている程人は気にしていないものだ。ましてや「アイメイク」を施すなど美しく見せる努力があれば、多くの男はそれでイチコロなのだ。それよりも、強力な武器として、現代ではコンタクトレンズがある。この罪深い魔物の出現によって、どれほど多くの男の審美眼が狂い、本来あり得ないようなカップルが何組誕生してしまったことだろうか。あるいは歯列整形やブラジャーのカップによって。はたまたマスクでも。

『私は家庭を陽気で明るい場所にしたい。この不安な社会から逃げ込める場所にしたい。』

彼女の悲願は、円満な家庭を築き上げることだった。両親の離婚と父の失踪を経験すれば、結婚そのものに絶望して夢みることもなく非婚の道を選ぶ者もいる中で、彼女はそれらを反面教師にして両親が果たし得なかったことの達成に強く執着した。自分の気持ちにあくまで忠実に先ず一緒に暮らしてみて、駄目ならまたやり直せばいいとの覚悟も窺われる。二度の離婚には終わったが、二人の息子を得て、最終的に結婚はしなかったもののロバートという得難い理解者を得て晩年を共にしている。息子たちに「あなたたちは私がつくり出した2つの最高の創造物よ」と誇らしげに語る彼女ならば、そのもう一方のつくり手である元夫を貶《おとし》めるはずもなく、不実だった「元夫の悪口は決して言わず、息子と父親の関係が損なわれないようにと努めた」のも頷《うなず》ける。それに悪口は、言えばいうほど心寂しくなり、そんな相手を見抜けもしなかった自らの不明を白状するにも似て、みじめになるばかりだ。

『美しい目をするには、他人のいいところを見ること。美しい唇をするには、優しい言葉しか喋らないこと。心のバランスを保つには、決して独りじゃないという意識で歩くこと。』

これは彼女の生き方を総括するような言葉だ。美しさには淵源がある。目を覆わんばかりの醜さの中から美は生まれない。本物に接していればこそ真贋も瞬時に判別する目ができあがるように、たくさんの美を見る努力と経験の積み重ねから、自ずとそれに相応《ふさわ》しい美しい目が形成されていく。眼差しは全てを物語っているのだ。荒々しい言葉や毒々しい口調に慣れれば、唇はそんな俗悪さを体現していくであろうし、優しい言葉遣いはやがて所作にも優しさを伴い、自然と唇の口角も上がって美しく明るい表情を作り出していくのだ。そして、人は一人では生きていけない。その美しい目で見て美しい唇で話す人のところには自然と人の輪ができる。

そんなふうにして、オードリ・ヘップバーンは多分に波乱もあった人生を見事に生き抜いて、今もなお映画を通じて世界中に感動と称賛の輪を広げている。しかし、オードリ・ヘップバーンその人からすれば、どこまでも彼女は「ただの私」なのだ。

犬派か猫派か再論

とにかく歩くのが好きだ。一時仕事がなかった頃は、様々な散歩コースを試み、干潟を挟んだ自宅周辺や市役所を経て郊外へと向かうかと思えば、幕張メッセを経てロッテのマリーンスタジアムを臨む砂浜まで出て無言でさ迷ったものだ。東京駅からジョギングする人が行き交う皇居周辺を一回りするだけでは足りずに、三宅坂を経て新宿へ行くコース、最長は青山霊園を経て渋谷まで足を伸ばした。

特に自宅周辺の散歩となれば、必ずや犬を連れた人たちと出会う。犬の中には、犬好きなのを見抜くのか、親しげにこちらを見つめて近づいて来ようとするものもいる。縫いぐるみそのままの可愛い犬もいれば、ブルドックのようないかつい容姿の犬もいて、つい飼い主の顔と見比べてしまう。身体の大きさも千差万別だ。これがなければと思うのは、排泄物の処理だ。とてもこまめにできそうもない。それでいて、犬を飼おうかと思ったこともあるが、配偶者が動物嫌いでは話題にも上らない。

散歩の途上で、植込み辺りに出没するのは猫である。こちらは図体の大きい猫というのは見かけないが、どれもこれも警戒心が丸出しで、素っ気がない。猫の声を真似て鳴くと振り返って足を止める。猫語が通じているのだろうか。しかし、近づこうとするものなら、脱兎のごとく逃げてしまう。全く可愛げがない。ふられたこちらはガオーと、がなり声を立てるばかりである。干潟を越えて林の間を歩き続けて公園が広がる緑地に出ると、何匹かの猫に出くわすことがある。辺りには捨て猫は犯罪ですといった表示もある。野良猫となった身の上らしく、どこか人懐《ひとなつ》こさを残していて、猫のほうから近づいてきて、暫《しばら》くついてくる。食べ物がもらえるかと期待しているのだろうが、こんな猫に誰がしたのか、誰にも媚《こび》を売る野良猫の運命は厳しい。

人は犬派と猫派に分かれるそうだが、どちらにしても動物は可愛いものである。

子供の頃、家には犬も猫もどちらもいたことがある。特に父は動物好きだった。しかし、犬には短い間世話をしただけで死なれてしまい、泣きながら墓を掘って埋めに行き、母に慰められたり、猫には小学校の先生から頂いて大事にしていたカナリアがたびたび被害に遭い、しつけが十分でなかったためか、布団に近づいてきたのに気を許して朝を迎えると、時々置き土産がしてあって、腹を立てて猫を放り投げたこともあったが、「何と乱暴な」と母にたしなめられたりといったように、あまりいい思い出がない。だから、好感を持って見守っているのは、今もってよその犬や猫だ。

全身が殆ど白で、背中に茶の入った牡《おす》猫がすぐ近くの本家にいた。名前は忘れた。多分付いていなかったのかもしれない。本家にはわが家同然に出入りしていたので、学校から帰って家へ鞄を預けると、決まって遊びに行くことを日課としていた。そこではおやつが出されるのだが、もう一つの楽しみは、この猫と会うことだった。体格が良く威風堂々として、顔つきが精悍で、ひげなどを生やしているところは、さながら岩崎弥太郎を思い起こさせた。ある時、稲刈りに同行して、鎌にまとわりついて親指を切ってきた。親指はかろうじてくっついていたが、それからというもの、ますます可愛がるようになった。寒い冬の日など、仰向けにこたつに入って首までつかっていると、胸の上に登ってきて一緒に眠ったりした。窓の外は、激しく吹雪が舞っていた。子供の頃の幸福な思い出だが、この猫もやがて死んでしまった。脱穀機の音がせわしい農繁期だった。

さて、犬と言えば、チャールズ・チャップリンの『**犬の生活**』という短編サイレントが想起される。壊れかけた板塀に囲まれた空地をねぐらにする浮浪者が、不審に思う警官をかいくぐって逃げ、通りがかりの職安前の求人案内を見て入り込んだものの、仕事は大勢の者に先回りされて紹介してもらえず、道端でしょんぼりしていた時、獲物を見つけた犬が大勢の犬に取巻かれて難儀しているのを助け出して、似た者同士の生活が始まる。浮浪者は、犬禁制の盛り場に犬をだぶだぶのズボンの後ろに隠して入り、ズボンの穴から白い尻尾が振られて楽団のドラムが叩かれ、悲しいアリアで客の涙が溢れて床まで濡らしてしまう中、客の気を引いて酒を飲ませるよう言われていたその歌手にウインクされて意気投合した浮浪者は、無一文で酒を注文することができず、放り出される。その頃、二人組が通行人から強奪した財布を空地に埋めていた。ねぐらに帰ると、犬が大金の入ったその財布を掘り出したものだから、意気揚々と再び酒場に向かった浮浪者は、二人組と鉢合わせになり、財布を奪われて再び放り出されてしまうが、酒を飲む二人の背後に迫った浮浪者は、カーテン越しに一人を殴って気を失わせると、二人羽織でもう一人もおびき寄せて殴り、財布を取り戻したのも束の間、気を取り戻した二人に追われて落とした財布は犬が拾ってきて、それを元手に田舎で農園を営み、給料も支払われずお払い箱となっていた歌手と一緒に暮らし始めた浮浪者の家では、犬が子供を産んで母親になっていた。何やら、花咲か爺さんの「ここ掘れワンワン」の犬を思い出させる。

思い合う日々を繰り返してお互いの情愛が深まる中、人と同じように犬にも猫にも寿命の後先という情け容赦ない悲哀が待っている。

神山征二郎監督の『**ハチ公物語**』は、東大農学部の上野教授（仲代達矢）の元に、大舘にいる教え子から大正一二年冬に生まれたばかりの秋田犬が送られてきたことが、そもそもの始まりだった。以前犬を亡くしてつらい思いをしたこともあって、妻に反対されるが、エーベルハルト・トルムラーの『**犬の行動学**』（渡辺格訳）に、「親から受け継いだ遺伝」と「子犬の時期というものが、犬の将来、特に人間との関係において決定的な意味を持つ」とあるように、教授は足の立ち具合からハチと名付けた犬の世話にのめりこんでいく。蚤もとってやり、一緒に風呂にも入れてやるかわいがりようで、娘が孫を連れてきてもまるで上の空。妻は妻で、自分に向けられる愛情が減ったと不満顔だ。そんなハチにとって、教授を渋谷駅まで送り迎えするのが日課となり、雨の日も雪の日も続けられていく。

昭和三年のある日、ハチの様子がおかしい。ちょうどその頃、教授は講義中に脳溢血で倒れて絶命していたのだった。その日からハチの苦難の日々が始まる。家は買い取られ、ハチは親戚や知人の家に預けられるが、元の家のある場所に逃げ帰っては、渋谷駅への出迎えを欠かさない。美談となって新聞に掲載されるが、周囲が手を差し伸べても一向になつこうとはしなかった。そうした中、よれよれに老いぼれたハチは、昭和一〇年に渋谷駅の辺りで息を引き取る。やがてハチ公像が建立されて、今日に至っているという訳だ。ここまで慕い合えれば、教授も犬も本望には違いないが、周囲がちとかわいそうな気もする。この物語がハリウッドでもリメークされたラッセ・ハルストレム監督の『HACHI　**約束の犬**』では、リチャード・ギアが好演している。リチャード・ギアは日本のリメーク映画に縁があり、周防正行監督の『Shall We ダンス？』のハリウッド版であるピーター・チェルソム監督の『Shall We Dance?』にも出演している。

平松恵美子の脚本・監督の『**ひまわりと子犬の七日間**』は、実話に基づくというが、犬の迫真の演技に驚かされる。共に動物園の飼育係をしていてめぐり合い、二人の子供に恵まれたのに、交通事故で妻を失った神崎（堺雅人）は、動物園が閉鎖されると、保健所に異動し、野犬を一週間収容した後、殺処分する仕事に交代で当たっていた。二〇〇七年二月七日に畑や納屋を荒らす野犬を大格闘の末捕獲すると、それは生まれて間もない三匹の子犬を抱えた母犬で、子犬もそっちのけで自分だけ助かろうとする犬も多いのに、とりわけ母性の強い犬で、その分狂暴だった。家に二匹も犬を飼って母親に煙たがられるほど動物思いの彼は、一一歳の娘にこれまでも里親探しを頼んできたが、殺処分の仕事をしていると知った娘から反発される。幼なじみの獣医（中谷美紀）にぼやくと、獣医は「報われるとか報われないとか、世間の目がそんなに大事、その程度の覚悟なの」と声を励まし、自らの経験として、父親が安楽死させているのを知って三カ月も口を利かなかったが、父がその都度つらく深いため息をついていたのを見て、今では獣医として跡を継いでいると語る。彼は、飼い主に捨てられて怯えた顔で収容されてくる犬をかわいがってあげるのだが、処分するのはつらいと娘に真情を話すと、息子も一緒に収容所に連れて行く。子供たちに親子を助けてと懇願された彼は、寒波で一匹が死んでも放そうとしない母犬から数日後ようやく取り上げて弔うと、所長からはルール違反に目くじらを立てられ続けていたのに、二匹の子犬が乳離れする担当期間ぎりぎりの二八日まで収容期間を延ばす。

彼は、エサをあげる時も唸り声をあげて噛みつくこともあった母犬のために、段ボールで周囲を囲い、何と犬の檻の側で寝泊まりする。自分は三八歳だと自己紹介し、母犬のこれまでに想像をめぐらして、語りかける。宮崎県の農家で三匹生まれた子犬の二匹が引き取られていき、残った一匹が母犬だった。その母親が猛犬に襲われて死に、やがておばあさんが亡くなり、かわいがってくれたおじいさんが老人ホームに車で向かうため、涙ながらに別れると、母犬はおじいさんの涙をなめて悲しみ、いたたまれなくなって後を追いかけてさ迷うが、雨でおじいさんの匂いも消えてしまい、何日もかかって戻った家は解体工事の最中で追い払われ、石や棒の制裁を加えることが多かった人間たちが人間に憎悪を貯めこんだ野良犬にしてしまったのだ。そんな母犬が恋をして子供を授かったのだった。

折しも期限の前日、愛犬まつりの実行委員になった女性議員が視察に訪ねてきて、殺処分は最終日まで待ってくれるよう所長に懇願する彼を目の当たりにしている。仲間が気を利かしたつもりで、吹き矢で母犬に麻酔をかけて子犬を一匹あっせんした話を聞いた彼はあわてて取り戻しに行き、飛び上がって騒いでいた母犬に返し、子供たちに母犬は無理だと打ち明けると、娘から千夏というお母さんのようなお日様の下で夏に咲く花「ひまわり」と名付けたと言われて迎えた当日、殺処分を覚悟して「何もできなかった、ごめんね。結局、最後まで子供のことを守り通したね。出会えて本当に嬉しかった、ありがとう」と頭を下げると、涙のしずくに飼い主を思い出したのか、母犬は近づいてその泣き顔をなめ始め、彼は「俺でいいのか。俺の家族にならないか」と抱きしめる。前日のことが気になって再訪していた議員の働きかけで、「犬や猫の譲渡を専門に行う施設の建設」の署名と募金活動が始まった。

猫と言えば、一風変わった豊田四郎監督の『**猫と庄造と二人のをんな**』は、題名の真っ先に来る通り、猫がいい。顔にぶちがあるが、全身白毛のなりのいいスレンダーな牝《めす》猫で、庄造が溺愛するのも納得できる器量よしで、その名もリリーだ。その猫に嫉妬する前妻と、若い後妻がいる。それに、母一人子一人で、雑貨屋をして庄造を育て上げたはいいが、意気地のない男にしてしまった母親（浪花千栄子）がいる。一見羨ましそうな境遇だが、三人の女に囲まれて、庄造は右往左往するのだ。避難先は、かわいいばかりで、うるさいことは言わぬがましの猫ということになる。

前妻は女中をしていた女で、母親がめあわせたが、子を産まないというので、母親が追い出してしまう。後妻のほうは、だらしない青春を送り、親の悩みの種だったが、持参金付きで厄介払いのように、もらわれてきた跳ね上がった女だった。香川京子の清楚で上品なイメージを打ち消す大胆な演技に、そんなはずがないと配役を確認してみると、やっぱり彼女なのである。後妻と取っ組み合いのけんかにまで及ぶのが、前妻役の山田五十鈴だ。妻の座を奪い返し、元のさやに納まろうとする執念丸出しの前妻は、その手段として、猫を譲り渡すよう後妻に仕向け、これには成功するが、肝心の庄造は、猫を案じて訪ねて来ても、前妻には見向きもしない。さりとて庄造は、汚れ物を洗濯もせずに押し入れに放り込めておくような、後妻のだらしなさや感情の起伏の激しさにもついていけないのだ。

二人の妻に追い詰められた庄造の落ち着く先は、やっぱり猫だった。庄造にとって猫であるものが、人によっては、そのこだわりが、母親や子供だったり、様々なオタクや世間体だったりするのだろう。

主演は森繁久弥だ。彼が映画の試写会に招かれた原作者の谷崎潤一郎に感想を聞いたところ、お褒めの言葉だった。「ありがとうございます。今度は、私としてもいささか自信がありまして」と謙遜すると、「僕が上手いと言ったのは、猫のことだよ」と大谷崎は切り替えして、彼をがっくりさせている。実は、彼は猫と気が合わず苦労していたのだった。ところが、猫にある種の調教を施したところ、猫がすり寄ってくるようになったという。森繁のことだから、ほぼ察しもつこうというものだ。

猫が登場する洋画では、ブレーク・エドワーズ監督の『**ティファニーで朝食を**』がある。

同じアパートの上下階の住人となった二人は、年上の人妻（パトリシア・ニール）と関係を持ち援助を受けているニューヨークの新進作家ポール（ジョージ・ペパード）と、ようやく朝を迎えた宝石店ティファニーにドレス姿で乗り付けて紙袋から出したパンと紙コップを手にショウウインドウを眺めては憂さを晴らしながら中年男性を誑《たぶら》かして猫と一緒に暮らすが実は年の離れた夫がいるコールガールのホリー（オードリ・ヘップバーン）だ。彼女の巻き起こす乱痴気騒ぎに付き合ううち、愛しているから戻るよう言いに来た夫に、もう昔の自分ルメライではないと別れを告げた彼女と彼は、ニューヨークの街を初めてデートし、入ったティファニーであきれる相手から菓子のおもちゃに景品として付いた指輪に一〇ドルで名前を入れてもらう約束を取り付け、おふざけで仮面を被ってアパートに戻ると、恋心に目覚めてキスを交わす。ポールも、年上の女に粋に別れようと切り出して、小切手を切って思いとどまらせようとする彼女に、また同じような若い作家を見つけたらと引導を渡す。

お互いの事情を清算したはずでも、急に南米のことを図書館で調べ出すなど煮え切らないホリーだったが、明日結婚するためリオに旅立つと言う彼女をポールが連れ出して戻ると、ホリーは麻薬犯の関係者と疑われて逮捕される。翌日保釈されたため、白毛が所々に幾筋が混じった全身茶色い彼女の猫を連れて迎えに来たポールが同乗した車で、リオの男から身分の違いで相応《ふさわ》しくないと拒絶される電報を読んでもらってもなおリオ行きにこだわるホリーだったが、閉じ込められるのが嫌なのは猫も同じだと雨の中に放り出された猫が二人の縁を取り持つように、「愛している。人はお互いに所有し合うんだ。愛と束縛とは違うんだ」と言って件《くだん》の指輪を放り投げるようにして渡した作家をホリーが追いかけて、ずぶぬれになってキャットという名の猫を探し始める。遂に物陰から鳴き声をあげる猫が顔を出し、ホリーが抱き上げると、劇中彼女がギターを奏でて歌うヘンリー・マンシーニの『ムーン・リバー』がエンディングでも流れて、猫を挟んで二人は熱くキスを交わして抱擁する。愛に執着すれば相手の過去も全て手に入れてみたくなるものだが、果たして過去は不問といくのだろうか。

猫そのものが主役の映画なら、ポール・マザースキー監督の『**ハリーとトント**』が秀逸だ。ニューヨークに住む七二歳になる元教師ハリーは、妻を亡くして、三人の子供たちも独立した今、愛するトントと古いアパートの一室で暮らしていた。トントは、薄茶色の毛並が上品なおとなしい牝猫で、長い尻尾をしゃんと立てて、犬のように首輪につながれて、ハリーがどこへ行くのも素直につき従っている。ところが、区画整理でアパートの立ち退きを命じられてしまう。最後の一人になるまで抵抗していたハリーだったが、強制的に排除されて、やむなく長男の狭いアパートに身を寄せてみたものの、その嫁にいびられて居心地はすこぶる悪く、旧友に死なれたこともあって、それからというもの、シカゴで書店を経営する四度も離婚した長女のアパートや、不動産屋として一見羽振りがよさそうでも、実は金もなければ女にも逃げられて前途に希望を失いかけているロサンゼルスの二男のアパートへと、現代のリヤ王のようにトントとさ迷うのだ。

自分同様にトントを扱ってくれないシカゴ行きの搭乗手続きに腹を立て、長距離バスに乗り換え、そこでもトントの面倒をみてくれない運転手とトラブルを起こし、中古車を買い求めて、若者のヒッチハイクにも応じ、十代の家出少女と珍道中の末、シカゴまで出てきて、長女の書店にいた長男の問題児である次男坊と家出少女が意気投合すると、途中まで同道してそのまま車を与え、ヒッチハイクに切り替えたのだが、同乗させてくれた高級娼婦のカモになり、トントのそばで建物の隅に立小便をしようとして留置場送りになる間、人間で言えば七七歳になる一一歳のトントは、様子がおかしくなって死んでしまう。流浪の旅に出たことが、トントの寿命を縮めたことは想像に難くない。
ニューヨークにはもう戻らず、浜辺の町を終《つい》の棲家《すみか》に定めたハリーは、トントと似た猫を見かけると、幻影を求めるかのように、夢中になってその後を追いかけていくのだった。

老年は、さよならだけが人生といった事態に直面して、落ち込みやすいものだ。相棒もなく、心に癒しが得られない暮らしでは切なすぎる。しかし、ペットに救いを求めても、寿命という悲しい別れが通常待っている。養老孟司先生は、まると名付けた猫と出会って気心が通い合い、執筆活動を続ける暮らしに、まるから得難いやすらぎを与えられたが、先生の病気回復の引き換えでもあるかのように、まるは一八歳の天寿を全うしている。先生は、まるの写真が満載された追悼本を出し、ＮＨＫは先生とまるとの日々をドキュメンタリーにまとめて放映した。親が亡くなっても泣くことなどなかった人が、愛犬の死に目にあって、あまりの悲しさに辺りを憚《はばか》らず号泣したと語ってくれたことがあった。犬派とか猫派とか言う前に、それがつらいから飼わないと言う人も多いが、私もその一人だ。

どっちがどっちかわからない再考

古典落語に『粗忽長屋《そこつ》』という名品がある。

浅草の観音様の境内で人だかりしていた行き倒れを同じ長屋の熊公だと決めつけた兄貴分の八公が、いぶかる当の熊公を、「死んだのは初めてなのだから無理もないが、これから自分に会えば死んでいることが分かるさ」などと、訳の分からないことを言いながら長屋から連れ出し、八公が「ほら、やっぱり自分だろう」と行き倒れを抱き取らせると、遂に観念した熊公が「抱かれているのは確かに俺だが、抱いている自分は誰なのだろう」とつぶやく、何度聴いても面白い話だ。


鈴木大拙の『**新編 東洋的な見方**』にもこんな話が出てくる。

旅人が道に迷って、空き家で一夜を明かすことになった。夜中に一匹の鬼が人間の死骸を持ち込んできた。旅人が固唾《かたず》を飲んでいると、もう一匹の鬼が入って来て、「この死骸は自分のものだ」とねじこみ、腕力に勝る後鬼は、獲物を奪い取った。追い詰められた前鬼は、「ここに一人の客人がいるから証人になってもらおう」と必死だ。旅人は、「どっちにしても鬼どもはろくな存在でないが、嘘さえ言わなければよかろう」と考えて、「この死骸は前鬼が持ってきたものだ」と言い切って運を天に任せると、証言に怒った後鬼は旅人に飛びかかり、旅人の四肢を抜き取った。すると、前鬼は死骸の四肢を持ってきて、旅人の体を元のように繋ぎ合わせた。さらに、後鬼が旅人の頭や顔や内臓などを引き抜くと、また前鬼が死骸のそれらの部分を持ってきて、旅人の体を元通りにした。そして、鬼どもは抜き取られて切れ切れになった旅人の体を相争いながらきれいに食べて、どこかへ消えていった。後に残された旅人にしてみれば、自分の抜き取られた体は鬼に食われてしまったが、自分は死にもせず依然として生きている。しかし、今の自分の体は、元の死人のものとすっかり入れ替わっている。自分は一体誰なのだろうかと、気が気でなくなったという。

人間の細胞は一一か月で入れ替わると言われている。だから、現在の自分と一一か月前の自分は厳密には同じ自分ではない。そのように細胞は、同じ働きを維持しながら、周期的に入れ替わっているのだ。しかし、自分の体は、鬼に食われても、臓器移植をしても、細胞が入れ替わっても、依然として我であり、仮の我といったものではない。まさに「我思う故に我あり」であり、この自分であって自分でないような自分を統一的に形作って生かしてくれているものに気付かされざるを得ない。この肉体を支配する働きは、生滅を繰り返す物質たる肉体と運命を共にするのだろうかと疑問も湧いてくる。肉体と連動する心の働きとは別に、肉体には左右されない不滅の霊魂があるといった考え方も生まれてこよう。

エッカーマンの『**ゲーテとの対話**』（山下肇訳）によると、文豪ゲーテは、「死を考えても、私は泰然自若としていられる。なぜなら、われわれの精神は、絶対に滅びることのない存在であり、永遠から永遠に向かってたえず活動していくものだとかたく確信しているからだ」との考えを闡明《せんめい》にする。

そして、また別の箇所では、「私にとっては、われわれの霊魂不滅の信念は、活動という概念から生まれてくるのだ。なぜなら、私が人生の終焉まで休むことなく活動して、私の精神が現在の生存の形式ではもはやもちこたえられないときには、自然はかならず私に別の生存の形式を与えてくれる筈だからね」と述べている。それは、神と呼ぶかどうかは別にして、絶対者たる大いなるものへと帰依する心根であり、広大な宇宙的なる存在としての自覚でもあろう。

他方で、精神を含めた全てを肉体が包摂する働きとしてとらえれば、肉体の死と共に絶対無の世界に帰するといった考え方もまた成り立つ。**『誤解された仏教』**で秋月龍珉は、あの世も信じず、輪廻転生も否定している。ともあれ、人は裸一貫で生まれて、再びこの身一つで現世を去っていく。己が存在しえぬ、それでいて何の不都合もなかった無の世界から、たまさか人と生まれて有となり、人の数だけ多分に数奇に満ちた栄枯盛衰があって、己の存在し得ぬ悠久の無の世界へと再び転ずる。永遠と無の狭間の中で、しばし空騒ぎのようにして流転を繰り返しては消えていくかのようである。

何人も生を享けたのは自分の意志ですらなく、大いなるものの創造であってみれば、自分の意志も大いなるものがその淵源をなし、他の人も全て同じことだから、人生は究極するところ、いい意味でなるようにしかならない。それもこれも大いなるものに帰着するところだとわきまえて、結果は受け入れていく他なく、とにもかくにも大いなるものがその一切を導いてくれていると考えることもできようが、イギリスの作家モームは大著**『人間の絆』**の中で、生まれるとすぐに母と死別して、子供のいない伯父の牧師館に預けられて育ち、生まれながらに身体にハンデを抱え、画家志願から医学生に転じるその人生と恋愛劇は苦労の連続で、キリスト教の敬虔な信仰をなくしてしまう主人公フィリップに、「He was thankful not to have to believe in God, for then such a condition of things would be intolerable ; one could reconcile oneself to existence only because it was meaningless.」と言わせて、「人生は無意味なのだ」と虚無的にとらえている。しかし、そうした無をもたらしたのも万物の淵源たる大いなるものであるとすれば、それを神といった形で再び呼び直せるのかもしれない。

それにしても、生を享けてこの方、生老病死の輪廻の中で、人の一生の変わり様の激しさはどうであろうか。その全てが自分の姿であるとはいえ、人は出会った時点の印象で推し量られる他ないのだが、一体いつの頃の自分が最もその本質を現出させていると言えるのだろうか。「すべて移ろいゆくものは比喩に過ぎない」とゲーテの警句にもあるように、そうした趣を伝える言葉や映像と、多くは自分でつけた訳でもない名前が、確かなものとして語り継がれていく場合があるだけである。

もっとも、個々の名前をあえて符号のように考えて取り除いてみるならば、そこにあるのは、さかのぼれば夥《おびただ》しい数の先祖を経て古事記や聖書に記《しる》されているような起源へと辿り着く、同じ人間と言う生命体である。特定の個としての存在は有限で、構成要素は分解して無に帰すようではあっても、先祖から伝えきたった自分の分身たるその構成要素は、また幾重にも組み替えられて、精神の働きも形を変えて、新たな名前を持つ個としての人間に再生されて、世代を超えて人類ある限り生命体は続いていくのである。

そうだとしても、個々の霊魂の行方は気になるところだが、その不滅性を象徴するかのように、津々浦々には神霊を祭りあるいは御霊《みたま》を鎮魂し、今に生きる者と祈りを共有し合う社《やしろ》や慰霊の施設がある。

とはいえ、仏教の地獄絵や、ダンテの『神曲』の地獄篇のような、永劫の責め苦を見せられると、一切が無に転ずることのほうが、よほどありがたいと考えたい向きもあるだろうが、そうは問屋がおろさなければ、永遠にその帰着する所を求めてやまない因果応報の理法が前途に立ちはだかってくる。まさに、「不昧《ふまい》因果（因果をくらまさず）」と一喝し、野狐禅から解脱させた百丈の逸話にもあるように、寸分の狂いもないものだと、折に触れて実感させられる。

渡部昇一の『**60歳からの人生を楽しむ技術**』では、死後の世界がないと賭けてハズレた場合のほうが、あると賭けてハズレた場合よりもその衝撃は遥かに大きいという、パスカルの『パンセ』の「神は存在するか否か」の一節が紹介されている。彼は学生時代に、人生の甚だしい不条理、不公平があることに疑問を感じて、ドイツ人の神父でもある哲学の教授に尋ねたところ、教授は、「この世における矛盾、正なる者、義なる者、必ずしも幸福ならざること、このことが死後の世界がなければならないと推測するもっとも有力な根拠の一つだ」と答え、カントかゲーテの言葉を引いて、「この世で正しい者がいかに不幸かを見ただけで、死後の世界があることは確実だ」と駄目を押したという。

彼は、正にして義で幸福な人もいるから、そんな人生を送るための要諦として、ダーウィンの「学問で成功するには、頭のよしあしよりは、むしろ心的態度の問題である」との卓見にヒントを得て、「学問」を「人生（仕事）」に置き換えて、人生を処してきたと述べる。さらに、どのような心的態度ならば成功し、幸福に人生を終われるかの解答を求めるようになり、常にプラス思考の下に潜在意識を活用して成功に導こうとするマーフィーの代表作『**眠りながら成功する**』を翻訳して出版するまでになる。

ついでながら、マーフィー博士の知人に、再婚希望の七五歳の未亡人がいたが、彼女は「私は望まれているのだ。優しい愛情深い方と幸福な結婚をしているのだ」と繰り返し唱えているうち、それが実感できるようになり、半月ほど経った頃、ドラッグ・ストアを経営する老人を紹介されて結ばれたという実例を挙げて、「願望が達成した状態を心に思い描いていただけで、つまり、潜在意識に願望を引き渡しただけで、実現のための手段や方法には心を悩ませていない」ことが肝心なポイントだとして、自らの留学実現までのプロセスと重ね合わせている。

そんなマーフィー哲学から導かれる、死の恐怖、不安から解放されるもっともよい方法は、「幸福な晩年をイメージすること」であり、「九五歳まで幸福に生きると考えること」だと覚悟を決める。それと言うのも、「九〇歳を超えて亡くなられる方はあまり苦しまない。ほとんどが眠るがごとく」で、「死ぬ」と言うより、もっといい世界に移るという感じで、穏やかに亡くなられているからだとして、享年九六歳だった漢学者の白川静先生や九五歳だった物理学者の三石巌先生といった、最後まで矍鑠《かくしゃく》として意気軒昂とした生き方に身近に接してきた実例を挙げる。まさにそれは、スイスの法哲学者カール・ヒルティの言葉が付されているように、「安逸な生活をすることや、または、熟練した仕事をだいたいやめようとするのは危険である。今日の医学は、こうして起こる結果を血管の硬化だとか脳髄の石灰化だと言っているが、それはもっと簡単に考えるならば、器官を適当に使わないことと、活動の不足にすぎない。だから、どの点から見ても、職務に倒れるということが最上である」を地で行ったような生涯なのであった。残念ながら彼は享年八七歳だったが、その業績は両先生に劣らない。

ちなみに、ヒルティは、『**永遠の生命**』（小池辰雄訳）の中で、「人間はなんら最後の審判を要しない。（略）われらが、［今生において］在るところのものとして、［来世においても］いつまでも在るのである。いわゆる死は霊的人格が肉体的人格の外被を解き去るにすぎない」と述べる。

そして、「知的本質の生命がいよいよ高く―組織的に段階をなして―発展するやいなや、至高の叡智がこの秩序ある宇宙全体を統治しているにちがいないということ、そして単なる偶然がこの宇宙全体を創造したという可能性はないということが、大いに本当らしくなってくる。それゆえに、神を信じるということは、人間にはどんなにむずかしいことであっても、誰でも永遠の生命を信ずるやいなや、直ちにたやすくまた全的に理解し得るようになる」とし、不信な場合における、不充分な教育、正しからざる哲学や宗教、死や病気に対する恐怖や心労、無際限の享楽欲と歓楽、無同情と超人主義の抬頭、生活の絶えざる焦燥と不安等を列挙して見せて、「一番善くいったところで、身にも感じもせぬ無価値な『死後の名声』を受けるに過ぎない。けれども最大多数者には絶望的な悲惨がのこるのみで、彼らをこの悲惨から救い出す『社会政策』はない」としている。

これに対して、「人々は、この地上ですでに永遠の生命の中に在ることと、その精神の方向と心根とを自覚するやいなや、直ちに自分の施策と行動がまったく別様になっていることに気づくであろう」とし、「われらはすべてなかば動物的本質を持って生まれてくるのであるが、この動物的本質から精神的人格に発展してゆく他に、いかなる目的ももたない」のであるから、「動物的な享楽生活や、動物に類似する欲求及び機能をあまりに強く顧慮することは、たといそれらのことがらがこの世ではなかなか必要であるにせよ、それは当然われらの人生目的からの離脱であり」、「社会主義が多少弁護しているような畜群的な共同生活において真の生存と進歩とを見るのは誤謬であり」、はたまた「あらゆる超人主義とあらゆる貴族的高慢とは、実際神から祝福を受けず、人を不幸にする」のであって、「今日の人間は誰れであっても、おのれ自らにおいての固有の、独自の人格である。この人格はどんな他の人格とも等しくはなく、また等しくあってはならない。人格は、あらゆる人間的な媒体なしに、直接、神と結びつき得るものであり」、したがって「幸福は、自分の人生目的を正しく認識し、断固としてこれを追求するにある。宗教的にこれを言いあらわせば、神の意志を行ずることである。（略）世人が通常地上の幸福と呼んでいる事態の最高の瞬間も、神のみもと近くに在るとの実感によって人間のたましいに生じ得るところの浄福感には到達し得ない」と結論付ける。その舌鋒《ぜっぽう》には深く頷《うなず》く他ない。

エルザ・バーカーの『**死者Xから来た手紙**』（宮内もと子訳）では、「死を恐れてはいけない。しかし、地上にはできるだけ長くとどまるようにしなさい」と説き、「自分の仕事に必要な物資を持っていないからといって、気を落とさないでほしい。必需品はそろっているというつもりでとにかく仕事をしていけば、本当にそろってくるものだ。そのことは、なんらかの形でかならず証明される」と励ます。そして、「人間はこれまでの長い道のりで数々の大師を生んできた。（略）人生にどんな目的があるのか知りたいと言う者がいたら、人類の中から大師を輩出すること、それが目的なのだと教えてやりなさい。（略）人を導く力のない者は、人に仕えればよい」と言い、生きとし生けるものたち、さらには山河に至るまで「存在するものはすべて神だ」とし、「因果応報はたしかに鉄則だ。（略）なにより大事なのは、死後は意識がなくなり霊魂が消滅すると思わないこと―つまり、そうなるように願わないこと」であり、「罪を犯したことに気づいたら、その罪より強力な善行を積み、その善行に対する褒賞を受けとればよいのだ」と諭し、「人間は、天使と同じように、また神自身と同じように、永遠の命をもっているのだ」と結論付ける。

また、ガリー・バフォンは『**「人生の残り時間」の思考法**』（住友進訳）で、エリザベス・キューブラー・ロスの言葉から「人生を虚しく、目的もなく生きてしまう原因の一端は、死を否定してしまうことにある。まるで自分には永遠の命が授けられているような暮らしをしていると、今自分がやらなくてはいけないことをいともあっさり先送りしてしまうものだ」を引用し、「人生を思う存分生きてきたという満足感や感情は、死の恐怖をやわらげる効果を発揮してくれます。（略）充実した人生を送ることが、死にたいする不安を取り除く最高の解毒剤なのです」と言い、さらに「外部に価値を求めていても、自分を満足させることは絶対にできません。そんなことをすれば達成不可能な目標をずっと追いかけるはめになってしまいます」と忠告して、「自分は富や名声で判断される人間ではない」との覚悟を求める。

この永遠の生命について、あくまでも科学的知見から、田坂広志が『**死は存在しない**』で考察を深めている。彼は、この世界に「物質」は存在せず、全ては「波動」なのだから、この宇宙の全ての出来事の全ての情報が、「ゼロ・ポイント・フィールド」の中に、「波動情報」として記録されているという仮説を立て、我々の意識は、この「宇宙」が一三八億年の旅路の果てに、「地球」という惑星の上に生み出したものであり、肉体が死を迎えると共に、我々の意識の中心は、「ゼロ・ポイント・フィールド」

に移り、（いかなる人生行路を辿ろうとも）いずれ「自我意識」を脱し、（浄化された）「超自我意識」の段階を経て、最後は「宇宙意識」へと拡大し、合一していくと述べる。だから、「死」は存在せず、我々は「人生」という（宇宙から見ればほんの）「一瞬」ながら、「永遠の一瞬」と呼ぶべき旅を終えるとき、ある神秘主義者が言うように、「もう一人のあなたが目覚める」。なお、カッコ内は私が勝手に補足してみたものだが、結果としてゲーテが論じた霊魂不滅の信念を科学的に裏付けているかのようだ。

紀野一義の『**迷いをふっきる**』によれば、仏教に刹那消滅という考え方がある。

人の命は、実は永遠の命と繋がっていて、常に往復している、行き来を繰り返している。それで向こうに行ったきりになると、人は死んでしまう訳だが、このように人の命は一刹那ずつの不連続の状態にある。ちょうど映画が、実は一コマずつ切れていても、上映するとずうっと繋がって見えているように、人の命も、実は一コマずつ生き死にを繰り返している。それでは、一刹那とはどれくらいの時間なのか。仏教の研究者によると、七五分の一秒、コンマに直すと、〇・〇一三三秒、これほどの速いスピードで我々の命を紡《つむ》いでいる訳で、これほどある意味では頼りない中で、我々は生かされているというのだ。もし行き来を繰り返している先が、「ゼロ・ポイント・フィールド」であるとするならば、その考え方を既に直観していたことになろう。

ところで、大本教という新興宗教は、戦前に政府の弾圧を受けたが、日中戦争の最中に、出口王仁《おに》三郎《さぶろう》教祖が馬賊に捕まった。馬賊の頭目から「お前は何者だ」と聞かれた出口教祖は、「私は神様だ」と答えた。馬賊の頭目が、「神様なら何でもできるだろう。これから俺が撃つピストルの弾がよけられるか」と畳みかけると、教祖は、「そんなことなら、わしの秘書でもできる」と言い放った。

それを聞いた秘書は震え上がるが、かわいそうに教祖の身代わりに壁を背に立たされた。そこで、教祖が、「心配するな。ピストルの弾はゆっくり飛んでくるから、目の前に来たらよければいいんだ」と秘書に耳打ちする。率先垂範して見せればよさそうなものだが、そう言っている。秘書は真っ青になって、必死の思いで銃口を見ていると、本当に弾がゆるゆると飛んできたので、ひょいとよけることができたそうだ。馬賊の頭目は、すっかり教祖を信用して、丁重に日本軍に引き渡したとのことだが、これをどうとらえるか。刹那の間合いは〇・〇一三三秒、こうしたものと波長が合えば、必死の思いになれば、人間その気になれば、ピストルの弾さえ見えるということなのだろうか。

確かに、刹那の瞬間のタイミングと気合で全てが決してしまう、そんな神業《かみわざ》に近い分水嶺があるのだ。二〇一一年にドイツで行われた女子のサッカー・ワールドカップでのなでしこジャパンには、そんな気配が感じられた。実力も体格も共に劣勢な中、これまで三分二一敗と一度も勝ったことのない、世界ランキング第一位のアメリカと決勝で対戦したなでしこジャパンは、後半アメリカについに先行されて、何度も繰り出される強烈なシュートが僅《わず》かに外れる僥倖に恵まれながら、終始押され気味だったのに、ゴール前のこぼれ球のような瞬間をとらえて押し込んでタイとし、延長後も再びアメリカに先行されて、もはやこれまでかとあきらめかけた場面で、今度はキャプテンがコーナーからのパスをとりに行きながら辛くもマークを外して身をよじってとっさに右足に当てたボールがそのままゴールに入る神業を見せて、ＰＫ戦になだれ込み、焦る相手のミスを誘って、遂に世界一となった。アメリカの選手が漏らしていたように、何か目に見えない大きな力が日本側に働いていたとしか思えないような、奇跡とも言える勝利であった。大震災後呻吟する日本に限りない勇気と自信を与える明るい大勝利のニュースは、この世を統《す》べる大いなるものが、大震災で決して日本を見放した訳ではないことを伝える、何よりの証でありメッセージであった。また、こうした奇跡的な勝利は、二〇二二年の男子サッカー・ワールドカップのドイツ戦で三笘の一ミリと言われたVAR判定で線上にあるとされて決定的なゴールを呼び込んだ試合にも共通する。

閑話休題、この刹那生滅という考え方は、実に含蓄が深い。取りようによっては、我々は一刻一刻、永遠というか、宇宙の創造主の所まで逐一報告に行っては、なにがしかの指令を受けて地上に舞い戻ってきている。その積み重ねが人生であり、宇宙には何事も一切揺るがせにしない厳粛な閻魔帳があるというふうにも解釈できそうだ。人間の一挙手一投足は、そのまま大いなるものに生かされていることの証明でもあるのであろう。こうなると、世の中に偶然というものはなく、全ては必然の世界となる。そして、我々の自然の感覚、感受性、第六感といったようなものも、宇宙のお墨付きの下に発せられているものであろうから、もっと信頼を置いてもいいはずのものだ。

ところが、一つ一つの決断や行動となると、我々のこうした感覚は、すっかり錆び付いて、自信をなくしてしまうほど、何と鈍くなってしまっていることだろうか。ともすると、こうした感覚すら、理性万能がまかり通る世の中では、怪しげな迷信めいたものとして、退けられる趨勢にある。

しかし、理性で万事片付くはずの人間社会は、想定外の事態に対応できず、明日の向かうべき未来像すら見失いかけて、右往左往している。研ぎ澄まされた感覚や第六感といったものが、ピストルの弾よけやサッカーのプレーだけに使われるのでは、あまりにももったいない気もする。

ともあれ、人間は大なり小なり業《ごう》を持つ存在で、完全無欠な人などいない世の中なれば、親鸞聖人の悪人正機《しょうき》説に「善人なをもちて往生をとぐ、いはんや悪人をや」とあるように、その絶対他力の立場からは、凡夫は一心に念仏を唱えて阿弥陀如来の来迎に身を委ねる他ない。阿弥陀如来の大願は、度し難い悪人こそ救われるべき存在なのだが、高瀬広居がまとめた『生きる喜び』に収録された橋本凝胤法相宗《ぎょういんほっそうしゅう》管長のように、悪人正機は「念仏申せば極楽にゆける。だから現在の生活をどん欲に過ごす」「おかしな考え」と一蹴し、「ちょっとも困らん」と「天動説」を支持し、道を外した為政者の政治などまるで否定し、ケネディの暗殺も「可哀そう」ではなく「あの人の業」だと突き放し、「人間は苦しまねばいかん」「食えなんだら食わんでおく」と腹を据え、「いま」を「五戒を守り法に生きる」峻厳な高僧もおられた。

あれかこれかの堂々巡りで、孔子曰く「未だ生命を知らず、焉《いずく》んぞ死を知らん」の感慨へと収斂《しゅうれん》されそうになるが、摩訶不思議な生命の力には人知を超えた崇高な営みが感じられて、そうした見えざるものと先祖を含む無数の人たちに助けられて生を享受できる幸せに、「ありがとう」と感謝する気持ちも湧いてくる。そして、自分に嘘をつかないことで鬼をも動かした心の素直なあり方や、毅然として生きる姿勢といった、心身一如の我を支える生きる気力に代表される、その人なりの生ける哲学といったものが要求されてくるのではなかろうか。また、漠然としたものではあっても、そうした死生観を持ち得ないと、粗忽長屋の行き倒れにされた熊公や、鬼に食われた旅人のような疑問は、人生についで回るように思われる。

塩野七生の『人びとのかたち』礼讃

映画観賞を読書と同列において彼女を育ててくれた今は亡き父と母に捧げるという謝辞が冒頭にあるこの本は、観ることと読むことの中から両親の教えと共に培ってきたであろう人生観のエッセンスを色濃く滲《にじ》ませながら、映画を題材にして楽しく、かつ、スチール写真を入れてエレガントに編んだ見事な読物である。彼女の憧れのスターは、ゲーリー・クーパーであるらしく、不倫をしようが相当な女たちをモノにしようがまるでお構いなしに、何度も何度も最大級の賛辞をもって登場してくる。ファンとはそういうものであろう。そして、全篇に素晴らしい警句が満ち満ちている。

アトランダムに紹介するその手始めに、(『**西部の男**』の**ロイ・ビーンを評して**)彼女は、「**男に心から愛された経験をもつ女は一生孤独に苦しむことはないと言ったのはリルケだが、心から女を愛した経験を持つ男の場合も同じかもしれない**」と述べる。どんな男の心にも、キングコングが憧れ続けたように、その人のマドンナが住んでいる。それは手の届かないスターやモデルかもしれないし、実際にめぐり合った身近な女性の一人であるのかも知れない。後者を射止めた者は、男の幸せの半分以上ものにしたにも等しい果報者だ。しかし、それはごくごく稀であるのかも知れず、多くの男は見果てぬ女性の幻影を胸に秘めたまま、その落差の大きい現実を生き続けるのである。

ちなみに、ウィリアム・ワイラー監督の『**西部の男**』では、南北戦争後の西部テキサスを取り仕切る牧畜派の首領でもある酒場の経営者兼判事のビーン(ウォルター・ブレナン)の手で、農耕派の抵抗も縛り首にされて押さえ込まれている。馬泥棒の言いがかりをつけられたカリフォルニアを目指していた主人公コーン（ゲーリー・クーパー）は、鬼判事ビーンが女優リリーのポスターを貼り、彼女に首ったけなのを見抜き、一房の髪を所持していると持ちかけて、絞首刑の判決を猶予してもらう。その時、農耕派の娘エレンから弁護を受けたその御礼に立ち寄ると、農耕派がビーンに殴り込みをかけると聞き、彼は仲裁に入り、エレンに愛情を告げる傍《かたわ》ら、髪を一房切ってもらい、ビーンに勿体ぶって渡す。じらされながらも憧れの女優の髪だと思って受け取ろうとするビーンの仕草は、真に迫った名演だ。しかし、それも束の間、ビーンは、焼き討ちを命じて農耕派を追い出し、町の名前も女優の名前に変えるほど変節する。怒ったコーンは、ビーンの逮捕状を請求し、保安官補に任命されると、劇場の切符を買い占めてリリーと一対一で面会しようとするビーンと対決して撃ち勝ち、瀕死のビーンを楽屋に連れて行き、対面を果たさせる中、ビーンは絶命する。コーンはエレンと結婚し、この土地に住居を定め、続々と農耕派農民が戻ってきて幕となる。

（**『月の輝く夜に』を評して**）彼女は、「**女に対して常に成功を収める男の武器は、ただただ言葉の使いようにある**」と指摘する。確かに本当にもてる男は、意外にも端正に顔立ちが整った長身の二枚目ではなく、ともするとずんぐりむっくりでおくびにも美男とは誰も言わないが、人をそらさず話術に長けて面倒見の良さそうな者だったりして、心の奥底に多分に屈折しているのだが秘めたる闘志を隠し持っているものだ。夫と死別した三十代後半の女性を巡る兄弟の葛藤を描いたノーマン・ジェイソン監督の『**月の輝く夜に**』に登場する兄は彼女とは幼馴染だったが、四十過ぎのマザコンで、死の床にいる母が気がかりで結婚の段取りにも気乗り薄だったところへ、その昔兄からかかってきた電話のせいで左手の指を全部切り落としてしまう事故に遭い、婚約者まで失って木の義手を付けて世をすねていたパン職人の弟（ニコラス・ケイジ）の元に、秋の月の輝くその夜、兄に頼まれて訪ねてきた彼女から、兄と結婚するので式に招待すると聞かされた弟は、言い知れぬ怒りに駆られて彼女に迫り、「いいわ。私を食べて復讐すればいいんだわ」と言う彼女と関係を結んでしまう。「こんな月、初めて」「君は月の天使だ」と満月を見上げた二人は、「この世で愛しているのは、君とオペラだ。一晩のうちに、その二つが満たされたら悔いはない」という言葉通りに歌劇場で『ラ・ボエーム』を楽しむ。病が癒えた母親第一に戻った兄には、もはや結婚へと真一文字に突き進む弟を押しのける意欲も力もない。その弟は女心を微妙にくすぐる言葉遣いを心得ていた。愛こそ言葉の交わし合いであり、言葉で具現化されて女はその愛の確信を深めていき、それが二人の人生の羅針盤となっていくのだ。

（グレタ・ガルボについて）彼女は、「**実像はその人が生まれつき持っていたものにすぎないが、スターとは虚像であり、それはその人の才能と努力と運の結晶と言えないだろうか、実を越えうるのは虚しかなく、偉大な虚のみが現実を越えて生き続けることができるのである**」と喝破する。「すべて移ろいゆくものは比喩に過ぎない」とゲーテの警句にもあるように、万物が千変万化して原型をとどめることなく変遷していくものである以上、実はたちまち虚に変じ、新たな虚はやがて新たな実を生み出して、それもまた虚に転じていく。その一瞬に輝くのがスターであり、人は所詮イメージとしてあらゆる人物を評価し記憶にとどめ置くことしかできない。だから人口に膾炙《かいしゃ》されて生き続けるのは、偉大な虚に他ならない。ここで取り上げられたグレタ・ガルボは、無声映画の時代から美貌を誇ってきたスターだが、それに似つかわしくないようなコミカルな役も与えられている。

クレランス・ブラウン監督のサイレント映画『**肉体と悪魔**』で、「悪魔というものは、精神に影響力を行使できないとなると、絶世の美女を創造し、肉体を通じて入り込んでくるものだ」というモチーフそのままに、貴族の士官候補生と不倫の恋に落ち、決闘で夫を死なせ、彼女を巡り友情が引き裂かれて今度は親友同士が決闘に追い込まれ、二人を止めに出かけた島で氷が割れて溺死してしまう、冷たい月の光のような美貌に輝く伯爵夫人として登場した二二歳の頃とは比較すべくもないほど、花の盛りを過ぎた感もあるグレタ・ガルボが、コメディタッチの『ニノチカ』のはまり役だったかと言えば、首をかしげざるを得ないところもある。そのエルンスト・ルビッチ監督の『**ニノチカ**』では、食糧確保の資金にしようと宝石を売りさばくため、ソ連から三人のひょうきんな党員がパリに送り込まれる。彼らの電報に驚いた本国から女性の特命公使ニノチカ（グレタ・ガルボ）が派遣されると、軍曹でもある彼女は、パリの文化に批判的で、表情や態度も硬く、取りつく島もなさそうだったが、素性も知らない伯爵が偶然街角で行き合わせて、道案内するようになったことから、彼の自宅を訪ねた彼女は、「愛とは生物学的見地からついた感傷的な名称に過ぎないから論ずるのはナンセンスだが、自然な衝動は誰にでもある」と言いながら、伯爵と唇を重ねる。二人の恋心は高まるばかりだった。彼女たちが帰国後、伯爵はソ連に入国できず業を煮やし、例の三人の党員と計らう。毛皮など重要な取引のため送った三人が、仕事もせずコンスタンチノープルの夜の街を遊び歩いているとの情報が入り、事実確認を命じられて、外国には出たくないと言う彼女がしぶしぶ入国すると、知恵をつけた彼がいて、二人は再会を果たし、生涯の愛を誓い合う。この映画はまだ三二歳の頃だったのだ。

エドマンド・グールディング監督の『**グランド・ホテル**』の舞台は、ベルリンである。賭博で破産して追い詰められて泥棒に手を染める男爵（ジョン・バリモア）の転落物語を縦糸にして、人気が翳《かげ》って舞台に出るのが怖くなった高慢でわがままな落ち目のダンサー（グレタ・ガルボ）、倒産一歩手前の会社を再建するため合併に一縷《いちる》の望みを繋いで必死に工作する社長、その社長に請われて交渉文書を口述筆記する速記者の女などの恋物語が横糸となって、相互に絡み合っていく。男爵は、忍び込んだダンサーの部屋から真珠を盗むものの、彼女の美貌に魅せられて、初老と思《おぼ》しい年頃ながら、本物の恋に落ちて真珠を返し、男爵に応じた彼女も恋の翼を広げて、舞台にも再び意欲を燃やしていく。その男爵には速記者の女が一目ぼれしていたが、彼女には社長が食指を伸ばし、合併話に事寄せてイギリスに同行してもらいたいと申し入れて、生活のため承諾した彼女にさっそく隣に部屋まで用意して関係を迫ると、自分の部屋に人の気配がして戻ってみれば、男爵が財布を盗もうとしていて、殴りかかったところがそのまま男爵は死んでしまう。ダンサーには、男爵が死んだことは伏せられて、彼女がもう旅立ったことにして、彼女は公演先のウィーンへと向かっていく。これが二七歳の頃だった。まさに絶頂期とも言えようが、なぜなら彼女は三六歳で引退してしまったからだ。生涯独身だった。

（ゲーリー・クーパーとパトリシア・ニールや、スペンサー・トレーシーとキャサリン・ヘップバーンの不倫について）彼女は、**「不倫の関係を続けられるのは、男を独占しようと思わなかった女だけではないかと思えてならない。男を自分一人のものにしたいと願ったとたんに、破局を迎える宿命にあるのではないか」**と、あっけらかんとこう分析する。破局を迎えたのは前者のカップルだった。

『摩天楼』は、キング・ヴィダー監督の驚天動地の映画だ。男（ゲーリー・クーパー）は、自らの才能を信じて、仕事上の妥協を許さない孤高の建築家で、契約が取れなければ、日雇いの建設労働者として現場に出ることも辞さない徹底ぶりだった。新聞社で建設評論のコラムを連載している女（パトリシア・ニール）が、父の現場の見回りに出かけたところ、石切り場で働くその男に一目ぼれして、相思相愛の仲となる。女には貧民街から身を起こした新聞社の社長が求婚していて、気位と気位がぶつかり合う中、男の将来を危ぶむ女が、田舎の小さな家に引っ込んで自分と結婚するよう持ちかけても、男は、女が自分を受け入れられるようになるまで何年でも待つと言う。女は心ならずも社長と結婚し、男は案の定設計の仕事から締め出されるが、巨大なビル建設の設計を任されてもこなしきれない凡庸な友人の頼みに、一切の設計変更を認めないことを条件に男は応じて、事態は急転する。しかし、顧客に押し切られた友人が妥協を受け入れてビルが建設されたため、男は完成したばかりのビルを爆破してしまう。妻のための別荘を特別に設計させるなど、男の才能に傾倒するようになっていた新聞社の社長は、男を擁護する論陣を張るが、世論の激しい反発を招いて社運は大きく傾き、遂に他の経営陣に突き上げられて節を曲げ、男を糾弾する側に立つ。被告となった男は、最終弁論で「先見の明や独創的な考えこそが、社会の反対を乗り切って、時代を切り開いてきた。信念をよりどころにし、頼れるのは自分だけだ。我々が享受しているのは、個性の産物なのだ」と持論を陪審員に訴えて、無罪を勝ち取る。裁判を傍聴した社長は、新聞の廃業と引き換えに、自分の名前を後世に残すため、その名を冠したビルを建てることを決意し、男を呼んで設計を任せた後、ピストル自殺する。男は、建設中のそのビルの屋上に立ち、約束通り妻として受け入れた女が上がってくるのを待ち受けていた。映画の男女は本物の恋仲になるが、苦悩の末に男は家庭に戻ったという。

そこへ行くと、ジョージ・キューカー監督の『**パットとマイク**』は、どこか余裕すら感じられる雰囲気が漂う。コミカルなスポーツ映画だが、名優キャサリン・ヘップバーンがゴルフにテニスに、起用されたプロの選手相手に見事な腕前を披露し、その芸域の広さに驚かされる。パットには婚約者がいたが、ゴルフの才能に非凡なものを見たマイク（スペーサー・トレイシー）は、彼女に自分のスポーツ事務所に所属して大会を総なめする話を持ちかける。疑心暗鬼だった彼女も、自分の実力を証明したい一心で、二人三脚のトレーニングが始まる。ところが、試合中に婚約者が応援に駆けつけると、途端に調子を崩してしまう。マイクの見立てでは、男女の関係はフィフティ・フィフティであるべきなのに、パットと婚約者の関係は二五％対七五％で、そもそも無理があるのだという。パットには、フィフティ・フィフティで向き合ってくれるマイクへの愛が芽生えていた。映画も現実もそうであるかのように、二人は後出の『招かれざる客』でも夫婦役で共演し、息の合った所を見せている。

（**『モロッコ』を評して**）彼女は、「**女は一目惚れする女としない女に二分されるとさえ、**私は思っている。**死さえそれから解放してくれる救いに思えるほどの深い絶望。男の後を追うと決めた瞬間から彼女の絶望は消えたのだ。残ったのは男の絶望をも消すことだった。たったそれだけで女は生きていけるのである**」としている。一目惚れした女は、激しい愛の情念に燃え上がることが多い。自らが敢然と身を投じた道ならば、その邂逅と恋の恵みに感謝するばかりで、何があろうと後悔などしないものだ。そのためにこれまで生きてきたのだし、それが女の道なのだ。いや、男の道でもある。

ジョゼフ・フォン・スタンバーグ監督の『**モロッコ**』の女は、酒場を魅了する旅芸人の歌姫（マリーネ・ディートリッヒ）だったが、外人部隊の女たらしで斜に構えた兵士（ゲーリー・クーパー）に一目惚れするとたちまち恋に落ち、金持ちの求婚も断って、後続部隊の女の群れに加わり、ヒールを脱ぎ棄てて砂漠の果てまでもついて行こうとするのだ。恐らく前途に待ち受けているのは、ハッピーエンドでは全くない。ところが、同監督の『嘆きの天使』は、この女とは真逆の男の転落劇だった。

『嘆きの天使』では、男は不釣合いの夫婦となるのだが、恋い焦がれてもすげなくされて高嶺の花であったほうが、まだあきらめもついて救われたのかもしれない。初老の独身ラート博士は、教授の謹厳を保って学生に接していたが、学生の間で写真が出回る脚線美の歌手ローラ（マレーネ・ディートリッヒ）の出演する、ナイトクラブに連日出かける学生たちを取り締まるため、「嘆きの天使」に赴くが、木乃伊《みいら》取りが木乃伊となってローラに幻惑されてしまう。博士を揶揄《やゆ》する落書きが黒板に大書されて、女のために一生を棒に振る気かと校長は諫《いさ》めるが、本気だと胸を張る博士は、解雇を通告される。求婚に驚いて笑いだすローラと結婚した博士は、やがてローラの写真を観客に売って歩くようになり、五年たった頃には、一座の道化役になっていた。故郷の「嘆きの天使」で興行することになり、ローラに命令されて仕方なく道化役に出て、かつての同僚や学生たちの失笑を買うが、ローラが舞台の袖でキスをしているのを目にした博士は、二人に襲いかかって楽屋に閉じ込められた後、解放されると、ローラの歌声が「嘆きの天使」に流れる中、よろよろと雪道を逃げ出し、天職は教授だったとアピールするように、学校の教壇の机に突っ伏して息絶える。

マレーネ・ディートリッヒは助監督と結婚していたが、彼女を銀幕の大スターにした監督は、妖しい彼女の魅力にとりつかれて自分一人のものにしたいと願った末に得たのは離婚という代償だった。（**『白いドレスの女』を評して**）彼女は、**「悪女がもともとから存在したのではない。もともと存在し**

ていたのは悪女を願望する男たちのほうであって、悪女はこの種の男たちの創造物ではないか」と悪女とされた女を弁護する。内心如夜叉などと揶揄する向きもあるが、本来菩薩でしかあり得ないものを夜叉にしているのは、どうやら他ならぬ男性のほうだと結論付けられそうでもあるが、しかし…。

ローレンス・カスダン監督の『白いドレスの女』は、常軌を逸しそうな暑い夏のある夜、野外音楽会の通りすがりに、白いドレスの女マティ（キャスリン・ターナー）に魅せられた独身の弁護士ネッドが、後を追ったことに端を発する。人妻だと分かってからも、まんざらでもない風情を見せて姿をくらました彼女が忘れられず、野外音楽堂の辺りをさ迷い、ようやく酒場で彼女を探し出すと、風鈴を見に家に押しかける。夥《おびただ》しい風鈴の音色に揺さぶられ、彼女の誘うような表情に抗し切れず、一旦は締め出されたようだった彼は、ガラスをぶち破って再び中に入り、待ち構えていた彼女と熱い抱擁に及ぶと、促されるように結ばれる。たびたび愛し合ううち、株や不動産の悪徳取引で羽振りがいい資産家の夫を殺したいと持ちかけられて、彼はかつて弁護を引き受けたその手の悪《わる》の知恵も借りて、彼女と共謀して彼女の夫を焼き殺す。「あの女は悪女だから近付くな」と忠告していた友達の検事や刑事は、深みにはまった彼をやむなく逮捕するが、その逮捕直前、彼女は彼をおびき寄せて殺害しようとさえ企んでいた。彼女は、無効となるような遺書を弁護士の彼が以前に作成した経歴まで調べ上げて、その同じ手口を利用しようとして愛情すら装い、計画的に彼をはめたのだった。夫の遺書が無効なら、遺産を全て手にできるのだ。彼女には暗過ぎるほどの忌まわしい過去があった。そのため、高校時代の級友の名を騙《かた》り、財産を横取りすることを目当てに夫と結婚したのだが、その級友にはネッドに仕掛けた爆弾と同じ罠を使って、自分の身代わりも兼ねた殺害を果たす。マティから実名に戻り、巨額な遺産を手にして高飛びした彼女は、「金持ちになって外国で暮らしたい」という高校時代の夢そのままに、異国で優雅に暮らし始める。傍らには新しい男がいた。

女は男次第だとよく言われてきたが、それ以上に、男は女次第であるような感じがする。まるで嫁いだ家の滅亡を願っているかのような言動をとる女によって、全てがぶち壊しになってしまう男もいる。アルフ・シェーベルイ監督の『**令嬢ジュリー**』には、平民出身で、向こう気の強い悪魔のような女が登場する。女は、息子を望む伯爵に挑戦するかのように、産んだ赤ん坊を息子だと言って、女の子を差し出し、男の子同然の生活を娘に強いるが、人形遊びに興ずるようになった娘を、不憫に思った伯爵がそれを許すと、今度は男に対する憎しみと疑う心を娘に植え付ける。伯爵の流れを汲む高貴な血と野卑で対抗心むき出しの奔放な血を女から受け継いで二面性を持つ存在だった娘は、知事との婚約を自ら破談にする一方、幼馴染の下男と切ない恋に身を焦がして駆け落ちまで計画するが、下種《げす》根性丸出しの下男に絶望して自ら命を絶ち、伯爵家は破滅へと導かれていく。薄々は分かっていても、毒蜘蛛の巣に絡め捕られたように身動きができなくなり、餌食となってしまった伯爵は、周囲の戸惑いと心配をよそに、こうした女を伴侶にしようとこだわったことが運の尽きだった。結果として見れば、あるいは潜在意識下にあった悪女を無意識の裡《うち》に願望して自ら招いた不幸と言えなくもない。

（シドニー・ポワチエとエディ・マーフィについて）彼女は、「差別をなくす唯一の道は、禁句や差別用語を使わないことではなく、面と向って堂々と言い合うことではないかと考えている。まあ言い合わなくてもよいけれど、口に出してはいけないと緊張し続けたり、思ってはいても、だから眼にあらわれるのだが、**我慢して言わないことではないと思うのだ。お互いに馬鹿ではない。口には出さなくても胸のうちでは思っていれば、誰にだってわかる。そのほうが性質の悪い、そして本当の意味の差別ではないだろうか**」と述べる。黒人差別のアメリカの歴史は、建国以来のものである。

ロバート・マリガン監督の『**アラバマ物語**』は、南部の黒人差別を告発する一方、精神的に病んで偏屈になった人間を温かく抱き取るような映画だった。妻を亡くし子供を二人抱える弁護士（グレゴリー・ペック）に、白人女性を強姦した黒人青年を弁護するよう判事から依頼がある。真相は、白人女性が黒人青年を引っ張り込んだが思うに任せず、腹いせに事件に仕立てたものだったが、陪審員の判定は有罪だった。絶望した黒人は、護送中に逃亡を図って射殺される。弁護士の家の近くに、凶暴な奇人が隠れ住んでいると噂される大男がいた。裁判が終わったハローウィンの晩、仮装して出て行った子供たちが襲われる。犯人は、弁護士に憎しみを抱いた白人女性の父親で、間一髪殺害して、子供たちを助けたのは大男だった。判事は事件を不問にする。にこやかに子供たちと遊ぶ大男がどこか痛々しい。

スタンリー・クレイマー監督の『**手錠のままの脱獄**』の設定は、白人（トニー・カーティス）と黒人（シドニー・ポアチエ）の囚人が、輸送車の転落事故の際に二人繋がれた手錠のまま脱走する。人種偏見もあり、仲の悪かった二人だったが、助け合わざるを得ない状況に追い込まれる生活が続くうちに、次第に信頼し合うようになる。逃亡に逃亡を重ね、ある一軒屋に辿り着くと、夫に逃げられた女がいて、ようやく二人は手錠から解放される。女は負傷していた白人の看護に当たるうち、自分の将来を預けたい気持ちに誘われる。女に、逃げようと持ちかけられた白人は、土壇場のところで、黒人を置いていく訳にはいかないと突き放す。追っ手に迫られた彼らは、鉄橋を走る貨物列車に飛び乗ろうとする。ぎりぎりのタイミングで、黒人が飛び乗ったのに引き替え、白人はあと一歩なのだが、黒人の手に掴まったまま、列車に飛び乗ることができない。やむなく二人は、逃亡するのをあきらめて、再び囚人の身となる。いったん築かれた男と男の信頼関係の貴さと重さを教える名画である。

娘が連れてきた婚約者が黒人（シドニー・ポアチエ）で、進歩的な新聞社のオーナー夫妻（スペンサー・トレーシーとキャサリン・ヘップバーン）が戸惑い懊悩するスタンリー・クレイマー監督の『**招かざる客**』も黒人問題が背景にある。差別禁止の旗を振る進歩的な新聞社のオーナー役として起用されたスペンサー・トレーシーは、この映画が完成すると数週間後に亡くなったという。

何事も第一号となるのは茨の道だ。ブライアン・ヘルゲランド監督の『**42〜世界を変えた男〜**』では、白人だけだったアメリカ大リーグに初の黒人選手として一九四七年ドジャースに入団し、露骨な黒人差別に怒りに打ち震えながらそれに勝る勇気で乗り越えて、新人王に輝いて草分けとなる大活躍を続け、遂に野球殿堂入りを果たしたジャッキー・ロビンソンの足跡を辿る。42番が大リーグで永久欠番となったのは、日本式の縁起が悪い数字だからでは無論ない。彼のデビュー戦で罵倒を極める急先鋒だった相手チームの監督は、一九四八年に解雇された後、二度と監督に起用されなかった。

さて、ピーター・ファレリー監督の『**グリーンブック**』は、黒人ピアニストが受けた差別を、運転手に雇われた白人の心理的葛藤と共に赤裸々に描いた、二〇一八年のアカデミー作品賞に輝く映画だ。

一九六二年のニューヨークで、ナイトクラブ・コパの安全管理係と言えば聞こえはいいが、要するに用心棒のトニー（ビゴ・モーテンセン）は、衛生局のゴミ収集車の元運転手だったが、下町ブルックリンに愛妻ドロレス（リンダ・カーデリーニ）と二児に恵まれたイタリア系の白人で、黒人が飲んだコップを捨ててしまうほど差別意識が強かった。彼の腕っぷしも仇になって、有力者の不興を買ってコパが改装に追い込まれて休業となり、カーネギーホールの上階に住むドクター・シャーリーと称する黒人ピアニスト（マハーシャラ・アリ）がアメリカ中南部をクリスマスまでの八週間演奏ツアーする際の運転手の話が舞い込む。そのドクとの面接で、黒人に仕えることに抵抗がないかと聞かれて、ないとは答えたものの、週一〇〇ドルで運転手とスケジュール管理と身の回りの世話だと畳み掛けられると、身の回りの世話など御免だと、週一二五ドルを要求して物別れとなる。

イタリア系の悪仲間の仕事のあっせん話も断り、質屋に大事にしていた時計を預けるほど困窮していたが、ドクから電話があって、「君の問題解決能力を多くの人が買っている」と、要求通りの報酬で話がまとまると、ドクは八週間家を空けることの了解を妻にも求めている。

白人二人とトリオを組んでの演奏ツァーだったが、愛妻には「クリスマス・イブに帰ってこないなら離婚だよ」と言われ、関係者から日程表と黒人のためのグリーンブックを渡されて、わだかまりを抱えながらピッツバークを皮切りに旅立つ。ドクの注文は、演奏するピアノはスタインウェイであることを確認すること、カティサークを毎晩一本用意することの二つだった。

車中二人になると、タバコや言葉遣いや賭け事をドクに注意され、地方の上流階級が相手となるのだからトニー・バレロンガではなく、トニー・バレと自己紹介したらと言われると、それならいっそ口がうまくて人をハッタリでその気にさせる綽名のトニー・リップのほうが下品でもいいと断り、売り物のヒスイが落ちていたのをちょろまかそうとしてとがめられるなどの道中が続く。

インディアナ州ハノーバーでは、壇上にはゴミ屑だらけのピアノがあり、クロはどんなピアノでも弾けるという言い草に、スタインウェイを用意しろと迫り、イタ公と罵られている。アイオア州に向かい、トニーは愛妻に「自然は本当に素晴らしい」と綴りの間違いだらけの手紙を書き送る。南のケンタッキー州に入ると、ドクは、どこかに兄が一人いるが、まるで自分はサーカス団か逃亡犯のようで妻とは駄目になり、夫とピアニストの両立は無理だったと打ち明け始める。黒人が好む音楽や食べ物を好むと思うのは偏見だと言いながら、ドクはトニーにしつこく勧められて「不衛生な」フライドチキンに舌鼓を打ち、車から一緒に骨を放るもトニーが棄てた紙コップは車を戻して拾わせている。

二人が少しずつ分かり合えて来たのとは裏腹に、南部の黒人差別は厳しかった。モーテルも黒人専用にさせられ、居たたまれなくなって出かけた酒場でドクがひどい目にあっているとの知らせを受けたトニーは、銃を持っている仕草をして窮地を救っている。しかし、ドクはそうしたことをおくびにも出さずショーをこなす。ノースカロライナ州では、ゲスト出演でも黒人の手洗いは外のボロ小屋で、抗議して宿に戻って用を足す有様だった。「北部にいれば三倍は稼げたはず」と言うトニーに、ドクは「自らここに来た」と応じ、トニーに手紙の書き方を伝授する。「どんな経験をしても、君がいなくては意味がない。出会うべくして出会った二人なんだ。一生愛し続ける」といったふうに。ロシア語も操る教養人の黒人でも、スーツ屋では試着を断られて、買い上げてからサイズを直すと言われてそのまま帰り、ＹＭＣＡのプールで白人の男といちゃついていたというので、警官に素っ裸にされて捕えられ、駆け付けたトニーが警官を体《てい》よく買収してスケジュールに穴を開けないよう取り計らう。

テネシー州メンフィスではイタリア系の悪仲間とホテルの前で出くわして仕事に誘われたりするが、正式なツアー・マネージャーとして雇うというドクの申し出も「遠慮しとく。辞めねえよ」と袖にして、アーカンソー州リトルロック、ルイジアナ州と、白人が黒人を乗せているのを奇異に思われながらの旅は続き、ミシシッピー州では土砂降りの雨の中、「黒人を夜に出すな」という決まりに違反しているとして車から出され、イタリア系が運転手をしている理由が分かったと言う警官を殴りつけると、二人とも拘束されるが、「あれくらい毎日耐えている。品位こそ全てに勝るんだ」とトニーをとがめていたドクが、窮余の一策でロバート・ケネディ司法長官に電話し、ようやく放免される。車を止めろと言ったドクは、雨の中、「城の天辺に独りでいて、ステージから降りた途端、クロとして扱われる。白人でも黒人でもまともな男でもないなら、私は一体何者なんだ」と吐き捨てる。

ドクは黒人を歓迎しないホテルは泊まりたくないというので、グリーンブックから選ぶ。二人で同じ部屋に休み、アラバマ州バーミンガムでは丁重に迎えられたホテルの楽屋は物置同然だった。演奏前にレストランに入ろうとすると、土地のしきたりだからと入室を拒否され、客はオーケイなのに締め出すなら演奏は断るとドクは啖呵を切り、百ドルを出して収めようとするのを「ずらかろーぜ」とトニーが幕を引く。オレンジ・バードという黒人ばかりの店で食事をしていると、誘われるように片隅のピアノを演奏するドクに驚嘆して楽団も一緒になってジャズと踊りに盛り上がる。

そのままニューヨークに向かい、吹雪となる中、パンクしていないか気遣う警官に助けられ、メリークリスマスと言葉を交わし合い、「モーテルで一泊」と言い出して疲労困憊《こんぱい》したトニーに代わり、ドクがハンドルを握って予定通り全日程をこなす。自宅には一族が集まっていたが、やがて現れたドクに一同が唖然とする中、トニーが戸口で迎えて抱き合うと、愛妻ドロレスも駆け寄り、「トニーを貸してくれてありがとう」「素敵な手紙をありがとう」と応じる。ドクは、ツアーと作曲を続け、レコードも絶賛となり、ストラヴィンスキーからはピアノは神業《かみわざ》だと折り紙がついた。トニーは、コパの支配人に上り詰め、二人は「友情は永遠だ」と言いながら、二〇一三年に数カ月の差で死去したという。

（**『山猫』を評して**）彼女は、「**もしもあの時点で獅子や山猫が第一線に出てきて力をつくしていたなら、ジャッカルたちの台頭は阻止されたのではなかったか。品格もパワーの一つに成りえることを忘れていると、社会はたちまちジャッカルやハイエナであふれかえることになる**」と嘆く。

欲望が渦巻き、到底正解とてなさそうな熾烈な権力闘争が繰り返される歴史の裏表を見るにつけ、ルキノ・ヴィスコンティ監督の『山猫』で伯爵が述懐する、「世の中は変わらない。支配階級が入れ替るだけだ」との感慨を持つ者も多いのだが、ロバート・ロッセン監督の『**オール・ザ・キングスメン**』も、汚職を手厳しく追及してヒーローとなり、当選して権力者に躍り出た男は、自分も汚職に手を染めて失脚していく物語だった。出処進退とよく言われるが、様々な思いが交錯する「退」は、政治の舞台にあっては殊《こと》の外《ほか》難題である。『**山猫**』の冒頭には、「現状を保つには変わるしかない」とある。確かにそうなのだが、さりとて、新政府から上院議員にと働きかけがあっても、「自分は旧体制に結ばれた人間」であり、「かつての山猫と獅子の時代からジャッカルと羊の時代へと変わることになるが、変わっても良くはなるまい」と断った伯爵（バート・ランカスター）のように、永遠の日の近いことをひたすら祈るばかりで、なし得るはずの社会貢献さえ回避してしまうようならば、現状を保つどころか、ジャッカルが跋扈《ばっこ》するだけになりかねず、彼女の嘆きに通じていく。

同じルキノ・ヴィスコンティ監督の『**家族の肖像**』では、離婚して妻や娘と別れた邸宅で、コックと老家政婦の世話を受けて暮らす元教授（バート・ランカスター）が、家族の肖像を描いた絵画を壁一面に飾るのを趣味にしていた。画商が持ち込んだ高価の絵に逡巡していた彼が、売れたと言われて驚いていると、部屋を見に来て断られていた伯爵夫人が、安く買ったその絵を手に、二階を貸してもらうことと引き換えに入ってくる。夫人の愛人の学生運動崩れのニヒルな青年が大改修に及んだため、対立した元教授は、美術史などを巡って言葉を交わすうち共感を覚え始め、面倒を起こして負傷しておびえる青年から「怖いと思ったことは」と聞かれると、戦場で恐怖を感じたが、「一番怖かったのは仕事を辞めた時で、人生のやり直し方が分からなかった」と答えている。元教授は、実は孤独が怖くなって二階を貸すことにしたのだが、食事会に呼ばれると、家族のにぎやかさに愛着を感じ始める。しかし、「結婚は家庭を作るため、離婚は自由のため」との考えから、離婚を決めてきたと言う夫人に再婚を申し込んだ青年は、結婚に適さないと断られると、有閑マダムが連れ歩く裏口から入った犬だと自嘲して自殺する。喧騒が静寂へと戻り、元教授は力なくベッドに身を横たえていた。この元教授と『山猫』の伯爵は演ずる俳優も同じだが、どこか生き方が重なっているようにも思われる。

（『夏の嵐』を評して）彼女は、「男や女の肢体の美しさ。投げてこられた仇な眼つき。それを受けていない振りをしながらも受けとめるときの胸のうちでの微笑。そして、この種の官能の極点は、やはり恋愛だろう。肉体的な快楽は肉体のすべての部分があらゆる刺激に敏感に感応するように変った人間のまったく当然すぎるくらいに当然な帰結にすぎない」と述べ、「心や肉体や金銭や物を与えた側にはそれをしたことによって心の負担が生ずると同時にそれをされた側にとっても負担が生ずる。伯爵夫人も変ったが、若い士官のほうも変ったのであった」と、この悲恋の結末を総括する。貞淑だった夫人が恋愛に目覚めて並々ならぬ覚悟を決めているのに、まるで逆なでするように相手が不実さを見せれば、そんな誇り高い夫人なればこそ、容赦なく鉄槌を下すことに躊躇するところはないのだ。

これもルキノ・ヴィスコンティ監督作品の『**夏の嵐**』の舞台は、イタリア統一前夜の一八六六年春、オーストリアの占領下にあったベネチアで、華々しく『椿姫』が上演されている歌劇場に、貞淑な伯爵夫人クララ（アリダ・ヴァリ）がいた。占領軍の中尉として浮名を流す美男のフランツと彼女の従兄ロベルトが諍《いさか》いとなり、決闘をやめるようフランツにも働きかけた彼女は、ロベルトが逮捕されて一年の流刑となるのを見送った後、夜更けに出会ったフランツに後を追われて執拗に迫られているうち、ついに夜明けを迎え、「いつ会える。待っている」と言うフランツの言葉に抗しきれず、四日目には彼の宿舎に走っていた。市街のアパートを借り、「天国も地獄も忘れよう。細かいことが体に残る。情事の一部が。明日はない」と言うフランツと、逢引きを重ねる。しかし、その一方で、戦争にも政治にも興味がない享楽的なフランツは浮気がやまない。もはや彼なしには夜も日も明けなくなったクララは、彼の所在を訪ね歩く。いよいよ戦争が始まり、義勇軍の義捐金《ぎえんきん》を預かったクララは、アルデノの邸に引っ越すが、侵入してきたフランツから、医者に大金を渡すと偽の診断書を書いてくれて除隊となる話を聞くと、その義捐金を渡してしまう。「除隊となってベロナにいる」とフランツから手紙が届き、「来るな」と書いてあったものの、いたたまれず逢いに行くと、自暴自棄に陥り娼婦と暮らすフランツは、「私は全てを捨てた」と悲嘆するクララに、「恋などしていない。金が欲しかっただけだ」とうそぶく。占領軍に臣民としての義務を果たしに来たと申し出たクララは、「密告は恥ずべき行為だ」と言われながらも、彼の手紙を差し出すと、事の顛末を知った軍は、直ちにフランツを逮捕して銃殺刑に処す。思い定めた男への愛を唯一の拠り所にした女の哀しみとプライドが伝わってくる。

フランソワ・トリュフォー監督の『**柔らかい肌**』は、妻の復讐劇だ。一五年も連れ添った妻と娘がいる人気作家が、リスボンの講演旅行で乗り合わせたスチュワーデスと恋仲になり、妻が持ちかけた田舎への旅行は袖にして講演旅行に彼女を同行させ、一人だったと白を切るものの妻と口論となって離婚話が出る中、講演旅行で撮った写真が妻に現像されて浮気が発覚し、彼女との再婚を性急に運ぼうとした作家は恋多き彼女に「身も心も一つになるには時間がいる」と断られて、元の鞘に収まろうかと思った矢先、行きつけの店の奥に陣取っていた作家の前に猟銃を隠し持った妻が現れて発砲する。そのまま崩れ落ちた妻には愛憎の極致を嘗めた者のみが浮かべ得る薄笑いのような矜持《きょうじ》が感じ取れる。

（『**Falling Down**』を評して）彼女は、「**人間にとって、とくに男にとって、仕事を持つことがどれほど重要なことか。反対に、失業することがどれほど致命的な痛手であるか。現代のほとんどの問題は、失業が解消されれば、完全とは言わないまでも相当程度に解消されれば、解決できるのではないだろうか**」と述べる。ジョエル・シュマッカー監督の『**フォーリング・ダウン**』は、突然解雇された男（マイケル・ダグラス）が、愛娘の誕生日を祝おうと、離婚後追い出された家に向かう途中、交通渋滞に巻き込まれたことが発端となって、家に電話するため小銭の両替に入って邪険に扱われたコンビニを皮切りに、至る所で大暴れして殺害を重ねた末に、病的な妻に手を焼いて定年前だが退職を決断してその最後の日を迎えた刑事にとどめを刺されるまでを描く。突然の解雇がなければこんな悲劇は起こりようもなかった。フランク・ペリー監督の『泳ぐひと』で描かれたように、仕事がなくなると、意味のないことに夢中にならなければならないほど、孤独と所在なさにさいなまれがちになる。この映画では、妻子は遠い存在となり、地域の人たちとも疎遠で、どこにも信頼関係は構築されていない悪条件が加わっていた。老いの波も容赦なく襲ってくる。することが泳ぐことから別のことに代わるだけのことで、とても他人事《ひとごと》だと済まして片づけられない。

その『**泳ぐひと**』では、テニスコートはあるがプールを持たない見栄っ張りで家庭円満を吹聴する初老に向かいかけた定職のない男（バート・ランカスター）が、プールのある友人宅に水着姿で現れて、プール伝いに自宅まで到着するアドベンチャーを思いつく。快くプールを提供してくれる者もあれば、即刻退去を申し渡す者もいる。旧交を温めて回るうち、知人から待遇の良くない就職口を勧められても耳を貸さず、女性が自分に好意的だと見れば一緒に回ろうと誘いかける。二十歳の女の子が探検家みたいで面白いと応じるが、発展した関係を男に求められると逃げ出してしまう。彼女の手前、無理をして飛び跳ねて足をくじいた彼は、少し引きずりながら、あちらこちらのプールで騒動を起こしては反発を招く。婦人有権者連盟の会長として留守ばかりの妻の悪口を言われ、知人から借金の催促をされ、娘たちは遊びまわって新聞種になりそうで、父親を大馬鹿だと言っているとの裏話を聞かされて、逃げるように自宅に辿り着くと、窓ガラスも一部割れた家には人の気配もない。

（ビリー・ワイルダーとエルンスト・ルビッチについて）彼女は、「**二人とも、私が一級の人間には欠くことは許されない資質と信ずるユーモアのセンスの持主だ**」と絶賛する。後者は『ニノチカ』で触れたので、前者に絞り幾つか作品を紹介すると、先ずビリー・ワイルダー監督の『**サンセット大通り**』は、華やかなりし頃が忘れられない大女優の悲劇もろとも、犠牲となり殺害される男の回想劇だ。

売れないシナリオライターのギリス（ウィリアム・ホールデン）が紛れ込んだ先は、サイレント映画の女王だったノーマ（グロリア・スワンソン）が、一六歳でスターに押し上げられた当時、監督三羽烏と言われて最初の夫となったが今は召使として仕える、マックス（エーリッヒ・フォン・シュトロハイム）と住む大邸宅だった。ノーマは自作のシナリオ原稿をギリスに手直しするよう命じ、三度結婚した際の主人たちの部屋を与えてギリスに入れあげる。出来上がったシナリオには何の音沙汰もなかったが、ある日旧知のデミル監督の代理から電話があると、ノーマはギリスを伴いオールドファッションの車でスタジオに出かけていく。その車を借りたかったから代理が電話したとのことで、シナリオなど念頭にすらなかった監督はそつなく対応し、ノーマはその気にさせられて美顔術に熱が入る。久しぶりにスタジオに顔を出したギリスは、二二歳のベティに頼まれて毎晩抜け出しては共同でシナリオを書き始め、婚約していたはずのベティは、ギリスと心を寄せ合う。ノーマは嫉妬に狂うが、堪忍袋の緒が切れたギリスが、「デミルはごまかしたが、映画の話なんてない。五〇なら五〇らしくするんだ」と言い放ち、館を後にしようとすると、ノーマにピストルで撃たれる。マスコミが騒ぎたて、カメラが下で待っていると言われたノーマは、マックスの「ここは宮殿の階段の場」の掛け声と共に、踊る仕草を見せながら、「スタジオに戻って本当にうれしく思います。これが私の人生。死ぬまで続けます。クローズアップをどうぞ」と言ってのける。何というブラック・ユーモアであろう。

さて、ビリー・ワイルダーの監督作品として、これまでも拙著に収録した『第十七捕虜収容所』、『七年目の浮気』、『恋人よ帰れ！ わが胸に』、『失われた週末』、『お熱いのがお好き』、『麗しのサブリナ』、『情婦』など数ある中で、もう一作を挙げるとすれば、『**アパートの鍵貸します**』を推したい。

これは、ほろ苦いペーソス溢れる哀しみと紆余曲折の末、遂に男が愛する女性を抱き取る映画だ。

独身社員のバクスター（ジャック・レモン）は、終業時間が過ぎても、一人部屋に残っている。自分のアパートにはすぐに帰れない事情があった。彼の上司の四人の課長たちが、代わる代わるその時間帯に、部屋を情事に使っているのだ。彼の仕事には、部屋の日程を電話でやりくりすることも含まれていた。時間が勝手に延長されて部屋に戻れず、外で待って風邪を引いたため、早く家に戻りたい時など、その調整はとりわけ忙しかった。そこまで彼が上司に肩入れするのも、出世したい一心からだった。ある日、部長に呼ばれると、部屋を手配するよう言われる。何と部長の不倫の相手は、バクスターが恋焦がれていた会社のエレベーターガールのフラン（シャーリー・マクレーン）だった。そうとも知らぬバクスターは快く応じて、その見返りとして係長に昇進して個室を与えられるが、部長に忘れものだと手渡していた割れた鏡のコンパクトを、フランが持っていたことに気付いて、愕然とする。部長はこの道にかけての猛者《もさ》だった。秘書役の女性とも四年前までそうした関係だったが、部長とフランが一緒にいるところを目撃した女性が、クリスマス・イブの社内パーティーで、部長の女癖の悪さをフランに暴露したため、その夜を部長と過ごしてプレゼントに百ドルを提示されたフランは、部長を先に帰すと、洗面所にあった睡眠薬を発作的に飲んで自殺を図る。戻ったバクスターが、昏々と眠るフランに驚き、隣室の住人である医者を呼んで事なきを得たが、バクスターが知らせても、子供たちとくつろぐ部長の態度は何とも冷たいものだった。医者からは、連日の絶倫と乱脈ぶりを誤解されて、人間になれと忠告される始末だったが、全て自分が罪をかぶる形で公にせず、急場をしのいだバクスターは、部長の補佐役の上級管理職に昇進していた。一方、部長は秘書役の女性を即刻首にするほどの横暴ぶりだったが、彼女が部長の奥さんにご注進となり、部長は家を出されて離婚の危機を迎える。部長は結婚を匂わせてフランに接近し、未練が断ち切れないフランと新年を迎えるため、部屋の鍵を借りようとする部長に、バクスターは鍵を貸そうとしない。彼は、人間になるために、きっぱりと会社を辞め、アパートも立ち退こうと決意する。新年を迎えようと、フランとテーブルについて、四方山話《よもやまばなし》に彼の話をした後、余興へと目を転じた部長が振り向くと、もう彼女の姿はなかった。

フランが今度こそ確信して飛び込んで行った先はバクスターの胸だったが、部長と彼女に場所を提供した彼の内面のうずきは消えることはないだろう。

(ビリー・ワイルダーのゲーリー・クーパー評について) 彼女は、「**彼が女という女にモテた秘密だが、それはなにもクーパーが内容のある話をすることで女を魅了したからではない。ただし彼は、聴くことを知っていた。私は確信をもって言えるが、女の話を聴くときの彼は、特別にそれに注意を集中してさえいなかった。ただ、話しつづける女から視線は離さず、そしてときどき、『まさか』『ほんとかい』『そういう話、はじめて聴くよ』**の三句のいずれかで口をはさんだ。**こんな調子で女の胸のうちを吐露させているうちに、女たちは自然に彼とベッドを共にするようになる、というわけだ**」と打ち明ける。その二人がコンビを組んで、オードリ・ヘップバーンを主演に迎えた『昼下がりの情事』は、ショッキングな題名ながらしゃれた恋愛コメディで、新しい恋に出会うために愛した後はすぐに逃げるのをモットーとするプレイボーイ実業家フラナガンとしてゲーリー・クーパーが登場する。

映画は、舞台となるパリ中で繰り広げられる様々なキスシーンから始まる。そこには純愛もあれば、許されぬ恋もある。主人公の娘アリアーナの父親は、男女の素行調査を専門とする探偵で、そうした調査の信頼性を売り物にしていた。依頼人の間男された男が逆上し、フラナガンの密会現場のホテルにピストルを持って乗り込んでくることを立ち聞きした彼女は、バルコニーから現場へ忍び込んで、相手女性の急遽《きゅうきょ》身代わりとなってその場をしのいだことから、二人の奇妙な交際が始まる。音楽院の学生で、父親の監視も厳しい彼女が、チェロを抱えてホテルに通うのは、もっぱら昼下がりのひと時だった。フラナガンは楽団付きで彼女を迎えて、キスとダンスに酔う二人のBGMに、「魅惑のワルツ」が奏でられる。彼女は名も明かさぬまま、男性遍歴を自慢気に話すのだが、どれもこれも父親の資料を盗み読んで知ったものばかりだ。しかし、彼は次第に真に受け始め、嫉妬のあまり、偶然サウナで再会した例の間男された男の紹介で、彼女の父親に探偵を依頼する。フラナガンの交際相手が自分の娘だと知った父親は、彼にパリを即刻立ち去るよう求め、同意した彼は、彼女と駅で別れる。別れても恋人は他にたくさんいると、相変わらず強がりを言い張ってはいても、プラットホームを歩き続けて見送りをやめない彼女に、いたたまれなくなった彼は彼女を抱き上げて、二人は車中の人となる。それを遠くから見届けた父親は、満足気にほほえむのだった。彼女は一九歳、彼は五〇歳前後といったところだろうか、年の差はかなりだが、二人はやがて結婚という名の終身刑となったとコメントが出て、この監督の面目躍如たるものがあるが、女という女にモテたクーパーが、オードリ・ヘップバーンと発展したかどうかについて監督のコメントはない。

（『ランボー』を評して）彼女は、**「私は学校時代の成績が非常に良かった人やそれ以後でも試験という試験は何でも受かってしまう人の考えることを無条件に信用することができない。創造力、発想の**

転換をできる能力、さらに先見力まで試すことまでは、いかに口頭試験が重視されている欧米の学校とて十分ではないのである。ゆえに、学校で出来の良かった人は秀才ではあるけれど、で終ってしまいがちなのだろう。国や民族の将来を決めることと学業とは同じではない。同じように考え対処されたのでは国民が迷惑する、と私は思ってしまう。秀才たちを見たときに感ずる心配がある。それは人間洞察力の貧弱さである。人間はどんなに資質の劣る人であっても、理解されていると感じさえすれば正道に戻れ能力も発揮できるようになるのである。一級の人物ともなると一寸の虫にも五分の魂があることを深く理解している。私は彼らに血の通う人間を見る。人間性への真の優しさを見る。そして、真に優しい人物に従いて行こうと考える人が多かった事実も、当然の帰結であると思う。そして、人間性への洞察力とは人間性を優しく見ることと同時に人間性を直視する能力でもある。

それはモームの『人間の絆』で、艱難辛苦の医学生フィリップが「Then he saw that the normal was the rarest thing in the world. Everyone had some defect, of body or of mind; he thought of all the people he had known (the whole world was like a sick-house; and there was no rhyme or reason in it), he saw a long procession, deformed in body and warped in mind, some with illness of the flesh, weak hearts or weak lungs, and some with illness of the spirit, languor of will, or a craving for liquor. At this moment he could feel a holy compassion for them all.」と吐露するように、誰しもどこか欠陥を抱えていて、世の中全体が病院のようであり、それぞれ列をなしている様子に、人間性の本質を見て、神聖な共感を覚える心情とも重なるものがあろう」と諭す。

その秀才とは対極にあったのが、チャーチル元首相だ。受験の苦労はかなりのものがあったようで、

『わが半生』（中村祐吉訳）の中で、「先生は私の才能を大局高所より判断した。このことはラテンの試験に、一問だって答えられなかったことからいっそうよくわかる。（略）ひねくっている間に、いつの間にやら紙に汚点や染点がついてしまう。（略）このいかにしても浅学を示すところの答案から、ウェルドン先生は、私がハロー校へ入る資格ありとの結論を下した」と、校長の慧眼《けいがん》を強調するのだが、父親は大蔵大臣の職を辞したばかりだった。しかし、そのチャーチルが成績も抜群で秀才の名をほしいままにしていたとしたら、貴族でもあったことから推すと、「一寸の虫にも五分の魂があることを深く理解」し、「血の通う人間」として、「人間性への真の優しさを見る」「洞察力」を有して「国や民族の将来」を救う大政治家になり得たか、疑問符をつける人があるかも知れない。

さらに、（『アマデウス』を評して）彼女は、「**人間には三種あると思う。天才、秀才、凡才と。全員努力はする。努力とはベースのようなものだ。天才―神が愛した者。秀才―神が愛するほどの才能には恵まれていないが天才の才能はわかってしまう人、ゆえに不幸な人。凡才―秀才の才能は理解でき尊敬するが天才の才能まではわからない人、ゆえに幸福でいられる人。ならば天才は常に自信にあふれておおらかかというと、必ずしもそうではない。真の創作者は誰でも疑いというか怖れというかそれを自負心と背中合わせにもっているものだ。天才にこそ理解や賞賛は酸素のようなものだと思う。私はタダの人でしかない召使から見るから、タダの人でない英雄もタダの人にしか見えないと考えることにしている**」と書いているが、チャーチルはその天才に分類されよう。「天才は常に自信にあふれておおらかかというと、必ずしもそうではない」ことは、チャーチルが時に絵画の制作に没頭し、ノーベル文学賞に輝くほどの文才を如何なく発揮したのも、そうしたことの一局面であったに相違ない。

誰しも衆と個の狭間で生き抜くのが人生であってみれば、人はそうした思い思いにバランスを取りながら、本領に立ち戻る日々を送っているのだ。その際に、「理解や賞賛は酸素のようなもの」であることは言うまでもない。いかなる事業も煎じ詰めれば、人々の支持があってこそのことなのだから。

（フェデリコ・フェリーニについて）彼女は、「**映画監督という仕事は四頭立ての馬車を御すのと似ていはしないであろうか。体力が衰えてくるといかなる駿馬も駆使することができなくなる。そして、死期を得た死の後に残ったのが『生』であるのだからこの人は幸福な人である。一般の人々に比べ、住む家は中程度であっても作品を残せる仕事に生涯を費やした人々の喜びはこの点にある**」と、謙遜しながらも自らを擬したように思いを重ね合わせる。

フェデリコ・フェリーニ監督の映画作品は、ファンタジーと諧謔に満ちている。それでいて、人生の真理を確実にとらえている。『**女の都**』は、列車に乗り合わせて意気投合した女性に魅せられて、下車するのを追いかけていった男（マルチェロ・マストロヤンニ）が辿り着いたのは、女の都だった。桃源郷のような世界と思いきや、男社会を罵倒する主張が口々に叫ばれる迫力にタジタジとなり、いよいよ追い詰められたところで、ふっと気が付けば元の列車の中で、前にいる女性から「二時間もぶつぶつ言ったり、喚《わめ》いたり、どうしたの」とたしなめられて、呆然とする。世の中はバランスであり、一方に偏するのは自然の摂理が許さないけれど、「女のいない国」にふと憧れてみたりもする。

同じくフェデリコ・フェリーニ監督の『**道**』は屈指の名作だ。主演する彼の妻ジュリエッタ・マシーナのために、映画は撮られたという。肉体を武器に巻き付けた鎖を切ることを見世物とする粗野な大道芸人に、一万リラで買われて妻同然に付き従う、少し頭が弱いが心根の温かい貧しい家の出の純な女ジェルソミーナは、その男から何度も逃げ出そうとしては折檻されて、何の取り柄もない自分に愛想を尽かしながら暮らしている。しかし、サーカスの一座の綱渡りの青年から、「世の中に存在するもので役に立たないものはない。小石といえども、神の目から見れば役に立つ何かがある。あざみ顔のあんたも同じだ。自分についてこないか」と誘われて目を輝かせるが、女は大道芸人の仕打ちが恐ろしくて、生活を変えるまでの勇気を持てないでいる。やがて、二人に嫉妬した大道芸人がナイフを持って立ち回り、警察の厄介になった挙句、偶然路上で出会ったその青年を殴り殺してしまう。そして、素知らぬ顔で旅を続けるのだが、女はすっかり心身を狂わせて、大道芸人に置き去りにされる。それから四、五年が過ぎて、大道芸人は、女がよく奏でていた音楽を、とある町で耳にする。いわれを聞くと、行き倒れ同然にその町で拾われて、程無く亡くなった女に由来するという。大道芸人は、多分に屈折していたものの、実は自らのうちにくすぶっていた死んだ女に対する愛情を思い知らされて、己の罪深さにおののきながら、夜の浜辺で泣き崩れるのだった。

『8 1/2』は、映画監督が主人公である。酷評されて「霊感の枯渇」におびえる四三歳の監督クイド（マルチェロ・マストロヤンニ）が、「これが無能なペテン師の末路だとしたら」と内心おののきながら、温泉地で療養するが、映画の構想に群がり自薦他薦してくる俳優を始め様々な思惑を持つ人々が入り乱れる中、子供の頃からの両親を交えた幻想的な思い出に惑わされ、押しかけて来た人妻カルラと呼び寄せた妻ルイザとの確執に、永遠の女の理想像のように心に立ち現れる村の映画館の管理人の娘クラウディアの三者の間で揺れ動く。聖職者には「映画の責任は重い。多くの魂を清めも堕落もさせる」と諫められ、製作者には「駄作は、製作者には損害だが、監督には命とりだ」と警告されて、舞台設定もなされていた新作を断念すると、突然の幸福感、解放感に浸り、「ありのまま受け入れてくれ」と妻に言い、妻の手を取って群がっていた人々と共に踊りの輪に入る。

「霊感の枯渇」と「無能なペテン師」への疑いに内心おののいてはいても、己が恃《たの》むありったけの体力と才能を奮い立たせて、映画の構想に群がりくる俳優や様々や思惑を持つ人々を賢く選別して、駿馬でもあるが癖馬でもある荒馬を御すように狙い通りの役柄を引き出して、映像の交響曲を仕立てあげるように大団円をつげるまで人間の「生」を表現していく様子は、映画監督に限らず、些《いささ》かなりとも仕事に生涯を費やしたと自負する人々に共通するスリリングな痛みを伴った喜びでもあろう。

（ゲーリー・クーパーについて）彼女は、**「一流大学の一流学部に入学することや外交官や弁護士やキャリア官僚になるための試験に合格することは、一応の頭脳があって勉強の仕方さえわかっていれば多くの男にとっては可能なことではないか。しかし、品格ある立居振舞とかおだやかなユーモアの精神とか、ことに対処するに絶妙なバランス感覚をもってするとかは、試験などでは計りようがない素質である。試験では計れないということは、努力にも意思にも無関係だということだ。持つ人は持つという類のものであって、たとえ事務次官でも大使でも、持たない人は持っていない」**と結論付ける。

耳の痛い人もいるだろうが、やはり「氏より育ち」で、「氏」に代わるものが試験に合格することで代替されていくのかと思えば、「育ち」が厳然と控えていて、これは試験に合格することで代替できそうもない。まさにその人の持つ人間性そのものが試されてしまうのだ。だから、真の試験は学窓を出て社会人となってからなのだ。それは、時に正解がない、仕事という問題の答案用紙に全人格を懸けて解答を書く、三六〇度全方位での長丁場の公開の試験なのである。その合否や適否は、世間が情け容赦なく決めていく。追試の機会など、ごく僅かしか与えられていない。多くは一期一会《いちごいちえ》だ。

ゲーリー・クーパーとグレース・ケリーが共演するフレッド・ジンネマン監督の『**真昼の決闘**』は、西部劇の名作だ。結婚式を挙げたばかりの保安官が旅立とうとすると、自分が監獄にぶち込んだ荒くれ男が釈放となり、男を待ち受けていた仲間と共に復讐のため汽車で向かったとの一報が入る。保安官は正午に任期満了となるので、結婚を機会にこの町を引き上げることにしていたが、一旦は出発しかけたものの、馬車の向きを変えて引き返し、無法者の一味と決闘するため同志を募る。結局、彼一人で戦いに挑むことになるが、辛《から》くも彼女の加勢もあって命を拾った保安官は、バッジを地面に置き、再び馬車に乗り込む。逃げない男の生き方と事後の爽快さを完璧に描き出し、クーパーが格好いい。

フランク・キャプラ監督の『**群衆**』は、新聞社の人員整理でクビを通告された女性コラムニストが、腹いせに「四年間失業して職にありつけない政治を批判して、クリスマス・イブに市庁舎の屋上から投身自殺する」と投書をでっち上げて掲載したところ、大きな反響を呼ぶ。新聞の売上げを伸ばすため、求人広告を出してジョン・ドーと称するその投書の主に、元マイナーの野球選手だった浮浪者（ゲーリー・クーパー）を雇い入れて、キャンペーンが展開される。公開放送番組でのジョン・ドーの隣人愛を説く呼びかけは大当たりとなり、Ｊ・Ｄクラブが全米に瞬く間に広がり、新聞のオーナーがその勢いを駆って大統領選挙に打って出ようとしたが、浮浪者の反発を招いたため、決起集会の大群衆の前で浮浪者の正体を暴き、彼を追放する。再び浮浪者となった彼が、遂に決心してクリスマス・イブに向かった市庁舎の屋上には、彼を葬り去ろうとする一味が待ち構えていた。敢行しようとする彼を、駆けつけた相愛となっていた彼女が、「また運動を二人で起こそう」と説得してやめさせると、彼を支持する仲間たちも集まってきていた。彼らを祝福するかのように鐘の音が響き渡って幕となる。

　同じくフランク・キャプラ監督の『**オペラ・ハット**』もまた、同じような感慨を与えられる人情劇である。この映画では、田舎に住む青年に思わぬことから莫大な遺産が転がり込んで、その遺産引受けの条件から、ニューヨークの邸宅に住むことになった彼は、やがて新聞社の報道競争のため、彼に接近してきた女性記者に思いを寄せるようになる。シンデレラ・マンなどと、彼女は彼を揶揄した記事を書いたりするが、彼女も彼の汚れのない真っ直ぐな人柄に魅せられていく。しかし、彼を誹謗する記事を書いたのが彼女だと告げ口された彼は、大都会の暮らしに幻滅して田舎に帰ることを決意し、莫大な財産を救貧事業に投じようとする。そうはさせまいと周囲は彼を精神病に仕立て上げて入院させ、禁治産者の宣告のための裁判にかける。次々と彼に不利な証言がなされる中で、誤解を解こうと裁判長の制止を振り切って思いの丈を述べるに至った彼女の勇気に力を得た彼は、『**スミス都へ行く**』の青年議員（ジェームズ・スチュアート）の熱弁さながらに、ユーモアたっぷりの反論を辛辣《しんらつ》に展開する。その甲斐あって、圧倒的な傍聴席の貧しき人々の歓呼の声に応えるかのように彼は勝訴し、彼女を抱き取るのだった。その青年をゲーリー・クーパーが演じ、相手役のジーン・アーサーは、この監督御用達の主演女優である。人生と人間に無限の信頼を寄せたくなる映画だ。愛は偉大である。

　ゲーリー・クーパーが主演するサム・ウッド監督の『**誰がために鐘は鳴る**』では、癖のある人間同士が織りなす集団の中での葛藤が、愛の悲劇を生む。スペイン内戦で両親を射殺された上、兵士に髪をバリカンで刈られて乱暴された町長の娘アンナ（イングリット・バークマン）を、ゲリラのボスのパブロが爆破した南に向かう列車の中から彼の女ピラーが救い出す。ゲリラの一団に入れて三カ月ほどたった頃、フランコ政権に抵抗する共和国軍に身を投じていたアメリカの大学講師ロベルト（ゲーリー・クーパー）が彼女に出会って激しい恋に落ちる。彼は、命ぜられた橋を爆破した後、敵の来襲を受けて逃げる際に落馬して足を骨折し、「君がいる所には私もいる。君はもう私なんだ」とアンナをなだめ、一人残って機関銃を構えながら死んでいく。橋を爆破する前夜、ロベルトの制止もきかず、マリアは辛《つら》い過去を告白し、「元には戻せない」と嘆くマリアを、「君はきれいな体だ」とロベルトは言い、二人は一体となり、目覚めたマリアは、「アメリカのロベルトの実家に温かく迎えられる夢を見た」と楽しげに語っていたのだった。そんな夢を紡いだ君のために鐘は鳴る。

こんな役柄ばかり張ってきたクーパーであればこそ、モテすぎて不倫しようがどうしようが、彼女の一番のお気に入りなのもよく分かる。映画を見る者にとっては、スクリーン上で邂逅した俳優の姿こそが本物なのであり、その私生活は逆に虚構めいてさえ思えてくるものだ。山田洋次監督の『**男はつらいよ**』の渥美清が、どこまでも寅さんであるように。また、新藤兼人の『小説田中絹代』を映画化した『**映画女優**』（市川崑監督）で、出会った監督との葛藤に公私共に懊悩する様を体当たりで熱演した吉永小百合の、ファンとすれば見たくも見せたくもない女優の素っぴんよりも、化粧を施してカメラのアップにも耐えられる天下の美女に接したほうが遙かに嬉しい。出目昌伸監督の『**天国の駅**』で、二人の夫殺しで死刑になる女を演じる映画の冒頭に、死刑執行前のクローズアップされた化粧を落とした素顔の唇に紅がさされ、カメラ・アングルが迫る中、紛れもない昭和の美女だと得心させられる吉永小百合の三十代後半の色香溢れる魅力が浮き彫りにされるように。さらに、ミア・ファローに魅せられて、スクリーンの彼女に満足し、現実の暮らしぶりなど知りたくもないように。

映画に見る終焉再編

大きなスケールで人生絵巻を描くスタンリー・キューブリック監督の『**バリー・リンドン**』は、「これはジョージ三世の治世　その時に生き争った人々の物語　美しい者も醜い者もすべて同じ　今はあの世」という言葉をもって終幕する。世界一の長寿を誇っても一二〇歳にも届かず、「誰もいなくなってしまう」。哺乳類は心臓が八億回鼓動すると寿命に達するが、その体感寿命は皆同じだという。

アイルランド出身の主人公は、決闘に運命を左右された生涯だった。バリーは、まず父親を決闘で亡くしている。長じてからは、一方的に思い入れていた初恋の従姉の婚約者に決闘を申し入れて、相手に傷を負わせて追放されてしまう。追いはぎに遭って無一文となった彼は、やむなく入隊したイギリス軍を脱走し、プロシャ軍に拾われるが、そこでの働きが評価されて警察の犬となり、要注意人物の元に入り込むと、そのカード賭博師の信頼を得て片腕となり、社交界へのデビューを果たす。遂に伯爵夫人を射止め、ショックを受けた伯爵が急死すると、彼は貴族には任じられないまでも邸宅の主に収まり、一粒種の息子にも恵まれる。その一方で、愛欲にも溺れて贅沢の限りを尽くす。しかし、鉄槌を下されたかのように、幼い息子を落馬事故で突然失って希望をなくした彼は、終始反発してやまない伯爵の一人息子から申し込まれた決闘で手加減したため、銃弾を受けて左足を切断した挙句、年金をあてがわれて彼の母親ともども放逐される。その行方は、杳《よう》として知れなかった。

ロブ・ライナー監督の『**最高の人生の見つけ方**』では、天国の入り口で、「人生に喜びを得たか、他人に喜びを与えたか」の二つが問われて、イエスと答えられないと、中に入れてもらえない言い伝えが冒頭に紹介される。黒人の自動車修理工カーター（モーガン・フリーマン）は、「人の一生の価値は互いに認め合う人物がどれだけいたかにある」との信念を持っている。若い頃は歴史学の教授を夢見ていたが、クイズ番組はお手の物の博覧強記の人格者で、子や孫たちに囲まれる食卓はにぎやかで、看護婦だった妻一筋だったが、実は耐えるのみだったという円満な家庭を営んでいた。ところが、健康診断の結果が思わしくなく入院を余儀なくされて、半年から一年の余命を突然宣告される。

一方、多くの病院を経営するエドワード（ジャック・ニコルソン）は、飽くなき事業意欲に燃えて、女性にも目がなく四度も離婚し、今は独り身の立志伝中の人物だった。ところが、会議中に突然血を吐いて、自身の病院に入院せざるを得なくなる。彼の病院は個室を設けない方針だったため、カーターと相部屋となり、手術を受けた後、うめき声をあげる彼もまた、カーターと同じような余命だと知らされる。沈着冷静なカーターは、「人生でやりたいことのリスト」を作り始めていた。エドワードが賛同して、行動的な項目を増やしていくうちに、実現させてみたい気持ちになり、カーターの妻の反対を押し切って、二人は外に飛び出す。カーターが無理やりつき合わされたスカイダイビング、カーターがさすがに拒否した入れ墨、カーターの独壇場だったサーキットと果敢に挑戦を続け、いよいよエドワードの財力にものを言わせて世界一周にも等しい旅に出る。専用機に乗って、カーターの目を盗んで女性と戯れたりしながら向かった先は、カーターが早くも体調を崩しかけたもののフランスの瀟洒《しょうしゃ》なレストラン。そこを手始めに、アフリカの動物保護区、ピラミッド、インドのタージ・マハルと訪れてその雄大さに感動し、さらなる荘厳を求めてヒマラヤのエベレストを目指す。だが、気象条件が悪くてこれは断念し、香港の酒場でエドワードが差し向けた女性の誘惑を案の定カーターが断り、里心がついたカーターの容態を慮《おもんぱか》って帰国。すると、離婚後没交渉となっていたエドワードの一人娘の家の前に車を誘導したカーターの計らいがエドワードの激憤を買い、けんか別れしてしまう。

帰宅したカーターは、若い頃の夫らしさを取り戻そうとしているうちに遂に倒れて、駆け付けたエドワードに仲直りの手紙を渡し、六六歳で帰らぬ人となる。僅《わず》か三か月ほどであっても、かけがえのない友人を失ったエドワードは、避け続けてきた葬儀に出て、故人を愛していたし、人生の真実を教えられたと思いの丈を述べ、一人娘とも再会し、多分「世界一の美女にキス」を孫娘にして、八一歳の生涯を閉じる。二人の遺灰はコーヒーの缶に入れられて、「荘厳な景色を見る」ことのできる眺めのいい山頂に並べて安置された。天国の入り口での二人の応答もよどみがなかったことだろう。

生まれた者は、いつか死んでいかざるを得ない宿命にある。肉体は小津安二郎監督の『**小早川家の秋**』の火葬場の煙突から立ち昇る煙が象徴するように自然へと還っていくにしても、悲喜こもごもの思いを秘めた生前の魂は、人の世に未練を残せば、幽霊となって踏みとどまろうとするのだろうか。

そんな映画には事欠かない。溝口健二監督の『**雨月物語**』は陶工が美女の死霊にとりつかれて危うく逃れる怪奇な世界を現出し、大林宣彦監督の『**異人たちとの夏**』では離婚して生活に疲れた息子が一二歳の時に事故死した両親や自殺した女に癒される都度精気を吸い取られ、尾道三部作の第一作『**ふたり**』でも事故死した姉が妹の面倒を見る瑞々しい娘心を描き、滝田洋二郎監督の『**秘密**』では母の魂が娘に乗り移って父と奇妙な生活を始める。ジェリー・ザッカー監督の『**ゴースト　ニューヨークの幻**』は死んでも霊媒師を介して恋人を守ろうとし、フィル・アルデン・ロビンソン監督の『**フィールド・オブ・ドリームス**』では農夫が天からの声に応じて野球場にした畑に名選手の亡霊が集まり、クライブ・ドナー監督の『**クリスマス・キャロル**』は過去・現在・未来の三人の亡霊が現れて高利貸しに地獄絵を見せて、改心へと誘う。何も亡霊や幽霊と言わずとも、そもそも映画そのものが、そこにいるはずもない人物が臨場感を持って映し出されているものだから、幻影の夢物語なのである。

さて、死すべき定めならば、人間いかに生きるべきかという問題に集約されていく。デビッド・リーン監督の『**戦場にかける橋**』では、日本軍の収容所の捕虜となったイギリス軍の隊長が、橋の建設労働に士官が従事するのは国際条約に違反すると拒否したため、所長から情け容赦ない仕置きを受ける。やがて特赦されると隊を統率し、イギリス軍の威信にかけて見事に木造の橋を完成させるが、二八年のうち家庭にいたのは一〇か月だけという軍隊生活にも終わりが近いと実感する彼は、自分の一生とは何だったのか、自分がいたことで何か変化があったか、どこかに足跡を残したかと自問する。収容所を脱走したアメリカ兵の手引きで橋に爆薬が仕掛けられ、彼は利敵行為を蔑《さげす》まれて自己矛盾に呆然とする中、銃弾を浴びて爆破装置に仰向けに倒れ込み、開通式の一番列車もろとも橋は崩落する。

どの一生も苦楽が分かち難く混ざり、栄光の陰で多くの辛酸をなめ、年老いてよろけ、倒れ込みながらも遂に完走したロイ・サージェント監督の『**マイ・ウェイ**』の男の姿や、ジョン・スタージェス監督の『**老人と海**』で昼夜を分かたず格闘して仕留めた大魚をサメに食われて帰港し、疲労困憊《こんぱい》してライオンの夢を見る老漁師の姿とも重なる。降旗康男監督の『**あなたへ**』では、刑務官から嘱託の技官に転じた高齢の夫（高倉健）が一五年連れ添った五三歳の妻に先立たれ、遺言に従い富山から車で千二百キロも離れた妻の故郷平戸へ散骨に向かう。道中さまざまな人と触れ合う展開には無理もあるが、迷いも晴れて台風一過で静かに凪いだ海に彼の手で一握りずつ遺灰が落とされる。船を提供して同乗した漁師役大滝秀治の遺作となった。滝田洋二郎監督の『**おくりびと**』は、楽団が解散して新妻と故郷に帰り、旅の手伝いと書かれた仕事の広告を見て納棺夫となった青年が、三〇年も音信不通だった父に死に化粧を施すまでを描く。いかに主観を交えずに対象を客観視できるかが、どの商売でも鍵となる。わが生まれ故郷の酒田が映画のロケ地となったが、新妻の広末涼子が実に愛らしかった。

亡くなる者があれば生まれる者があり、生まれた者も年々成長してその数を増し続け、それに押し出されるかのように世代交代を余儀なくされる。この世の中の森羅万象において、変わらざるものは何一つなく、知らず知らずのうちに様相を異にしていく。変わらないものは、流れない水にも似て、よどんでいくだけだ。「すべて移ろいゆくものは比喩にすぎない」と言われるように、素晴らしい人生の輝きも、時の経過と共に主役は徐々に入れ替わって一つの語り草となり、ある種の比喩的イメージとして想起されるにすぎない。まさに「年々歳々花相似たり　年々歳々人同じからず」なのである。

ハナ肇の遺作と言ってもいい市川準監督の『**会社物語**』も、同じような感慨を抱かされる。会社を定年で退職する課長が、会社仲間とジャズの楽団をにわか作りに結成して、久しぶりに元気を取り戻す。ジャズ仲間は、もちろんクレージー・キャッツの面々だ。急を伝えられて送別会を中座して不良じみた息子の家庭内暴力にさんざんな思いもするが、どうやら無事にバンドのマスターを務めて、拍手を浴びる彼の顔は、ハナ肇その人のこの世への惜別にも似て、哀切に満ちている。親には子を持つ喜びと悲しみもある。物事にはマイナス面も隠されているもので、それを覚悟するのが人生なのだ。

会社を定年で退職することは、ある種の社会的な臨死体験をするようなものだ。わが人生に悔いはなく以て瞑すべしと、その境遇を達観できる人がどれほどいるのだろうか。不完全燃焼感をどこか抱える多くの人は、これまで所属した組織とは別のところに、何がしかの社会との繋がりを志向した精神的な糧を求めて、新しいステージへと一歩踏み出すようでもなければ、独りよがりの浦島太郎的悲哀を味わうことにもなりかねない。差し迫った生活の問題も，常に人を駆り立てる。どこまでいってもお金がついて回り、権力や名声や様々な欲には際限がない。求めても渇きのやまない世の中であってみれば、最後に問われるのは、生涯をかけて心底培ってきた掛け値なしのその人の生きる哲学であり、本音の価値観である。人はその人なりの思いに沿った生き方しかできないものなのだ。

終わりよければすべてよしと言われるように、ハッピーエンドでありたいのはやまやまだが、厳しい現実が訪れることもある。蔵原惟繕監督の**『キタキツネ物語』**は、四年の歳月をかけて北海道原野のキタキツネの生態を映像化した作品だ。この映画の雄は、他の雄との競争に勝って雌の愛を獲得し、子をなして一家の幸せな日々は続くかに思われたが、連れ合いの雌が仕掛けにはまって死んでしまう。無表情のまま横たわる雌の死骸に蝿が群がるシーンでは、かつてその雌と雄が鼻と鼻をくっつけるようにして愛を確かめ合ったシーンが、大きな落差となって蘇ってくる。仲が良ければ良かったで、こんな落とし穴が待っている。諸行無常と生死の輪廻をキツネに託して教えられるかのようだ。

憧れの対象は何も異性ばかりとは限らない。ルキノ・ヴィスコンティ監督の**『ベニスに死す』**では、マーラーをモデルとした年老いた作曲家が、体調も思わしくなく休養に訪れたベニスのホテルで、家族連れの美少年と出会う。折しもコレラが蔓延して戦々恐々とする中、一方的に見とれて恋い焦がれる日々を送っていた彼は、人影もまばらな浜辺に置かれた背もたれの長い椅子に身を預け、美少年が遊び戯れてやがて海に入っていく姿を眺めやるうち、体が傾《かし》いで静かな死を迎えて運び出されていく。

ともすると、この世は見栄の品評会のような世界でもある。上には上があり、下には下がある。

ジュリアン・デュヴィヴィエ監督の『**旅路の果て**』は、虚栄の市のような俳優仲間の老人ホームが舞台である。人を押しのけても役を得て、抜きん出た称賛を浴びようとするのが人気稼業の宿命だ。深作欣二監督の『**蒲田行進曲**』の忠義だけが取り柄で斬られ役専門の大部屋の役者が、時代劇若手スターの子を孕んだ憧れの女優との結婚を命ぜられて彼の歓心を買おうと妻に迎え、新選組の池田屋事件の通常より三倍も長い急な傾斜を階段落ちして辛《から》くも命拾いし、映画の最大の見せ場を作って意地を貫いたのとは対照的に、哀れをとどめるのは舞台に立つこともなく代役のまま引退したカブリサードだ。彼は舞台を踏んだかのような嘘で固めていたが、老人ホームで催された芝居に無理やり出演したのに老いぼれて台詞《せりふ》が出てこず、ぶち壊しになって幕は下ろされ、自殺する。彼が用意した弔辞には、「あらゆる演劇を見事に演じて才能は比類ない」とあり、一旦はそう読まれたが即座に否定され、「才能はまるでない」と言い直され、「静かに眠れ、演劇を愛した偉大な魂よ」と称えられて葬られる。

何事もなしえず、家族にも恵まれず、何のために生まれて来たのかと自らをはかなむ者もあるだろうが、生きることそのものが、良い意味でも悪い意味でもさまざまな仕事を生み出していく。称賛されようが迷惑をかけようが、人は人のために生きているのだ。ささやかであれ心ひそかであれ、僅かながらでも胸を張れるような事柄を見いだして、それを力に自らを鼓舞していくより術《すべ》はなかろう。

ジョン・フォード監督の『**リバティ・バランスを射った男**』は、銃の第一等の使い手トムの葬儀にランス上院議員夫妻が田舎町に鉄道で到着すると、特ダネを期待する記者にその訳を講釈する。西部に向かう駅馬車で、若造弁護士だった彼はリバティ・バランスたちの乱暴狼藉の洗礼を受け、トムやハリーに命を助けられる。怪我が治るまで皿洗いをするなどハリーの料理店を手伝い、住民に読み書きを教えていたが、現れたリバティに店で嫌がらせを受け、準州の地区代表選挙に飛び入りして敗れたリバティから町を出るか今夜決闘するかの選択を迫られる。トムに町を出るよう説得されるが、新聞社内の事務所もろとも荒らされた彼は決闘を選び、リバティが威嚇射撃に余裕を見せる中、遂に一撃で仕留める。一躍伝説的英雄となり、準州の代表から州に昇格すると知事三期、上院議員二期、駐英大使、再び上院議員として副大統領候補に擬せられる大立者となった。実はハリーの知らせで助っ人に向かい、暗がりから発砲したのはトムで、求婚相手だったハリーまで彼に奪われ、自宅を焼き払って助け出されるほど落胆したトムこそ真の英雄だったが、記者はその伝説を覆そうとはしなかった。

クリント・イーストウッド監督・主演の『グラン・トリノ』は、朝鮮戦争に三年近く従軍し、敵兵を一三人も倒してひどい気持ちになったが、シルバー・スター勲章を授けられた後、五〇年間フォードの工場で働き、結婚して家庭を持ち、長男と次男に恵まれていたコワルスキーが、妻を亡くして教会で葬儀を執り行う場面から始まる。彼は、子供たちや葬儀でも行儀の悪い孫たちとはそりが合わず、頑固で怒りっぽくなっている。妻が約束した夫がざんげをするよう神父に促されても、神学校出たばかりのガキみたいな童貞男と揶揄《やゆ》し、まるで従う気遣いもない。愛煙家の彼は咳をして血を吐くようにもなっていたが、彼が最も大事にしていたのは、一九七二年型グラン・トリノという高級車だった。

アジア系モン族のストリート・ギャングの悪ガキどものリーダー格のスパイダーが、従弟だからとタオに近づき、隣の家の彼の車を盗ませようとして、コワルスキーから銃を向けられて追い払われたことから、彼とタオとの接点ができ、悪ガキどもからタオがいじめられているところを見ておれず、銃を向けて退散させ、タオの姉スーが悪ガキに囲まれて難儀しているのに車で通りがかり、指でピストルを撃つ真似をした後、本当に銃を向けて助けたことから、隣家から感謝の品々が届き、一族の食事にも招かれるようになり、さらにタオに償いをさせるため働かせてほしいと母親に要請されて、大工仕事に使うようになったことで、不承不承だった関係が一層深まっていく。

ところが、筋のいいのを見込んで建築の仕事をあっせんし、工具も買い与えてやったのに、仕事の帰り道で悪ガキたちにタバコでタオが顔を焼かれ、工具を壊されたのを知ると、彼は仲間の一人をその家の前で殴り倒し、指の仕草をしてからピストルを突き付けてタオに近づくなと仕返しをする。悪ガキどもは、隣家を襲撃して復讐し、外出していたスーはレイプの暴行に遭って血まみれで帰宅する。俺は何て馬鹿な奴だと反省した彼は、あいつらが消えない限り隣家は幸せになれないと心に決めると、散髪をしてスーツを新調して、事の成行きを心配していた神父にざんげをしに行く。神父も驚くほどのその内容は、「一つは、エンジン付きボートを売って九百ドル得たのに税金を払わなかったこと。これは泥棒と同じだ。二つ目に、六八年に工場であったクリスマス・パーティーで妻とは別の女性にキスをしてしまったこと。三つ目は、二人の息子とうまく付き合えなかったこと。付き合い方がよく分からなかった」というものだった。いよいよ彼は、タオに勲章をあげて地下室に閉じ込めると、愛犬を隣家に託し、地下室の鍵のありかをスーに伝えると、丸腰で悪ガキどものたむろする家に向かい、拳銃を持って出てきたスパイダーたちに指でピストルを撃つ真似をして、タバコの火を求めるが、自ら懐に手を差し入れた瞬間に乱射されて、大の字になって雄々しい死を遂げる。信仰の厚かった妻の意向を汲んで自宅は教会に寄付され、グラン・トリノは、跳ね上がった彼の孫娘にではなく、タオに贈るよう遺言されていた。走るその車には愛犬も同乗していた。

『**わが谷は緑なりき**』は、ジョン・フォード監督がウェールズの谷の炭鉱に生きた一家の歩みを叙情豊かに綴る。生き方を全て父から学んだ末っ子ヒューが、「五〇年前の少年の頃の遠く昔に死んだ人の記憶は鮮やかに蘇り、友情はなお生きている」と前置きし、回想する形で物語は進められていく。モーガン家には長男イボールを頭に父と同じ炭鉱で働く五人の息子と、娘のアンハード、それに年歯のいかない少年ヒューがいた。長男がブロンと結婚して独立し、残った四人の息子は給料の減額に抗議してストを構える組合に入り、やがて別天地を求めて家を出ていく。炭鉱王の息子とアンハードの縁談が持ち上がると、牧師を慕う彼女は気持ちを確かめに行き、「聖職に入ることは、人生を神に捧げて生きることで、苦労させたくない」と牧師に言われる。炭鉱の事故でイボールが亡くなると、ブロンは男の子を産み、ヒューは優等で卒業しても進学せず、父を嘆かせながら炭鉱の仕事を選び、ブロンを慰めるため一緒に住む。あきらめて結婚したアンハードは、牧師が愛人で、離婚するとの噂を流される。罪人の烙印《らくいん》を押された牧師は、「心貧しく無責任な陰口をきく信者は神の名を語るな」と挨拶し、ヒューと別れを惜しんでいると、落盤事故が発生する。生き埋めとなった父は、「お前は立派な男だ」とヒューを称えて事切れる。「父のような山男に死という言葉はなく、心の中に鮮明に生き続けて愛を教えてくれる」とヒューは結ぶ。誰の胸にも人生を教えてくれた人の姿が息づいているものだ。

五月ともなれば、苗が植えられて緑なす水田と新緑の若葉に囲まれて、みどりの風がそよぎわたってきたわが家も、母が亡くなって空き家と化した。そして、四人家族のかけがえのない思い出を残し、ついに平成三〇年一一月に解体されて、周囲に惜しまれながら穏やかな死を迎えた。

『生まれてこないほうが良かったのか?』の一考察

いつものように本との出会いを求めて徘徊していると、衝撃的とも思える標題の本が目に飛び込んできて足を止めた。多くの人が多分しないで済んでいただろうと思えるような何とも嘆かわしい苦労を抱え込んでは、そんな思いに駆られることもしばしばあったからである。森岡正博の本のまえがきにも、「私自身、『生まれてこなければよかった』と思うことはたびたびある」とあり、その苦衷を潜《くぐ》り抜けたその先に、「生まれてきて本当によかった」という「誕生肯定」の道筋を見いだして、デイヴィッド・ベネターに代表される「誕生否定」と対峙させようと試みている。まるで、まだ若い頃から耳が聞こえなくなって苦難の生涯を送った雄渾《ゆうこん》の大音楽家ベートーヴェンの言葉にある「悩みをつき抜けて歓喜に到れ!」が連想されてくるかのようである。

この本では先ず、ゲーテの大作『**ファウスト**』(高橋健二訳)から、悪魔メフィストフェレスの台詞《せりふ》「生起するいっさいのものはほろびるにあたいするものですから。してみれば、なにも生起せねば一だんとよかったでしょうに」を引いて、事の本質をすぱりとつくのだが、ファウストからして、「ああ、わたしは生まれて来なければよかったのに!」と独白している体《てい》たらくなのだ。

ギリシャ悲劇のソポクレスの『**オイディプス王**』でも、舞台の合唱隊に「この世に生を享《う》けないのが、すべてにまして、いちばんよいこと、生まれたからには、来たところ、そこへ速やかに赴くのが、次にいちばんよいことだ」と歌わせている。

古来からこんな有様だったのだが、前出のデイヴィッド・ベネターも近著で、「どんな人にとっても、この世に生まれてくることは、生まれてこないよりもかならず悪い。それに例外はない」と断ずるその根拠は、要すれば「苦痛が存在するのは悪いことで、快楽が存在するのは善いことだが、真っ白なキャンバスに人生の絵を描こうとしても、汚れる部分が必ず出てきて、元の真っ白な美しさを超えることはないから」であり、「新たに子供を作るべきではなく、避妊と早期中絶が推奨されて、人類は絶滅するべきである」と述べるのである。

苦あれば楽ありと言われるように、苦楽は通常セットとしてあるものだから、キャンパスが快楽一色という訳には到底いかない。逆に、苦労した末にようやく達成できたことで、人はこれまでの苦労を帳消しにできる程の無上の幸福感を味わうものだが、そのプロセスすら否定してかかれば、この世に価値のあるものなど果たして存在し得ようか。それは、王侯貴族の酒池肉林の世界にも似て、退廃と退屈と退嬰と、退が揃った三拍子に倦《う》んで、早々に退場したくもなろう。もう半世紀も前のことになるが、女子大生が二人とも「今の世の中で、子供にみすみす苦労させることなどしたくないから、子供など作りたくない」と真顔で同調し合っているのを聞いたことがある。人類は滅亡すべきだとでも思っていたのだろうか。その後の二人の消息は知らない。

ショーペンハウワーもまた、「思慮深い人は、人生の終わりに際して、人生をもう一度繰り返したいなどとは思わないだろう。全く存在しないことを選ぶ方がまだしもはるかにましだと思うことだろう」と述べ、森羅万象「世界は存在しないほうが存在するよりもましだ」と、世界に存在する苦しみと悪をその論拠とする。そして、「生きようとする意志」を捨てた「無意志の状態」に至ることが最高善であり、さすれば死の恐怖はなく、真の「自由」が得られると説くのだ。

その対極に立つのはニーチェである。一切の苦痛にも一切の快楽にも然りと言い、「ああこの瞬間が何度でも戻ってくればいいのに」と、一切が帰ってくることを欲する永遠回帰の思想で生を肯定し、それが「必然的なことには私は傷つかない」運命愛へと繋がり、「われわれが在るところのものに成ることを欲する」に集約されて、実存主義への道へと連なっていく。

さらに、ハンス・ヨーナスは、地球環境が危機を迎える中で、人類の存続こそがこれからの倫理的な規範となるべきだとして、人類は「義務」を担える存在にまで進化した人類を消滅させてはならない「義務」を担っていると主張する。しかし、その「義務」をもたらしたのは当の人類なのだから、何やらマッチポンプのようでもある。とはいうもののその一方で、「テクノロジーによって永遠に生きようとする欲望が人類にある」ことを指摘した後に、しかし「それによっては幸せになれない」とも断じており、何とも分かりづらい。

しかし、「人生二度なし」の警句で知られる森信三は、仏教に「人身うけがたし」という言葉があることを紹介し、これは「昔の人たちは、自分が人間として生をこの世にうけたことに対して衷心から感謝したもの」だとし、「自分は人間として生まれるべき何らの功徳も積んでいないのに、今、こうして牛馬や犬猫とならないで、ここに人身として生をうけ得たことの忝《かたじけな》さよ！という感慨があってこそ、初めて人生も真に厳粛となるのではないでしょうか」と述べている。これ以上に「誕生肯定」を擁護する考え方があるだろうか。そして、「生き甲斐のあるような人生を送るには、自分が天からうけた力の一切を出し尽くして、たとえささやかなりとも、国家社会のために貢献するところがなくてはならぬでしょう」と続けるのである。

著者は、「人間個人が死ぬときに、『生まれてきて本当によかった』と思いながら死ぬことができれば幸せであるように、人類もまた絶滅に直面した時に、『人類は生まれてきて本当によかった』と集合的に歴史を振り返りながら死に絶えていくという道筋があってほしい」と述べ、「これから未来に向けて生きていく人生の中で、『私は生まれてこないほうが良かった』という思いを解体する道筋を探していく」ことをライフテーマとして掲げようとするのだが、人類の滅亡を引き合いに出すなど楽観論には立っていないように見える分、道程《みちのり》は険しいようにも思われる。

人類の存続については、明治の昔から関心が持たれていて、丘浅次郎が著した『**進化論講話**』の渡辺正雄の解説によると、丘は明治四三年一月に『中央公論』で「人類の将来」を語り、中生代の大トカゲ類や第三紀の巨獣類が絶滅した例を引いて、「かつては人類をして他の動物に打ち勝たしめ、文明人をして野蛮人を征服し得せしめたその腕と手との働きが、やがてかえってわざわいをなして、人類をして、あたかも空に向かって投げた石がおちくるときのごときパラボラ線を画いて一刻ごとに速力を増しつつ滅亡の運命に向かって進ましめる」と述べ、世道の退廃と人心の堕落、文明の発達による体力の減少、暗殺と謀反の頻発、酒・煙草や食品添加物の害、職業病の増加、私欲の増大に伴う協力一致の働きの低下などを例示し、駄目を押すように、平家滅亡の史実をとりあげ、「盛者必滅とは人の唱えきたったことで、始めあるもの必ず終わりあるは、これ生滅の法〔是生滅法〕である」と結論付ける。ちなみに、『平家物語』には、「たけき者も遂には滅びぬ」、「平家の子孫は永く絶にけれ」とあり、これを受けて、石母田正は、「殿上の交りをさえ嫌われた地下《じげ》の身分の『凡人』にすぎない清盛とその子孫が、大臣・大将となって、綾羅錦繍《りょうらきんしゅう》の美衣をまとうにいたったことを『不思議』なことの一つにかぞえている」とし、「叛逆者であり、身分の卑しい地下のものが、成上り、天下を掌握した点に、作者の清盛に対する関心の一つの焦点があった」とする。そして、丘の『生物学講話』では、生物とは「食うて産んで死ぬもの」であり、それは「単に個体だけのことではなく、また種族にも当てはまる」として、終章の「種族の死」では、最後の節を「人類の滅亡」としているのだ。

誰しもが想像できるように、幾何級数的に増えていく世界人口の増加を前に、先進国と同様の暮らしぶりを目標としていけば、石油を始めとする資源は早晩枯渇して立ちいかなくなるであろうことは、その有限性について一九七二年に警鐘を鳴らしたローマクラブの『成長の限界』に指摘されている通りである。それは「人口の増加や環境汚染などの現在の状況が続けば、100年以内に地球の成長は限界に達する」というものだが、その予言通りに人類は二〇三〇年の臨界点に向かっているとして、『成長の限界』から五〇年たった二〇二二年に、新レポート『Earth for All（万人のための地球）』を発表し、「二〇三〇年までに経済破綻に続き、人口減少が起こり、人類の衰退が始まる」と予測を強めている。意外にも人口の増加どころか、減少が引き金となるのである。

石油事情等から推して、こうした予測を否定してかかる向きもあるが、何もこうした指摘に拠らなくとも、ごく普通に考えてみても現在の暮らしの延長線上に待ち受けている近未来の構図であろう。

それに地球温暖化による気候変動が加わり、飢饉や海面の上昇を招き、乱獲や森林の伐採等による生態系の変化によって、コロナのような新型の伝染病が発生し、多くの生物が絶滅し、あるいは絶滅危惧種の瀬戸際に立たされている。スモール・イズ・ビューティフルを唱える学者はいても、世界的規模で拡大して発展を求めてやまない経済の論理とは相容《あいい》れず、生活水準を落としてまで本気で付き合おうとする人は少ない。少子化は、生活水準を落とさないまでも人口の総量を減らすことで、省資源化の要請に応えようとする無意識的な一人一人の若者たちの選択の集積結果であるようにも思えるが、人口が縮小したなりの経済のかたちが先進国それぞれに求められていくこととなろう。移民で減った分の人口をカバーしようとすれば、その分だけ移民の母国の発言力も強まることを覚悟してかかる必要があろう。隣国には超大国となった中国が控える。さらに、日本人との婚姻が進めば、もはや元々の日本人の国の成り立ちと同じという訳にもゆくまい。その間に、デジタル化とＡＩが割って入り、知能を持つロボットのような国籍不明な機械が介在してくる。そのロボットがＳＦ映画にあるように感情を持ち出したらどうなるのか。そうなると、「生まれてこないほうが良かったのか?」と考える主体は一体誰になるのか、何とも空恐ろしくなって思考停止してしまう。また、クローン技術が応用されての「人」の誕生もあり得るかもしれない。さらには、生身の出産に代わって、人間は単に精子と卵子を提供するだけで、人が生まれてくることもあるのかもしれない。それを進化だとするのは憚《はばか》られるが、それでなくとも「進化」すればするほど、逆に人が本来持つ動物的・生理的な側面がアンバランスなまでに際立ってくる。

自己が自分自身になるということ

デカルトの「我思う故に我あり」の感慨にとらえられる一方で、人生は「あれかこれか」の多分に苦汁に満ちた選択の連続であることを実感させられればされるほど、人の意識は生き方の解を何とか探り当てようとし、己を掘り下げていくうちに真の己になるための投企を繰り返し、自ずと実存主義へと向かおうとする。その援軍となるのは古今東西の名著であるが、明快な解釈が与えられたようで膝を打ったのも束の間、日々の暮らしに追われているうちにその言葉の記憶は薄れ、また別の名著の言葉の洪水にあえなく押し流され、流浪の民のように蜃気楼のような安心立命の地を求めてさ迷い歩き続ける。そんな雑然たる思いを抱えた者にとって、**『もういちど読む山川倫理PLUS人生の風景編（小寺聡）』**は、一旦頭の中を整理するのに格好の良書である。哲学のポイントを衝いた解説に加えて、「人生の風景編」と銘打たれているように、小説の中からもその哲学を裏付けるような名場面が的確に引用されて説得力があるが、その箇所がこれまで私も取り上げてきた内容と重複するものも多いことに驚き、また安堵もさせられた。

キルケゴールから紹介すると、彼はレギーネとの婚約を解消した後、三〇歳で『あれかこれか』を著したが、『死に至る病』（桝田啓三郎訳）の中で、「自己が自分自身であるかぎり、自己は必然なものであり、自己が自分自身になるべきものであるかぎり、自己は可能性である」と述べる。そんな道行きの実存には、実に厳しい前途が待ち受けているのだが、それを他の人達の群れから一人離れた「例外者」であるとの自覚のもとに、彼は孤独と深刻な苦悩の果てに、キリスト教の信仰も、イエスの存在を自身が単独者として決断していくものであり、そうでないと絶望すなわち「死に至る病」になるのだから、主体的に選び取って神を見いだすことに、究極の理想と救済を求めている。

ところが、ニーチェとなると、「神は死んだ」というニヒリズムの立場から、キリスト教の教えはルサンチマンの弱者の道徳だと排斥し、超人と永遠回帰の思想を説いて憚《はばか》らない。それは運命愛であり、『お前は、このことを、いまいちど、いな無数度にわたって、欲するか？』という問いが、最大の重しとなって君の行為にのしかかるのであろう！」（『悦ばしき知識』（信夫正三訳））という謂いであり、「これが人生だったのか。よし、もう一度！」（『ツァラトゥストラ』（手塚富雄訳））という覚悟である。しかし、これほど強靭な人間、すなわち超人が果たして存在するのだろうか。ニーチェは狂人となってその生涯を終えている。中世の神学者アウグスティヌスの、『告白』（山田晶訳）の中から引用される、「あなたは私たちを、ご自身に向けてお造りになりました。ですから私たちの心は、あなたのうちに憩うまで、やすらぎを得ることができないのです」から「あなた（神）のもとにかえるときはじめて、純粋透明なすがたで見い出されるものを、あなたに背いて、あなたの外に求めるとき、姦淫の罪を犯します。あなたから遠ざかり、あなたに背いて高ぶる者はすべて、転倒した形であなたを模倣しています」という言葉が、まるで警告のように想起されてくる。

さて、サルトルとなると、ぐっと現代に近づくが、『実存主義とは何か』（伊吹武彦訳）の中の、「人間は自由の刑に処せられている」が、「人間が定義不可能であるのは、人間は最初は何者でもないからである。人間は後になってはじめて人間になるのであり、人間はみずからが造ったところのものになるのである」から、その過程において「実存は本質に先立つ」といった言辞は、「例外者」としての自己を希求するキルケゴールの言葉のニュアンスとも何と似通っていることだろうか。

その後のフランスの哲学者メルロ＝ポンティは、身体と受肉した精神という身体の両義性を論じ、晩年の『見えるものと見えないもの』（滝浦静雄他訳）では、「意識が見ていないもの、それは意識が見ることを可能としている当のものである」から「見るということは、ひとが見ているよりももっと多くを見ることなのである」としているが、こうした呼吸を具現化するかのように、フランスの作家プルーストが、「この肉体と合体した時間の観念、われわれから切り離されていない過ぎ去った歳月の観念」を作品化した『失われた時を求めて7』（井上究一郎訳）には、「そんな印象を、よりよく味わうただ一つの方法は、それの見い出される場所、すなわち私自身のなかにおいて、もっと完全にそれになじみ、それの奥底まで明るくするように努めることだった」とか「密封した無数の甕《かめ》のなかにはいったように、閉じこめられたままで残り、その甕の一つ一つには、絶対に他と異なる色や匂いや気候をふくむものがいっぱいにつまっている」といった表現があり、見ることを深化させて実相に迫ろうとする、画家にも共通する芸術家の真骨頂が窺われる。

そして、見えないことの究極は、身体で現しきれない精神のありか、最終的には肉体を失った死であるが、死者に対する記憶の存続と愛情とを結び付けて表現する劇作家にして哲学者ガブリエル＝マルセルを論じて、小寺聡は、「この世における私たちの身体には死による限りがありますが、その身体を媒介として参与する存在は不滅であると考えます。（略）肉体を失って〈見えない〉ものとなった死者たちは、〈見えない〉存在の地平へと静かに帰っていくように思われます」と付言し、また同じフランスの哲学者ジャンケレヴィッチも、「人が現実に私から存在を奪うことはできても、存在したという事実を無に化すことはできない」し、「この〝存在〟はアウシュヴィッツで虐殺され、殺された無名の少女の幻のようなものだ。その少女のささやかな地上の生が営まれた世界は、根源的に、そして永遠に、それがなかった生とは異なる」（『死』（仲沢紀雄訳））と、個人のかけがえのない尊厳を強調する。

『善の研究』を主著とする西田幾多郎も、「世界は個物的多と全体的一との矛盾的自己同一の世界である」が、「斯《か》く自己の永遠の死を知ることが、自己存在の根本的理由であるのである。何となれば、自己の永遠の死を知るもののみが、真に自己の個たることを知るものなるが故なのである…永遠の否定に面することによって、我々の自己は、真に自己の一度的なることを知るのである」と自己の唯一絶対性を説き、「自己の奥底には、何処までもわれわれの意識的自己を超えたものがあるのである…我々の自己はそこから生まれ、そこから働き、そこへと死に行くと云うことができる」としており、先ほどの〈見えない〉存在の地平の指摘と通じるものを感じさせられる。それは、森敦の『月山』の一節が引用されているように、「彼方に白く輝くまどかな山があり、この世ならぬ月の出を目のあたりにしたようで、かえってこれがあの月山だとは気さえつかずにいたのです」が、「月山が、古来、死者の行くべきあの世の山とされていたのも、死こそはわたしたちにとってまさにあるべき唯一のものでありながら、そのいかなるものかを覗わせようとせず、ひとたび覗えば語ることを許さぬ、死のたくらみめいたものを感じさせられるためかもしれません」といった聖地が世界の各地にあるのかもしれない。

父が亡くなった五月の朝は、澄み切った青空にくっきりと鳥海山と月山の山並みがその全容を現して、あたかも父の霊を迎えてくれているかのようで、荘厳な気分にさせられたことがあったように。

中島義道の**『哲学の教科書』**も、期せずしてこれまでの記述を裏付けてくれるような論旨の運びとなっている。「宇宙飛行士であろうと都庁舎を設計した建築家であろうと、オリンピックで金メダルを取った水泳選手であろうと、それはひとりの人が死んだという重みに比べれば何でしょうか」と問いかけて、「いかに輝かしい仕事でも賞でも地位でも、この人生でせいぜい二番目ないし三番目に重要なことに過ぎず、人生の最重要事にはなりえない」と断じる。何となれば、「死」を隣におくと、その虚しさは拭い切れないからであり、それは、「結婚して幸せな家庭を築くことや、一戸建てに住むことを人生最高の目標に据えることは、内閣総理大臣になることを人生最高の目標にすることと優劣つけがたいほど虚しい」のと同じだというのだ。「作家・詩人・音楽家・画家・映画監督・役者・舞踏家・演出家・デザイナー・料理人・漫画家等々、職業としてみずからを表現できる人」、「こうした『もの』に託した自己表現も、やはりこの人生でたかだか二番目に価値あることにすぎません。ここに、最高の自己表現、誰にでも適性がありかつ人生の最高目標に据えるにふさわしいことが、一つ残されています」として、「自分自身になる」ことを挙げるのだ。マザー・テレサを例に引き、「自分の信念に基づき、一生精進ないし行動することは『自分自身になる』こと」であり、「自分のよい個性を伸ばすことも『自分自身になる』こと」なのであり、「特別世間的には偉くなくとも、その人のそばにいるとホッとするような人、安心するような人はどこにでもいるもの」だが、「『自分自身になる』ことは、必ずしも世のため人のためになることを含意してはいません」とし、「『よいこと・悪いこと』といった枠を越えたもっと根本的な意味があり」、よきにつけ悪しきにつけ「『自分自身になる』ことは一生の課題であり、しかもそれはあなただけに与えられた課題ですから、誰も横取りできない」ものである。

深川栄洋監督の『**洋菓子店コアンドル**』では、急に入った仕事を優先させて幼い娘との約束に遅れ、目の前の事故で亡くしたトラウマから国際的名声があったパティシエを辞めた伝説の男を、鹿児島から出てきた肝の据わった娘が店の再建に担ぎ出そうと押しかけ、ドア越しに「もう逃げないでください。私も逃げない。十村さんのケーキは人を幸せにするんでしょ。本なんか書いてないで。先生なんかしていないで。私じゃ…力不足で…ダメなんです」と切々と訴える場面は圧巻で、遂に翻意に導く。

ついでながら、中島義道の『**〈対話〉のない社会**』も示唆に富むのでこれも紹介すると、わが国独特の「場の倫理」からする全体的な「空気」に支配された「思いやり」と「優しさ」と「和の精神」と「世間体」が過度に強調され、自己主張は醜いものとする風潮が、実は対立や対話を忌避する閉塞した状況を産んでいるとして、わが国の事なかれ主義を痛烈に批判して、その気概と生き方を提示する。それは、学生たちの授業中の私語の多さと、そうした個々人を毅然として撃退できない教師の腑甲斐無さを嘆くことから筆を起こして、押し付けがましいスローガンの洪水を嘆き、日本人の紋切り型のスピーチや学会での相手を憚る物言いに失望し、対話は会話とは違って自分の人生を背負って語る全裸の格闘技であるとして、そこに個人間の小さな差異を認め、言葉の持つ責任を重視する姿勢を取る。そして、攻撃的で競争指向的な強い個人主義に立つのが西洋であるとすれば、わが国は集団に依存する競争回避的な弱い個人主義であり、絶対に欧米社会のようにはならないとしながらも、せめて数パーセントでも対話を尊重する考え方を採用すれば、弱者が泣き寝入りすることのない風通しのよい社会が実現するのではないかと夢を繋いでいる。そのためにも、先ずは己の哲学を各人なりに紡ぎ出し、自己を確立して自己が自分自身になることから全てが始まるのだ。

自分を信じるということ

杉原梨江子編訳の『**自分を信じる**』は、超訳した「北欧神話」の箴言集だが、実に心に響き背中を押してくれる良書である。そのはしがきにあるように、自力の精神で貫かれており、神々の言葉のエッセンスとして、「絶対的に、自分を信じる」、「決して、あきらめない」、「運命は、自分で切り拓く」が掲げられている。全ては断固として自らが主体的に決めていく生き方を教える二一九ものアドバイスは、以上の三つのいずれかに分類されよう。

「**絶対的に、自分を信じる**」とは、まさに自己肯定感そのものである。

自己肯定感があれば、心の底から湧きあがってくる「己の直観に従いなさい」ということになるし、「決断を迫られたとき、人間の器が試されます」と言われてもたじろがずに答えが出せるし、「自分の心が『ノー』と言うことをしない」のは当然のこととなる。

それればかりか、「理不尽に対抗する」気概を持つようになり、「成功のために何を捧げるか」をわきまえるようになり、「悪い言葉は心の中から追い出す」ことが習いとなるから、「いつも元気で」物事に取り組んでいくことになる。とりわけ重要な指針は己の直観であり、人はおおよそこの直観に従って人生を渡っている。虚心坦懐に向き合えれば、真の直観は決して過《あやま》たない。

「**決して、あきらめない**」とは、物事をやり遂げる時の不可欠の要件である。あきらめないとは、物事をやり続けるということであり、それは成功した後にも求められる姿勢である。一時成功したように見えてもそれを持続できなければ、結局は失敗に等しくなる。

成功は希少価値のあるものを獲得することであるならば、多くは競争者が現れることが避けられず、さすれば「戦え、ひるむな」ということになり、平穏無事とばかりはいかないから、「何事もなかったように、タフであれ」ということになる。

戦いとなれば、一歩先んじた姿勢が、有形無形に要求されてくる。また、それに応えようとする自分がいるもので、「現地には、誰より早く到着する」心構えになり、「災いを避ける言葉を選び、雄弁であれ」と肝に銘じ、「堂々と、その場で反論する」自分を発見し、時には威嚇するような凄みを身に着けるようになるが、「論争の後は酒を酌みかわす」余裕と風格も漂ってくる。そして、悲観するより楽観することこそ妙薬なのだと悟り、用意周到ではあれども「心配し過ぎない」境地に至り、「やるときはやる、頼りにされる人間になる」と覚悟を決めるのだ。煎じ詰めれば、タフであれの一言に尽きる。

「運命は、自分で切り拓く」とは、人生はどこまでも一人だと覚悟を決める言葉である。

真に運命をつくっていくのは、親でもなければもちろん他人でもない。言い訳が立たない自分に、全ては帰せられる。だからこそ、ただ一度の人生をかけて、「この世にまだないものに挑む」気概を持つようになる。しかし、順風満帆とばかりはいかないから、「自分を責めない、見捨てない」をモットーにし、「自分の力を正しく知る」冷静さを保ちながら、苦労して「手に入れたものを離さない」覚悟を決めて、「ひとりを愛し抜く」。

順調ならばなおのこと、行く手には一見もっとよさそうな人や物事が現れるものだが、「好条件を断る強さをもつ」ものの、一旦物事を仕切った後は「戻らないほうが幸せ」であると言い、「必要なときに、運命と出会う」ものであり、出会った以上はあるいは出会うためにも「罪を犯さない」ように、ともかく「生き続ける」ことだと励まし、人類が生を享けた「遠い昔、この世は無。無から有を生み出す」歩みに自分の運命も重ね合わせていく。そうして切り拓いてきた己の「魂は永遠」なのである。問題は魂が喜ぶような運命と出会えるか否かである。

人生の羅針盤が間違った方向を指し示していないか確認するためには、自己啓発コーナーの本は有用である。どの本の内容も大同小異だから、レイアウトを含めた文章の読みやすさが鍵となる。ついついまた買ってしまうのは、自分に突き刺さってくる言葉があるかどうかだ。

ジェリー・ミンチントンの『**うまくいっている人の考え方**』（弓場隆訳）は、自尊心をどう高めるかをテーマにする。それが持てず、弱虫だ、不完全な人間で、欠点だらけだと自分を貶《おとし》める考え方を廃し、自分を好きになり自信を取り戻すためのアドバイスを授ける。

先ず、自分を許し、長所だけに目を向け、したくないことははっきりと断り、いやなことを言う人は相手にせず、地位や財産で人を判断せず、たくさん失敗してたくさん学ぼうと指南する。その結果、仕事を楽しみ、相手にどう思われているか評価を気にせず、不平・不満を言わず、自分は幸せになれると信じ、あるがままの自分を受け入れる境地へと辿り着く。そうなれば、他人に期待せず、完璧を求めず、自分を他人と比較せず、自分の価値を疑わず、自分で自分を苦しめず、無理をして人から好かれようとせず、自分の決断に自信を持つ自分を褒める自分がいる。さらにその先には、批判は余裕を持って受け入れ、ほめ言葉は素直に受け入れ、他人を変えようとせず、自分でできることは自分で行い、この世に生まれてきたときから、自分の存在そのものに価値があると信じる自分がいる。だから、どんな出来事も、いいほうに解釈し、問題の原因は自分にあることを認め、自分に頼り、他人を批判せず、自分の人生に起こること全てに責任があるとの覚悟が決まる。

同じ著者の『**心の持ち方**』(弓場隆訳)では、さらに、親や教師といった権威者による子どものころに受けた評価に左右されない、あざけりを真に受けない、悪い習慣を断ち切る、問題を書くことで解決する、悲しい記憶を何度も思い出さない、内なる批判者に反論する、目標を実現した映像を心の中に描く、完璧をめざさない、先延ばしにしない、人と違っていることを恐れない、「ほぼ」完璧なパートナーを見つけるといった点が加わる。徹底して親を含む他人指向の生き方を峻拒し、どこまでも機軸を己の良心と能力に置くのだ。

ジム・ドノヴァンの『**何をしてもうまくいく人のシンプルな習慣**』(弓場隆訳)では、「幸福にできるのは自分だけだから、幸福であることを選ぶ。人生はリハーサルではない」から説き起こし、「自分の人生の全責任をとる」、「目的に対してコミットメント(ひたむきに打ち込む姿勢)をもつ」、「自分の能力に確信をもつ」、「年齢を気にしない」、「先延ばしをしない」、「ポジティブな気分を高める言葉を使う」、「自分の成功を社会に還元する」、「体を動かす」、「上を向く」、「好きなことを仕事にする」、「創造性を発揮する」、「見返りを求めずに与える」、「絶えず努力する」、「手に入れたいものを鮮明にイメージする」、「成功者をまねる」と続ける。

それらに通底するのは、自己肯定感を基盤として自分を信じて、目標の実現まであきらめず、運命を切り拓く、己の意志に忠実で真摯な生き方そのものである。

心の探求と人生の覚悟

人の心ほど分からなく、また摩訶不思議なものはない。十人十色で千差万別ながら、全く同じような反応を示すこともあれば、驚天動地のふるまいに度肝を抜かれることもある。

石田勝正の**『心って何だろう』**の肝は、「人生は交流のためにある」ということだ。「交流が大切だというよりも、交流が全て」なのであり、「交流ができない時」は「心にとっての失業」なのだと強調する。その「潤滑油は愛情」であり、「安心で、快く、命を慈しみ合う交流」をもたらし、「自分も仲間もできる限り長生きすることを願う交流」に通じていく。だから、「幸福とは、温かい交流をすること」であり、それ以外のもの、「例えば名誉、地位、金銭などを求めることも社会の活力源としては必要なこと」であっても、「人生の最後にそれらを得ることが幸福だったとは感じられない人も多いのでは」と疑問を呈する。それは、世界屈指の投資家ウォーレン・バフェットが述懐する、「年とった時、家族や仕事仲間など自分の周りに自分を愛してくれる人がいる人は例外なく『人生は成功だった』という」とも符合する。それとは真逆なのが、「憎しみの交流」である。ちなみに、アメリカの生後三カ月の赤ちゃんを使った実験でも、箱の中のおもちゃを求めて箱を何とか開けようとする時に意地悪して開けさせない人形と開けるのを手伝ってくれる人形を見せて、どちらの人形を取るのか見ていると、殆ど例外なく箱を開けるのを手伝ってくれた人形を選んだという。家族だけの単位で孤立するように暮らす筋骨隆々としていたネアンデルタール人が絶滅したのに対し、体格的にひ弱なホモ・サピエンスが生き残ったのは、集団をなして家族ともども暮らしていたため、知恵が発達して利器が開発され

ればいつでも困窮する集団があることを、気候変動が目まぐるしかった厳しい時代でも困窮する集団があ

れば食べ物を分け合うなどして助け合ってきたことがその要因だとみられている。

『心って何だろう』でも、「大勢と人づきあいをするにしても、最初は、一人ずつ丁寧な愛情のこもったつき合いから始めるのがよいことを、赤ちゃんは教えられなくても知っている」のは、「後から群れに入れてもらったある犬が、その群れの仲間入りをしていく際に、新参者の犬はまず先輩の犬一匹ずつに鼻を突き合わせて丁寧に挨拶して回り、結局は全体の集団と仲良くなる」のにも似て、「まず一対一の愛情で結ばれることが、仲のよい集団をつくる基本であるということを動物は本能的に知っている」からだと指摘する。これらから演繹すると、「人前であがる」という現象も、「一時的に自己の存在に対する自信、すなわち存在感がなくなる」ためであり、「それは聴衆との交流不足によるもので、「自分の存在感は、『何らかのものと交流している自分』として無意識に把握できるもの」なのだから、「大勢の人前に出る直前に、前の方に座っている優しそうな人を見つけて、その人の目を優しく見ながら、『これから下手な話をしますけれど、どうかよろしく』と思う」ようになったことで、「『人と温かい交流をしている自分』として自分をつかむことができ」て、「自分の存在感が立ち直って、あがらずにしゃべれるようになる」というのだ。一事が万事で、「心の判断基準づくりの最初に、『抱かれて、安心して、自信を持って、母親と交流している自分』という体験を基につくっておく」といいというのも、「次々とその後つくられる心の判断基準が安心感と自信のあるものになっていく」からで、人と人との交流が人生を豊かに確信に満ちたものへと誘ってくれる土台となっているのだ。

とはいえ、価値観が錯綜《さくそう》する人間同士が対峙する社会は、修羅場の連続でもある。

加藤諦三の『**感情を出したほうが好かれる**』の内容は、自分を隠さず素直に感情表現して自分に自信を持って生きていくほうが逆に人にも好かれるし、一目置かれることになるということに尽きる。

また、修羅場を逃げてその上で努力し、頑張ったとて意味がなく、本当の自分も見失ってしまうと警告する。さらに敷衍《ふえん》すれば、修羅場を逃げなければ、その厳しい経験が自分に自信を与えるばかりか、心が成長して大きくなり、自分が真に欲しいものも分かってくる。時に重荷に潰《つぶ》されそうになるが、それでも耐え忍んでいけば最後には安らぎが得られる。失うものはもともと自分のものではない証左だから何も恐れるに足りない。修羅場を逃げた後で真面目に生きようとしても、その真面目さだけで解決できないことが多々あるのだから、心は落ち着かない。逆に、物事に正面から向き合い、自分を出してしまった人は心が落ち着いており、人にも好かれる。人の申し出にノーと言っても好かれる人がいる反面、イエスと言っても好かれない人がいるというのだ。

ロバート・D・ウェッブ監督の『**誇り高き男**』は、前出のフレッド・ジンネマン監督の『真昼の決闘』にどこか通じるところがある。悪徳業者バレットが町に乗り込み、カジノ付きの酒場を開くと、保安官（ロバート・ライアン）との因縁からたちまち撃ち合いとなり、保安官は頭に擦《かす》り傷を負い、視界がぼやける症状に悩むようになる。折しも、丸腰だったという父親が保安官に殺されたことを根に持つ若者の誤解が解け、助っ人が得られたため、保安官を辞めて目の治療にここを離れるべきだという医師や酒場の女サリーの忠告にも、「逃げたくない。恥ずかしい人生は嫌だ。記憶は残る。5分で決めたことに一生後悔することもある」と応じず、バレット一味との対決に命をかけ、助っ人と職務を全うして、負傷した腕の治療にサリーと共に馬車で向かう。逃げない男のこれ以上の見本はない。

加藤諦三はまた、『**たくましい人**』の中でも、「誰でも平穏な人生を送りたいと願っている。それにも拘らず人生は用心しても避けられないほどにトラブルの連続である。だが、誰も助けてはくれない。自分を守るのは自分しかいない。困難に遭ってもそれをバネにできるようなたくましい人になるのが、幸せになるための唯一の方法なのだ」と述べ、そのためには、人生に無駄はなく、逃げれば破滅すると心得て、強くなる以外に道はないと覚悟を決め、「神様は必ず自分を見ていてくれる」と思い、地に足のついた生活を心がけ、戦う楽観主義者になって、長所で勝負せよと、その秘訣を伝授する。

しかし、「初めての挑戦…逃げだしたい…。初めてのことに臨むときに、人が神様から与えられる試練…。それが緊張。しかし、誰もが最初は素人だ。挑戦しなければ、ずっと素人のまま。1年後、3年後の輝いている自分を思い描いて最初の一歩を踏み出そう」「恐怖は幻想にすぎない」と、杉澤修一は『**挑戦者たちのバイブル**』で説く。そして、「一番大切なのは、挑戦のきっかけとなった『思い』の強さ」だという。まさにその通りで、「思い」が強ければ自ずと道は開けていく。不退転の覚悟はそこから生まれる。どうしてもやり遂げなければならないと心底から願うことに傾注して行けば、天が味方するかのように、「あきらめようとした直後に、ミラクルは起こる。ピンチのときこそ、チャンスあり！」なのだ。だから、「最も後悔するのは、あのときに自分のことを信じ続けることさえできたなら、その夢は叶っていたって神様から知らされたとき」ということに、往々にしてなりがちだ。その見極めが成否を分けることになるのだが、悩ましいのは、Aにチャレンジしたいのに Aを小ぶりにしたBの機会しか得られず、Aの道は運任せとなる場合の決断である。Bの道に踏み込めば、本気で打ち込むうちに容易に離れがたくなる場合も多い。そうなると、本命のAではなく想定外のBを選択したに等しくなる。特に、誰もが一般的に歩む「安全」な道から、一人だけ離れて「リスク」の多い小道へ分け入る決断を迫られる場合は、判断が難しい。この辺りの消息を泉谷閑示は、『「**普通がいい」という病**』の中で、誰もが行く「大通り」では、「『みんなそうだから私もこれでいいんだ』と思って、自分自身では判断を行っていません。（略）そういう意味で自分の人生に責任を持っていないし、自分の人生にもなっていない」のだから、実は「不自然で窮屈な道」なのであり、「人間はそれぞれユニークな存在」で「本来一万人いたら一万通りの道なき道があるはず」なのに、その代償であるかのように、「不自由だけれど安全」な「大通りの人たちは、必ず徒党を組みます」と指摘する。しかし、「自分自身の生が不自然だったと思えてしまった」という「大変な後悔」を「死を目の前に」しないためにも、「失敗も成功もすべてひっくるめて、自分らしい人生だったと思える」ように、「死というものを隣に置いて」「今の自分の生き方が本物なのか」思いを巡らしてみる必要があると述べる。そして、いかなるプロセスを経ようとも、ともかく決断してしまえば、ゆくゆくは『挑戦者たちのバイブル』にあるように、「自分自身が選んだ道なのにこの道が私を選んだと感じるときもありました」という感慨にも繋がっていく。そこには導き手となる伯楽が介在するものだ。「人と人が出会う確率って、とてつもなく低いのです。気が遠くなるくらいに。奇跡みたいなもの」なのだが、それらも含めて「大きく断言し、大きく信じ、大きく祈る。すると、大きなことが不思議と起こる」と、指南するのだ。

再び加藤諦三のアドバイスに戻ると、『「**どうにもならない時」は穴を掘れ**』と『**苦しくても意味のある人生**』の中で、「いろいろな人に出会い、そのいろいろな人に自己を同一化し、そして真の自分を形成していくのに、彼らはいつになっても、小さい頃の重要な他者の呪縛から逃れることができないでいる。親から本当には愛されなかった人だけがスーパーマンになりたがるのである」として、「人は必要でなくなったものを捨てることで心理的に成長していく。親離れできない子供は心理的に成長できない」と、特に親が子に与えた不用意な一言や暗示の影響の強さにも言及しながら、「自分を信じられるようになって、はじめて自信を持てる。眼を見て話す。極端に言えば、『相手が話さないならこちらも』と思うくらいの強さが必要である」と説く。だから、「自分自身の人生を生き始めたものは、他人を恐れない。言いたいけど言えないでストレスに倒れることもない。また、ストレスが少ないから食欲もわくし、睡眠も十分にとれる」のに対し、「神経症者は皆自己蔑視している。その自己蔑視と成功とが矛盾するのである。成功しそうになると、自分は成功に値しないという心の底の声に脅えることになる。成功しそうな自分の立場が怖くなる」のも、「自分を安売りする」のも、「何をやるにも誰かに承認されないと不安である」からで、「心理的に健康な人は、そんなにすべての人から受け入れられたいと思わない」と突き放す。こうした「自己蔑視の苦しみを解消できるものは、親しい友人であり、恋人である。自分の心の底を隠さずに打ち明けられる一人の友人、一人の恋人は全世界の富にも優るのである。心が触れ合うと自分の価値を感じる。それはお互いにかけがえのない存在になるから。そしてその出会いが、私たちの健康と幸福をもたらしてくれる」と処方箋を示す。そして、「劣等感さえなければ、自分に無理をして頑張らない。劣等感さえなければ、ストレスで消耗しない。所属感さえあれば寂しくない。寂しくなければ、認めてもらおうとして無理をしない。ストレスがない」と主張するのだ。練達の士の目の付け所は、大同小異である。

堀田力の**『堀田力の「やりたいことだけ」やる。心は上天気！』**でも、「『自分では本当はこうしたい』と思っている」ことは、「世間基準などに流されることなく、自分のスタイル、自分の生き方、自分の価値観を貫く」ことであり、「『基本的な人間関係は〝依存〟で成り立つ』と考えてしまうような人間」は、「か弱い心の持ち主」だとして、例えば「たくさんの会合やパーティーのお誘いがきます。行けば行ったで、やらなければならないことの時間も潰され、そのことでストレスがたまる。行っても結局は不愉快な気分にさせられたりして悔やむこともあります。経験上、マイナスのほうが多いのです。だから、私はパーティーには極力行きません」といった処世術に落ち着くのだが、それは「自分本位」という心構えに徹するようになって強くなったという夏目漱石の気概にも通じるものがある。

加藤諦三は、最新作**『自分のための人生を生きているか「勝ち負け」で考えない心理学』**を発表し、「神によって、あるいは国家によって、人間が価値づけられる時代は終わった」と規定し、「あらゆるものを恐れず、自らの全情熱を傾けて生きる以外に生き方のない時代」の到来を告げる。そして、「自らの内に神をつくる」気概を求め、「比較する人は不幸である」として「劣等感が競争を刺激する」と説く。「私が私自身なら何を恐れることがあろう」と胸を張り、その「自分自身であることの勇気」が「私はそういった人間ではありません」と言わしめる。そのために、「内心の声」を聞きながら「探し求めよ、自らの使命を」と鼓舞し、「死とは生き抜いたものの栄冠」であり、「死ぬことが怖い人は、生きることも怖い」と述べ、「人間とはお互いの生を充実し合うもの」であり、「他人と協力」関係に立つ「心がふれあえる相手がいるか」と問いかける。かくして、冒頭に取り上げた『心って何だろう』の言説とも重なり合い連関したところで、心の探求も落ち着くべきその覚悟を見いだしたように思われる。

言葉を紡ぐ極意

言葉を紡いで人が行うのは、書くことと話すことだが、自然に誰もが日常話していることとは違って、いざ書く段になると、その心理的なハードルは高く、多くの人は恐れすらなして身構えてしまう。

書くことの極意などといったものは知らない。とにかくパソコンに向かって文字を打ち込んでいるうちに、次第に分量が増えていき、何となくまとまりのある文章になっているだけなのだ。そもそも自前での出版ながら、本を出したところで全く売れもしないどころか、当の本人に全く売ろうとする気もないのだから、こんな者に書くことの極意を述べる資格などありそうにもない。いい加減なところでもう足を洗おうと思っていても、次作を期待していますとか小説にも挑戦してみてくださいと言ってくださる方から背中を押されるように、また机に向かってしまう。そして、少しずつ創作物がたまってくると、今度は創作物のほうから「折角書いたのだから、お蔵入りにせず、日の目を見せてよ」といった声が聞こえてくるような思いに駆られてしまう。人がいいったらない。

田中泰延の『**読みたいことを、書けばいい。**』という本は、実に含蓄があり示唆に富んでいる。要すれば、書くという行為は、そもそも「書きたくて書いた」のであり、何より「自分が読みたかった」からで、「書いた自分が楽しかった」からであり、読者の「ターゲットなど想定しなくていい」と述べる。確かに、どこかに楽しいという思いがなければ、何事も続けられる道理がない。

そうして楽しんで書き上げたものの最初の読者は当の書いた本人であり、「自分が読みたかった」ものに仕上がっていると思えるかどうかが最初の関門である。それが免罪符になるようなら、後はどう評価されようが、所詮は「書きたくて書いた」のだし、少なくとも「自分が楽しかった」のだからと、些《いささ》か開き直ってでも自らを納得させることができる。「選挙に立ちたくて立った」のだから、どうなろうと自己責任である点にどこか似ている。ターゲットなど無暗に想定しなくても、当選者には特に働きかけた訳でなくともどこからともなく満遍なく票が集まってくる。同様に、同じ国語を使う同じ人間であれば、それが共感を呼ぶものであるならば世代を超えて通じ合っていくものだろう。

著者は、「文字が多い本は、それだけで読みたくなくなることはよく知られている」と言い、「大切なことは文字が少ないこと」であると、秘訣を授ける。そこへ行くと、そのアドバイスとは真逆なものばかり出し続けているので、差し詰めこの本も「読みたくなくなる」本の筆頭に位する。活字は目にやさしくない小さなものであり、行間もとらず、改行も少なく、一行にこれでもかと言わんばかりに文字をできるだけ押し込み、写真もなければイラストもない。黒々とした文字ばかりが荒野のように続くページが殆どなのだから、読み通すには自分でも恐ろしく根気が要る。内容的に関心が薄ければ、拾い読みされるのがせいぜいであろう。要するに、読者の立場に全く立っていないのだ。仮に編集者を入れていれば、毎回大幅なカットを命じられて本を出そうとする意欲までなくしていたに違いない。

著者は、「自分が読んでおもしろい文章」とは、「まだだれも読んでいない文章を自分で作る」ということであり、「だれかがもう書いているなら、読み手でいよう」と説く。また、「つまらない人間」とは「自分の内面を語る人」であり、「自分の内面を相手が受け容れてくれると思っている点で、幼児性が強い」と駄目を押す。しかし、日の下に新しきことはないのだから「まだだれも読んでいない文章を自分で作る」など至難の業であろう。「映画にも必ず下敷きがある」と著者が述べるように、物語は全てと言っていいほど古今東西で語り尽くされている。本が洪水のように溢れて出版されることなど、その伝から言うならそもそもあり得ない話だ。しかし、古典落語が様々な枕を語り口として今風に所々アレンジされてその噺家なりに味付けされて面白く語られるように、本も自分の立ち位置をベースとして紡ぎ出されてくる言葉は、無意識的にも先人たちや同時代人から恩恵を受けた言葉の数々が混ぜ合わされた加工物であるに他ならない。引用ばかりの組み合わせのようであっても、「自分で作る」それは「自分が読んでおもしろい」と感じ、「まだだれも読んでいない」ある種の備忘録たり得るのではと思えるからであり、こんな文章など「だれかがもう書いて」もいないだろうから、他では到底読むことができないと考えるからでもある。また、浅学非才で自分の内面など語りようもない幼児性から抜け出せない人間にとっては、古来の英知を引用させていただき錦上に花を添えることで、「つまらない人間」の内面だけではない文章に辛うじて仕上げることができる。だから、全く引用もなさそうなその人独自の考えをそのまま表現した文章に接すると、それだけで畏敬の念に駆られる。

著者は、「物書きは『調べる』が9割9分5厘6毛」であり、「ライターの考えなど全体の1％以下でよい」とも述べる。この「調べる」と、引用とは五十歩百歩だ。その調べたものからエッセンスを得て書き出せば、必ずやその出典の表現に影響される。それが普遍的なテーマであれば、それこそ書き尽くされているだろうから、「ライターの考えなど全体の1％以下」であってもおかしくない。そうなると、決め手はライターが組み立てる全体の構成とその文章力ということになる。

著者は、「自分が最も心を動かされた部分だけをピックアップして、あとは切り捨てる『編集』をするのは、自然なこと」で、「ただ『過不足がない』と自分で思えたとき、それは他人が読んでも理解できるものになる」というのだが、まさにライターが組み立てる全体の構成にも似て、殊《こと》の外《ほか》難題だ。

　折角苦労してものにしたつもりの文章を「切り捨てる」のは、「自然」ではあっても辛《つら》いことだが、「自分が最も心を動かされた部分だけをピックアップ」すればいいのが救いであり、内心不安な他人本位の生き方ではなく、夏目漱石がロンドンに留学して転じた「自己本位」で対処していくべき人生の要諦の範疇にあるのは嬉しいが、「過不足なく」という条件が付く。多くは「不足」ではなく「過」である場合が殆どなのだ。過に過ぎて密かに臍《ほぞ》を噛むくらいなら、腹八分目で留めておけばいいものをと思って後悔するほどには、読者を戸惑わせるばかりで、その内実や葛藤は理解してもらえないものだ。「同じ話は何度してもいい。だから、同じ話は何度書いてもいい」という言葉は、著者からもらった最大の贈り物である。本を出す度に、これまでの物と重複する所がないかどうか調べようとしては次第に億劫になり、気が重くなっていた。しかし、「同じ話は何度も書いてもいい」なら、話はまるで違ってくる。俄然肩の力も抜けて執筆意欲も湧いてくる。四八作も続いた寅さんの映画がそうであるように、映画も文学も限られた一人の人間の着想に発するならば自ずと限界があり、所詮は同工異曲の世界なのである。それでも、ファンは作者が作品に醸し出してくれる雰囲気や情緒が好きで、それを何度も味わいたくて、手を替え品を替え見せてくれることを渇望し、むしろその繰り返しを期待して止まないのだ。そんなごく少ない読者のために、前作辺りから重複を厭わないようになった。

　ところで、「読みたいことを、書けばいい。」のは日曜作家の場合で、本物の作家となれば、その毎日は厳しいものだろうと容易に想像がつく。ローレンス・グローベルの『**カポーティとの対話**』（川本三郎訳）には、映画『ティファニーで朝食を』の原作者でもあるカポーティを評して、「毎日、白紙の原稿用紙と向きあい、どこか雲の高みにまで行ってそこから何かを持って降りてこなければならないというのは、非常につらい人生だ」とある。

齋藤環の『**人間にとって幸福とは何か**』に拠れば、アメリカの心理学者ミハイ・チクセントミハイの指摘する「フロー体験」は、スポーツ選手や外科医や作曲家、俳優や歌手などのプロフェッショナルがしばしば経験するもので、ある作曲家のケースでは、「忘我の状態」に陥ると、紙さえあればこれまでなかった音の組み合わせで楽譜を創造できるが、その時はあたかも自分が存在していないかのように感じ、自分の手が勝手に動いている感覚になるとのこと。「どこか雲の高みにまで行ってそこから何かを持って降りてこなければならない」という表現とも、どこか似ている。

そして著者も、原稿を書いてZONEに入ると、核となるアイディアがどこからともなく「降りて」くると述べる。その時は、アイディアが勝手に文章化されていく感覚に陥るほどで、この状態で書いた文章は「他人がどう読むか」は気にならず、自己評価は客観評価に一致している。また、副業としての批評も、依頼の時点では何を書くかどころか、結論すらはっきりしないことも多いが、その際にも、対象作品を「学習」し、援用可能な理論を「学習」した上で、書き進めながらアイディアが降ってくるのをひたすら待つ、という過程を辿るというのだ。

こうした感覚はよく分かる。エッセイもまさに筆に任せるかのようにパソコンのキーを押し続けるのだが、どのくらいの分量になるか、結論すら定かでないまま書き始めている場合が多い。しかし、駄作ばかりであるといった違いはあるにしろ、そうして出来上がってくるのだ。

田坂広志の『**死は存在しない**』にも同じような経験が述べられている。著者は、過去二五年間に百冊余りを上梓《じょうし》したが、なぜこうした幅広いテーマで執筆できるのか、不思議に思うことがあると述懐する。そして、いずれも何かに導かれるように、様々なアイディアや発想が降りてきて、自然に必要な情報が集まり、そこに一冊の本が生まれてくるのだと言い、過去の自分の著作を読むと、「これは、自分が書いたのだろうか…」という不思議な感覚に囚われるとのことだ。こうした感覚も、本を出版した者には共通して実感されているのではないだろうか。

さて、本に詰め込まれた「言葉」について話題を転ずると、親日家の政治学者ジェラルド・カーティスは、**『政治と秋刀魚』**の中で、「ジョブ・カード」を引き合いに出して、なぜ美しい日本語を用語として使わないのかと苦言を呈している。確かに、昨今の和製英語とカタカナ文字の氾濫は、凄まじいものがある。少しでも外国の影響下にある事柄ともなると、日本語で表記するのは逆に躊躇されるほどだ。しかし、社名や商品などのカタカナ表記なら、それなりの背景や効果を踏まえた上での命名だから魅力的でさえあるが、用語にそのままアルファベットを持ってくるのならばまだしも、外来語の表音をカタカナ文字にして使った時点で、その言葉は全く咀嚼《そしゃく》も消化もされないまま、一応日本語の仲間入りをしたことになる。そこには、民族の叡智の結晶として連綿と紡ぎ上げてきた日本語の陰《いん》翳《えい》は、どこにも入りようがない。日本人は、あくまで日本語で概念を形成して物事を理解していくのが通常だから、果たしてカタカナ文字の意味するものを共通言語として正確に把握し得ているのか、甚だ心許ない。カタカナ文字が用語として飛び交う会議など、往々にして相互の認識が食い違って議論も拡散しがちだ。明治の黎明期《れいめいき》に西洋文明を受容する時、先人たちは外来語と格闘し、「哲学」、「演説」、「銀行」、「野球」などといった今に伝わる美しい日本語を造成し、語彙を豊饒にしてきた。

せめて、この先多用されることが予想される典型的な外来語には、カタカナ文字の側に仮訳でもよし、括弧書きでも日本語を添える努力、いや日本語で堂々と表す気概を求めたい。耳慣れない和製英語やカタカナ文字を訳知り顔に連発されても、そうした言葉を読まされたり聞かされたりする者にはちんぷんかんぷんで、迷惑な話だ。他方、国際化が進んで、カタカナ文字が日常的な日本語になりかかってしまうと、日本語に戻そうと試みてもかえって混乱を深めるばかりか、ますますカタカナ文字が使われて、日本語が一層惨めなことにもなりかねない。国際化を踏まえた普段の勉強も肝心だ。

とはいえ、こんなこともある。羽生善治と対談した船井幸雄の『**人間力**』には、「本当に必要なことは覚えられる」とあり、韓国のサムソンの研修の事例が紹介されている。「一か月間、日本語しか使えない研修所で日本語を学ぶと、ほとんど誰でも日本語がしゃべれるようになる」というのだ。また、船井総研の海外ツアーに何人かの経営者とフランスに行った時、ニースの海岸で泳いでいると、一人が岩に頭をぶつけて気を失い、大事を取って現地で入院してもらい、ヨーロッパを回って二〇日後に迎えに行くと、日本語以外はしゃべれない経営者だったのに、フランス語が実に上手になっていた。「フランスで生きていくには、覚えるしか仕方なかった」というのだ。してみれば、「人間は自分にとって必要なことであれば、覚えることができる」のであり、「結局記憶できるかどうかは、どれだけ真剣に必要としているのか、意識しているのかということなのだろう」と、結論付けている。

長年英語を学んでも、畳の上の水練にも似て英会話一つできず、お恥ずかしい限りの身の上には、コンプレックスを一掃してくれそうな話だ。確かに必要に迫られれば、言葉なしの世界で生きていけない以上、命懸けで「覚えるしか仕方なくなる」。モンゴル出身の大相撲の力士などその典型だ。サムソンの話も頷《うなず》ける。子供でもその国の言語の見事な使い手なのだから、ごく当たり前のことでもある。

そんな言語の見事な使い手の模範例として、金田一春彦の『**わが青春の記**』に収録された、ユーモアに溢れておおらかさと温かさが感じ取れる往年の仏文の名教授辰野隆博士の講義風景を紹介したい。

「私はきょうで一学期の授業を終わりとする。私は暑さに弱いので、ほかの先生方より一週間早く（と声を大きくして）終える。その代わり（ここも大きな声で言って）二学期はほかの先生方より一週間遅く（とまた声を大きくして）始める（ここで笑い声）。私もいつか文学部長に注意されて、ほかの先生なみにもう一週間やったことがある。が、講義をしている私も落ち着かず、聴いている学生諸君も落ち着かなかった。これは何か変わったことが起きなければいいがと思っていたら、果たして一天俄にかき曇ったと見るや、授業が終わるころ、大雨沛然《はいぜん》として至り、電車は全部とまってしまった。私も困ったが、学生諸君にも迷惑をかけた（笑い声）。やはり慣れないことはするものではない（ここでまた笑い声）。そこで私は感ずるところあり、慣例どおり一学期はほかの先生方より一週間早く授業をやめることにした。その代わり（とまた声を張り上げ）二学期はほかの先生方より一週間遅く始めることにしている（笑い声）」

辰野博士との関連で、大学の頃印象に残っているのは、低血圧のせいなのか、朝の講義に学生が待ちくたびれた時分に姿を見せて、授業は「先生の定刻」に始まり、毎回不完全履行をしているようでいて、講義の内容は完全履行を繰り返し、「学生の定刻」までには授業をきちんとやめてくれた、法学部の先生がいた。先生の都合ばかりでなく、学生の都合も配慮してくれるその優しい心根が、嬉しかった。あらゆる言葉の決め手となるのは、相手を思いやる心根の美しさである。

萩原朔太郎の『恋愛名歌集』に寄せて

人は恋心を抱くと、詩人にも歌人にもなる。

魂の根源から吹き上げてくる天にも昇るような高揚した感情が、言葉を発せずにはいられないのだ。恋の前提にはそのままの自分を受け入れてほしいと願い、またそうしてもらえそうな期待を込めた自己肯定感がある。それが幸運にも相手に認められるとき、いよいよ湧き立つ自信と共に、生きることへの讃美と未来を力強く創造していこうとする逞《たくま》しい意欲が漲《みなぎ》り、人は胸をうちふるわせるのだ。

天皇から名もなき諸人《もろびと》に至るまで真情を吐露した句が並ぶ万葉集には、昔も今も変わらぬ恋心が日本人の原型のようにして立ち現れている。詩人萩原朔太郎が選句したものから、摘記してみたい。

難波《なにわ》びと葦火《あしび》焚《た》く屋の煤《す》してあれど己《おの》が妻こそ常《とこ》めづらしき

その場しのぎで暖を取る煤《すす》けた粗末な家屋で寒々とはしていても、己が見初《みそ》めて得た妻こそ心温まる何にも代えがたい宝物である。あばら屋とは対極にある権力者藤原鎌足が、安見児《やすみこ》という誰もが憧れる采女《うねめ》を天皇から授かった時の歌「**われはもや安見児得たり皆人の得難《えがて》にすとふ安見児得たり**」がふと想起された。何人も幸せの原型はここにあるのだ。

敷島の日本《やまと》の国に人二人ありとし思はば何か嘆かむ

相思相愛の歌はまさにこの歌に極まる。イザナギとイザナミの昔から国の始まりも家の始まりも、全ては二人からである。その一人一人の思いが強ければ強いほど誠実であればあるほど、愛の果実は幾層倍にもなって、家をそして国を豊かに潤すことだろう。
そして、フォークソングに『世界は二人のために』とあったように、国際化が止めどなく進展する現代にあっては、敷島の日本の国は世界と置き換えられよう。

人妻に言ふは誰《た》がこと小衣《さごろも》のこの紐解《と》けと言ふは誰がこと

そうして結ばれた最愛の夫がいる身の上の人妻に言い寄るとは、油断も隙もあったものではなく、全く失礼千万だと怒りの満ちたこの句には、夫婦の絆の確かさに安堵する思いが伴う。
不埒《ふらち》な権力者の魔手が伸びないことを祈るのみである。

久方の天《あま》つみ空に照れる日の失《う》せなむ日こそわが恋ひ止《や》まめ

この人こそ我に授けられた人なりと魂の底から得心できる思い人ならば、『空に太陽がある限り』という歌謡曲があったように、恋心は止まる所を知らない。しかし、片思いで終わった場合と恋が成就した場合とでは、うち仰ぐ空の情景は全く異なることだろう。

春の園　紅《くれなゐ》匂ふ桃の花した照《で》る道にいで立つ乙女　大伴家持

恋の思いは、出会いのときの情景に常に立ち返る。その第一印象にも似た感慨が一生を左右する。ならば、この句のような晴れやかな感動が伴ってほしい。それにしても何と絵画的で美しい場面であることか。紅匂う桃の花咲く道に誘われて、匂い立つ桃のような乙女が妍《けん》を競って立っている。
同じ家持の「**もののふの八十《やそ》をとめらが汲みまがふ寺井のうへの堅香子《かたかご》の花**」が一対として想起されてくる。また、「あはれ花びらながれ　をみなごに花びら流れ　をみなごしめやかに語らひあゆみ」で始まる三好達治の詩「甃《いし》のうえ」も連想される、その瑞々《みずみず》しさは花より他に譬《たと》えようがない。

生ける者遂には死ぬるものにあらば今ある間は楽しく居らな　大伴旅人

この歌は何ら解説を要しない。最近最長老でなくなった方は、一一六歳だった。人は無から生まれて魂を得てどこに帰するのだろうか。「命短し　恋せよ乙女」とゴンドラの唄にある通りだ。

諸人の率直にして雄渾《ゆうこん》な思いが迸《ほとばし》る万葉集とは対照的に、古今和歌集は、平安の世の貴族たちが歌詠みこそがあたかも仕事であるかのように有閑な中にも技巧を凝らした、最初の勅撰和歌集である。

言に出でて言はぬばかりぞ水無瀬川下に通ひて恋しきものを　紀友則

恋心のもどかしさは時代を超えて共通している。また、こうした心境になれなければ、それは戯れの恋であって本物の恋ではない。言わぬが花ということもある。永遠のイフを抱えたまま夢心地は温存できる。言ってしまえば、イエスかノーの厳しい現実を突きつけられる。

イエスはイエスで、幸せばかりかと思いきや、恋心そのものもやがては哀しくも冷めがちで、有無を言わさず待ち構えているあられもない生活に直面し、共に苦労を背負わされていくのだ。だから、己の命を懸けた生涯の一大事業にしていかなければ、およそハッピーエンドにはならない。

久方の光のどけき春の日にしづ心なく花の散るらむ　紀友則

のどかに猫も縁側に寝そべる春の日に、咲き誇っていた桜も今か今かと危ぶむうちに春風に誘われるようにあるいは遂に抗し切れずに、花びらを散らし始める。時の移ろいゆくのは何と早いことか。熱い思いを宿したまま心は落ち着く所を知らないままだ。

東雲《しののめ》のほがらほがらと明け行けば己《おの》がきぬぎぬなるぞ悲しき　紀貫之

日の出が迫って東の空が明るさを増してくると、愛情を傾け合った二人も深い余韻を残して、しばしの別れの時が来たことを覚悟せざるを得ない。「二人《ふたり》寝るとも憂《う》かるべし　月斜窓《しゃそう》に入る暁時《ぎょうじ》の鐘《かね》」と閑吟集にもある通りだ。シェイクスピアの『**ロミオとジュリエット**』（中野好夫訳）の朝を迎える場面も想起されてくる。ジュリエットが「今聞こえたのは、あれはナイティンゲイル、雲雀じゃありませんわよ」と打ち消すと、ロミオが「いいや、朝を先触れする雲雀だった」と応じたものの、「話そう、もっと。朝じゃない」と同調しようとすると、ジュリエットが「雲雀ですわ、あの調子っ外れなあの声は。（略）あの声こそは私たちの逢瀬を引き裂き、あなたを旅に駆り立てる、憎らしい後朝《きぬぎぬ》の歌なのですもの」と嘆くのだ。知り合わなければ、味わうこともない愛の悲しみなのだが、それがロミオの去り際の台詞《せりふ》「明るさが増せば増すほど、暗くなるのが僕たち二人の苦しみだ！」に集約されている。

ジョン・マッデン監督の『**恋におちたシェイクスピア**』では、妻がいて劇作家と役者を兼ねるシェイクスピアが、男装して役者を志願する貴族の乙女と灼熱の恋に身を焦がす展開となる中で、『ロミオとジュリエット』が劇中劇として次第に創作されていき、この後朝の別れの場面が激しいラブシーンを伴って活写される。どこまで表現できるかが芸術作品の全てに共通する難題だが、とりわけ視聴覚に直接訴えかける映画は、原作のイメージを損ないかねないリスクと常に背中合わせで悩ましい。

花の色は移りにけりないたづらに吾が身世にふる眺めせしまに　小野小町

絶世の美人と誉れの高い彼女は生涯独身だった。高嶺の花と崇め奉られれば、抜け駆けの功名を牽制し合う、男性の間に暗黙の了解が成立する。ひたすら男性の誘いを待つ身であってみれば、花の色は少しずつ褪せていくばかりである。それを最も実感しているのは、当の本人である。桜は再び花を咲かせても、吾が身に再びはないのだ。ちなみに、ふる眺めは、降る長雨との掛詞《かけことば》なのだという。

鎌倉時代初めに編纂《へんさん》された新古今和歌集は、古今集の伝統的技巧を引き継ぎながらも、観念的な美の境地を追求していると評されるが、貴族だけでなく武人も名を連ねている。

忘れじの行末《ゆくすゑ》までは難《かた》ければ今日を限りの命ともがな　**高内侍《こうのないし》**

いくら誓い合っても明日のことも知れぬ相手ならば、せめて今宵の逢瀬に全てをかけたい。恋に完全燃焼したい女心が哀しい。

「まじわりを重ねるつど　力づよく生きんと思う　心湧くかな　湯浅真沙子」という短歌を思い出す。

春の夜の夢の浮橋と絶《だ》えして峯にわかるる横雲の空　**藤原定家**

撰者でもある定家の歌は、新古今集の作風を代表する。なるほど、その情景は一幅の絵画か動画を見るかのようで、抜かりなく技巧が凝らされて、優れて説明的でもある。万葉集にあるような、率直な心情を吐露した歌とは明らかに異なる。

玉の緒よ絶えなば絶えね長らへば忍ぶることの弱りもぞする　**式子内親王**

魂の緒と読めば、それはいのちを意味する。才媛で高貴な身分でありながら、独りで生きる境遇の悲しみが伝わってくる。忍ぶことの多い人生なれば、それをひたすら繰り返して長らえて生きる心も次第に弱くなってくる。絶えなば絶えねは、もはや絶叫に近い。

古畑の側《そば》のたつ木にゐる鳩の友呼ぶ声のすごき夕暮　**西行**

じつに写実的にして、何事か訴えかける凄《すご》みのある歌である。友を呼ぼうにも、詠み人の西行は、天涯孤独の身の上になっている。寂寥感《せきりょうかん》は募るばかりである。その夕暮時に、鳥たちが一団となって輪を描いて空を飛び交い、最後にねぐらの大樹に群がってさえずり止まない情景を何度も目にしたことがある。まるで集会を開いているかのようだった。またある時は、道路でもがいていた瀕死の野鳥を通行人がマンションの側の植え込みに移したところ、電線に止まっていた仲間が友の急を告げるかのように発し続けるその声に応じた野鳥がどこからか電線に群がり出し、鳴き声は一層激しくなり、惜別の儀式のようにも思われたが、再び通りかかった時には、電線には一羽もいなくなっていた。

はかなくぞ知らぬ命を嘆き来しわがかかね言のかかりける世に　式子内親王

あれこれと夢の多かった若き日々を懸命に生きてきたのに、願い事の叶わなかったわが身が不憫にも思えて慰める言葉もない。嘆いてばかりもいられないのだが、そんな感慨が年々深まってくる。恋心を抱いた人もいたのに。はかなくも生かされてきたのは、何のためであろうか。絶えなば絶えねと詠った人である。こんな連想が的外れであれば幸いだ。

かくばかり憂きを忍びて長らへばこれよりまさる物もこそ思へ　和泉式部

結婚して子もなしたものの、この才媛も晩年は幸薄かった。もっと寂しい境遇にあえぐ人もいるに相違ないが、陰に籠《こも》って憂きことばかりに沈んではいられない。心密かに再び熱く語り合える人を待ち望んでいるのが女心なのだろうかと思いきや、尼になろうとしていた頃の歌なのだという。

恋愛名歌は、どこか鬱々とした観念の世界に遊ぶよりも若さが差し招く情念の迸りを圧倒的に詠い上げるほうが、遥かに似つかわしい。そして、生ある限り、その身を焦がし続けるのだ。**年たけてまた越ゆべしと思ひきや命なりけり小夜《さや》の中山**と詠った西行のように。

同意のための自己決定について

人は共同生活を営んで社会を構成している以上、暗黙のものも含めて人との同意なしには一日たりとも暮らしていくことができない。暮らしの隅々まで入り込んだ電化製品一つ操作するのも、その機械から同意を求められるかのようにボタンを押し、スマホをクリックする。何か事が起これば、「同意」した本人が悪いということになる。時代はマンツーマンの方式から機械と向き合って瞬時の判断と的確な動作を求められる方式に急速に転換している。その波に乗れない者は、置いていかれかねないばかりか、生存権すら揺らぎかねない。なまじ知ったふうを装っていると、それに付け入ろうとする詐欺事件なども後を絶たない。全てその根底にあるのは、「あなたは合意したではないか」の一点である。

だから、遠藤研一郎の『〝私〟が生きやすくなるための同意』では、「同意するかどうかは自分で決める」、あくまでも「自分の意志で決める」という大原則から切り出す。結論もこれ以外にはあり得ない。後は全てそのバリエーションなのである。

「意図せず、その決定権が他人に奪われている場合、私たちは強くストレスを感じる」もので、主体的に人生を生きようとすれば、決定権を奪われた人生は、ストレスどころか、自分が心底望む人生を半ば降りてしまったようなものである。あなた任せ風任せの人生は、到底長続きするものではない。いつかその憤懣《ふんまん》は爆発しかねない。アナンド・タッカー監督の『**ほんとうのジャクリーヌ・デュ・プレ**』の彼女（エミリー・ワトソン）は、一六歳で世界的な名声を博したものの、本当はチェロなど大嫌いなのだった。そのストレスは大変なもので、遂に疲れ果てて姉夫婦の元に逃げ出した彼女は、ある日全裸になって川辺にうずくまり、異性との触れ合いを渇望して泣き叫び、姉と夫を悩ませる。音楽家バレンボイムと結婚するが、やがて手に震えを覚えて三〇歳にならずして演奏できなくなり、僅《わず》か四二歳の生涯を閉じている。彼女がひたすら憧れ求めていたのは、ごく普通の愛情に恵まれた穏やかな家庭生活のようだったが、与えられたのはそれとは真逆の華やかな音楽の世界だったのだ。

また、「『親が言うから』『先生が言うから』『友人が言うから』で決めてはいけません。自分の領域の責任は、自分しかとれません」というアドバイスは、多くの人が親や先生や友人を拠り所としているだけに、逆説的な響きがある。確かに結果責任は自分しか取れないのだから、「自分のことを自分で決められる人になる」のが最善なのだが、未熟そのもので世間知らずの、特に青少年期の自分に、親の意見、先生の指導、友人の忠告を無視してまでも自分の考えを貫ける人がどれほどいるのだろうか。

特に文科か理科かの選択をベースにしていかなる分野に進学するかが、その人の将来を大枠で決定する最初の大きな関門だ。その過程で進路を大きく変更する人を自分も含めて何人も見てきた。しかし、誰に何と言われようと、本当の自分の実像は直観的な未だ漠然としたものであっても、当の本人が一番よく知っているものだ。また、端《はな》から無理なことは望みもしないもので、可能だと思えることは薄々感じているのである。それを的確に見抜いている周囲の人も必ずいる。妹は、不甲斐ない私に、武者小路実篤の「この道より我を生かす道なし　この道を行く」と文庫本の裏に手書きして渡してくれたことがあった。そのような人をどう見いだして己の力に変えていくかである。そのベースとなるのは、揺らぎのない自己肯定感を持ち得るかどうかなのだ。

そのためには、特に若き日にこれぞと思える分野に徹底的に自己を打ち込む期間が要る。岡崎久彦の『**教養のすすめ**』には、「我々が逆立ちしても及ばないと思う人は、それぞれの人生の中で、一度だけでなく、何度か、二、三年あるいはもっと長い期間にわたって死に物狂いの、安岡正篤の表現では捨て身の勉強や修行をしているということです」とある。その結果生まれた自信に裏付けられた「自己決定ができる人になっていないと、他人から同意を求められた時に、それに応じるかどうかも、適切にできない可能性があります。岐路に立った時の選択は、自分ですべきなのです」ということになる。それでも岐路に立てば、それが重大であればあるほど自分の一存で物事を運べるケースは少ない。必ずや周囲の思いや様々なしがらみが絡みついてくる。そうした圧力が優先された決断を無理にしようとしても、それが本人の思いと重ならない以上は、また未来図が眼前に肯定的に浮かんでくるか、不思議にも些《いささ》かの不安も胸を去来しないようでなくては、「有形無形の圧力によって、決断させることは許されません。自分の自由な意思に基づくものであるならば、その決断はどんな決断でも尊重されるものです」ということになり、永遠のイフを残して、人は左右いずれかの道を運命だと定めるのだ。

植西聰の『**自分を救ってくれる魔法の言葉**』には、「『こんなはずじゃなかった』より『これで良かった』のほうがいい」とあるように、思いもかけぬ余慶に恵まれて運命の不可思議さを実感することもある。しかし、「それでも、後で振り返った時、自分の人生を台無しにするような決断であってほしくないですし、修正したくてもできないような深い傷を負う決断であってほしくないと願います。（略）一番大切なのは、自分の身体、そして心です。『やらないで後悔するくらいなら、やって後悔した方がいい』という言葉がありますよね。（略）でも、やってしまって、取り返しのつかない結果になってしまうことだってあるのです。（略）逃げる勇気が時としてとても大切になります」と著者は説くのだが、要するに自分の身体や心、それこそ魂まで己の存在の全てが喜んで昂揚感に漲《みなぎ》るような決断であるのが望ましく、心のどこかで逡巡するところが残り、決断したつもりでもまだ考えることを止めないような決断はすべきではないということになろう。

「同意の段階はいくつもあるのです」というのも、「逃げる勇気」とも重なって解釈できよう。だから、どこまでも「大切なのは、今の自分の気持ちです。ジブン号に他人を同乗させても、気持ちが変わったら降りてもらっていいのです。ジブン号は、自分が運転する自分専用の乗り物です。他人にハンドルを握られてはいけません」ということになる。中には臆面もなく迫ってくる者もあるが、「領域を強引に越えてくる『友だち』らしき人のために、ジブン号の扉を開ける必要は、全くありません」というのだが、これほど自分の意志を貫いた対応ができる人が自分で意思決定できないとは到底思えず、多くはそれでも人の好《よ》さをさらしてしまいがちな所が辛《つら》い。持って生まれた性分でもあろう。

著者は最後に、「もし、自分の残りの人生で、毒親と絶対にかかわりたくないレベルの拒絶感であれば、極論を言えば、『親を捨てる』という選択肢もあり得るのです。（略）親といえどもジブン号のハンドルを握らせてはいけません。ジブン号は自分で運転するものです」と述べる。

少子化の現代にあって、子供の将来は親にキャスティング・ボートを握られている場合が多い。進学先の決定、結婚相手の選定、就職先の決定など人生の大きな節目では、自らの思いと親の希望とが重なっている幸福なケースはともかく、深刻な相克を招きがちだ。親思いの子供ならば、親孝行をしたいと念ずる人ならば、はたまた親離れしていなければなおのこと、何とか親の思いを優先させられないものかとさえ考えてしまう。親のアドバイスが正しいことを伝える数々の格言も頭をよぎる。しかし、自分の考えが厳然としてあるのが普通であろう。それがぐらついているからこそ、親が余計な気を回し始める。親のせいにはまずできない話なのだ。その上で、失敗しても後悔が少ないのは、自分の考えを辛くとも貫いて優先させた場合であろう。立花隆は『**青春漂流**』で、「人生における最大の悔恨は、自分が生きたいように自分の人生を生きなかったときに生じる」とし、「いかに一見みじめな人生に終わろうと、それが自分の思い通りの選択の結果として将来されたものであれば、満足はできないが、あきらめはつくものである」と喝破する。人生には打算が付き物で、その利害得失、有利不利から物事の成否が判断されていく場合が多いが、モンテーニュは『**エセー**』(原二郎訳)で、「われわれの偉大な光輝ある傑作は、立派に生きることである。それ以外のすべては、統治することも、富を蓄えることも、建物を建てることも、せいぜい付随的、副次的なことにすぎない」と断じる。

親を捨てないまでも、人は誰しも年老いた親を見送ると、否が応でも自分で判断せざるを得なくなる。そして、悲しみに暮れているうちに、親のしがらみがなくなった分、どこか身軽になっている自分を発見し、いかなる判断をしても全ては自己責任なのだと受容できる自分がいることに気づく。

このことからすると、毒親などは論外だが、誰しも毒親的要素を持って子供と接しているのかもしれず、また子供にはそのように映っているのかもしれず、親として子育てを終えた以上は、どこまでも子供の人生だとあえて突き放して、ひたすら見守るだけの我慢を強いられるのかもしれない。

白鳥春彦の『**超訳　仏陀の言葉**』には、「財産が自分のものだと思うから悩むのだ。これが自分の子だと思うから悩むのだ。どうして、それらが自分のものであろう。自分自身だって、自分のものではないではないか」(スッタニパータ第一章)とある。

年齢なりの生き方と世代論

今日は院長先生のグレイス夫人まで、オールキャストが応接ルームに勢揃いした。

若いホープ君やハミング嬢の顔も見える。若い人と女性が入ると、会の盛り上がり方がまるで違ってくる。古希を過ぎて七五歳になったダンディ先生は、嬉しそうに相好《そうごう》を崩して皆の顔を眺め渡していたが、五つ下の細君の所で止まり、何だお前もいたのかとばかりに真顔に戻って、口火を切った。

「名前の次に、聞かれたり報道されたりするのは、決まって年齢だね。男性といえども、一定の年齢以上になると、年齢を白状させられるのは、余り気分のいいものではない。誕生日を迎えても、あ〜あ、また年を取ってしまったかと嘆かわしく思うことはあっても、嬉しくも何ともないよ。また、相手から年齢を言われたり、何かの風の吹き回しで相手の年齢が分かって、それが自分と同年齢だったりすると、ある種の親しみを覚えると同時に、つい相手の顔に見入っては、自分の年齢と引き比べてみては、それがえらく老け込んでいたりすると、何か嫌なものを見せられたような気がして、面白くない。それほど年齢というものは、気になるものだね」

中年も過ぎて五五歳になったバランス君も同調した。

「私など、定期券などに年齢を書く時など、何とも恐ろしいほど年を食ってしまったものだなあと、いつも驚き、おののいてしまいますよ。実際よりも遥かに若い年齢を書く人も現実にいて、これって詐欺、と以前新聞の投書欄にも出ていましたね。思いは誰しも同じようですね。

それにしても、オギァーと生まれてきた時分には、皆等しくゼロ歳児の赤ん坊で、その生育過程も似たような経過を辿って、一年でも生まれが違おうものなら、途方もない程の開きを感じることもあるというのに、成人になるにつれて、実年齢すら判別がつきかねるほど、見た目の年齢に大きな差が出てくるというのも、不思議なことですね」

ユーモア氏も、還暦も過ぎて六五歳ともなれば、迫り来る年齢の重さはひしひしと感じている一人だから、ついついこんな言い方をしてみたくなる。

「人生八十年、いや百年時代と言われるほど平均寿命が伸びてくると、現在の年齢は人生五十年時代の頃の同年齢より遥かに若く、一〇歳から二〇歳も若返っているように見えることもしばしばですね。昔の人の写真を見せられると、まだ五〇前だというのに、七〇くらいの印象を持つことも多いですし。そんなことを考慮してみた場合、実際の年齢に、〇・八か〇・七を掛けてみるべきだ、という考え方も成り立つだろうし、そう広言する人もいます。仮に八掛けにすると、六〇歳の人は四八歳、まだまだ前途洋々です。私も一三歳ほど若返る勘定になって、それだけで気分まで爽快になりますし、三五歳のパッション君も二八歳ですから、まだまだ独身を謳歌してもよさそうだし、三〇歳の大台を迎えて、そろそろオジン、オバン呼ばわりされて、いわれのない差別に憤慨している人も、意気揚々と青春の美酒をあおり続けたくもなろうというものではないですか。年齢のデノミは、日本を元気づける意味でも大賛成ですね」

すかさず、二五歳になろうかというホープ君が、

「それなら私たちはどうなるのでしょうか。未成年に逆戻りするとか、成人式のやり直しになってしまいかねませんね。もっとも、成人年齢は一八歳に引き下げられたからその難は免れそうだけれど」

と、いつまでたっても一人前扱いされないのではないかとぼやいた。

名指しされたパッション君や、二十代と三十代の間をさ迷うかのように年齢不詳のハミング嬢は、顔を見合わせていたようだけれど、さしたる反応は窺われなかった。所詮は座興の類なのだから。

五二歳ととんでもなく若返ってしまいかねないユーモア氏が天井まで舞い上がってしまわないうちに、さっそくダンディ先生が釘を刺した。

「気持ちは分かるが、それは数字のお遊びというか、単なるマジックと言う他ないね。人生五十年と言われた時代でも、九〇歳前後の長寿を全うした人も沢山いたことだし、結婚適齢期が伸びたような気になっていても、国が人口予測で期待を寄せる出産年齢層は三五歳までで、この頃までに出産は済ませたほうがいい、という通説は動かないようだから、八掛けは、若々しい気分を忘れずに、長い人生に備えていこうといった応援歌と解釈したほうがどうもよさそうだね。もっとも、三十代後半以降の出産も年々増えてはいるけれども」

大学で准教授を務める四五歳になるウイット氏も、理詰めでコメントを加えた。

「要するに、医学と公衆衛生の進歩によって乳児死亡率が大幅に低下して、生を享けたら、健康管理を怠らない限り、誰もが長生きできる時代を迎えているという訳です。

乳児死亡率が高かったために、自然とその歩留まりも考えて、子供も一ダースくらい、訳なく産むアジアの国々の代表格として、例えばインドと比較してみると、一九八九年の出生千当たりの乳児死亡率は九一人で、平均寿命は五五歳でした。それが一九九五年―二〇〇〇年になると、乳児死亡率は七二・三人、二〇〇二年には平均寿命も六一歳、何と二〇二〇年の乳児死亡率は二〇人で、平均寿命も六九歳と、七〇歳台に突入するのはもはや時間の問題です。日本の場合、一九八九年に四・六人だった乳児死亡率は、一九九五年―二〇〇〇年に三・二人、二〇二〇年には一人未満に低下し、平均寿命も八四歳です。人生八十年どころか百年時代と言われるのも、当然の流れということですね。

それでは、人間の寿命は何歳なのかということになりますが、一説によると、一二五歳ということだそうですから、人生八十年では、いかにも目標が低いではないか、という声も当然出てきそうですね。だから、百歳でも一二〇歳でも、一向に構わないのです。ただし、家族や社会の迷惑にならないように、どこまでも健康なままで長生きをしたいものですね」

再びダンディ先生の出番である。

「池見酉次郎先生の『**幸せのカルテ**』という本によるとね、話術の神様と言われた徳川夢声が、色紙に好んで書いた言葉は、『取越苦労は長生きのもと』だったそうだ。

徳川夢声は、生来あまり丈夫なほうではなくて、しかも大変なはにかみ屋で、それがあの独特の、話術の『間』ともなっていたそうだが、彼が、当時とすれば長寿と言える七七歳まで大活躍できたのも、自分の短所である苦労性を、むしろプラスに生かして、健康に行き届いた注意を払ったためだ、と医療関係者は分析しているよ。

一方、百歳を超えたきんさん・ぎんさんという双子のおばあさん姉妹がひと頃話題となったが、老後に備えての貯金が趣味だと言う二人に、長寿の秘訣を尋ねてみると、二人とも異口同音に『そりゃ、気力よ』という返事だったそうです。確かに、生きんとする気力あっての、長寿に違いないだろうね。

フランスの作家アンドレ・モーロアは、『**私の生活技術**』（中山真彦訳）の『年をとる技術』の項の中で、『心身ともに健やかでゴールに到達すること』は『大いに可能』であり、『不幸と病が、老年には必ずつきまとうものだと考えるのはまちがっている。動物たちを見てみたまえ。その多くは、大きな変化はなしに、生から死へと移っていく』としています。

現に、外山滋比古お茶の水女子大学名誉教授の九〇歳の頃の新聞のインタビュー記事を読むと、『日々健康になっていて、それまで健康診断で引っかかっていた悪い項目がなくなってしまった』と嬉しそうに答えていますが、その秘訣は「五体の散歩」であり、それは頭（楽しい空想）、足（散歩のための「出勤」）、手（家事や手料理）、それに目、耳、口と続く七つ道具があるとのことで、九六歳の天寿を全うしています。モーロアも、同じように、『その秘訣は決して投げ出さないことだ。昨日できたことは、今日もできる。最後まで体を使うのをやめないことこそ、賢明な道だ』と述べていますが、名誉教授もその通りの日々を送った結果でしょう。

また、モーロアは、『愛の忠誠は老いにも打ち勝つ』として、フランス人らしく『感情生活のほうもあきらめてはならない』というアドバイスも忘れていません。そして、最も警戒すべきは、『老いとは、もうおそすぎる、勝負は終わってしまった、舞台はすっかり次の世代に移った、といった気持ちになること』であり、『生きる理由を持ちつづけている人は、老いこんだりはしないものだ。波乱にみちた人生とか、大きな感動とか、闘争、学問、研究とかいったものは、疲労と消耗のもとだと思われがちであるが、実はその反対なのである。クレマンソーやグラッドストンは、ともに八十歳をこして一国の首相になったが、おどろくほど元気であった。老け込むというのは、一つの悪い習慣である。

忙しい人は、そのような習慣を持つひまはない』と、老いにわざわざ追い込もうとするような考え方を一蹴しています。要するに、これも生きる気概というか、気力ということになりましょう。

こうした気力に代表される、心と体の両面で支え合って、初めてそれこそ取り越し苦労も活きて、健康が維持されていくのではないかと思うよ。これは赤ん坊からお年寄りまで、生きていく上でのまさに基本だね。健康や、その延長線上にある長寿は、一人一人が手塩にかけて作り上げていく、かけがえのない財産なのです。誰一人、最終的に責任を負ってくれる訳ではありません。何も責任逃れする訳ではないが、医者とて同様だよ。

哲学者ヴィトゲンシュタインが言うように、『生きるとは恐ろしいほど真剣なことなのだ』。何人も生まれて必ず死に至るのが人生ならば、生まれてきてよかったという思いを積み重ねていくような生き方を万人に望みたいものだね。また、お互いにそうなるように心がけて生きるのが人生だと思うよ。わが国は自由主義経済と民主主義を基本とする国だから、人生の拠って立つ基盤もどこまでも自助努力にあるんだが、健康や長寿の秘訣もまた、私には同じことのように思われるんだがねえ」

ユーモア氏が、身につまされるような面持ちで、亡き母の話を持ち出した。

「私は田舎にいる両親を近くに嫁いだ姉に任せて東京で生活していたけれど、私の母はお前の足手まといになってはいけないからと、『お父さんと二人で話し合って、病気しないのをモットーにしている』と口癖のように言っていました。まさにその通りに両親は生き抜きました。また、母は、おばあさんを家に引き取って病院への送り迎えを始めとして最期まで懇切丁寧に面倒を見てくれた父に大変感謝していて、『お父さんより先には死ねない』とも言っていました。

ところが、私が還暦を過ぎた頃に姉が亡くなると、気落ちしたように三か月後には父が九三歳で亡くなり、二年後には父と同じ年齢で母も老人介護施設で息を引き取りました。認知症の兆しが現れてきた母は、自ら望んで介護施設に入居した訳でなく、私や周囲に説得されてため息をつきながらのことでしたが、入居して二週間ほど経った頃に訪ねてみると、大勢の痴呆老人と同じテーブルを囲んで座っていた母は、環境が激変してしまったためか、もう息子を息子とも分からなくなっていて、入居する直前まで普通に歩いていたはずなのに、移動するのも介護士に支えられて車椅子を使っているのにも驚くと同時に心が痛みました。ある日寝ている母の傍《かたわ》らに一時間ばかりいて、話しかけても何の反応もない中、突然母が身を起こすようにして右手の人差し指を私に向かって突き立てるようにしたのは、『ろくに面倒も見ずに介護施設に入れて、お前は一体これまで何をしてきたのか、散々迷惑ばかりかけてきて、長男としての務めも一家の継承も満足に果たせてもいないくせに』と、厳しく指弾されたような気がして言葉もありませんでした。結局亡くなるまでの四か月半、息子とも認めてもらえず、一言も言葉を交わすこともなく逝ってしまいました。本当にお恥ずかしい限りです」

側から、特別出演のグレイス夫人が口を挟んだ。

「お母様はきっと感謝して亡くなられたのだと思いますよ。これからもしっかり頑張れと励ましてくださったのでしょう。それにしても、喪中につき年賀状の欠礼を知らせる葉書を見ると、殆どの方のご両親の享年が九〇歳台であることには驚くほどです。そうした長寿化の動きとも、おそらく関連しているのでしょうが、最近の若い人たちは、親御さんまで含めて、結婚をあまり急がなくなっていますね。我が家のわがまま娘は、早々と嫁に出したけれど、娘はもう母親になっているというのに、バリバリ仕事をして大活躍されているハミングさんが羨ましいと、会う度に言われ続けていますよ。

結婚を昔ほど急がなくなった傾向は、特に女性に著しいようなので、それに引きずられるかのように、寂しげな男性も鰻上りに増えていて、非婚現象が目立っているようですね。しかし、これだけ晩婚化が進めば、子供の数も少なくなるのも道理です。

しかも、女性の意識も世の中の風潮も、男女雇用機会均等法が施行された一九八六年以降はなお一層、『あれ（結婚）かこれ（仕事）か』ではなく、『あれもこれも』に変わってきていますね。私たちの娘時代から比べてみれば、驚くべき変遷だと言っていいと思いますね。家事手伝いをしながら、ひたすら良縁を待つ深窓の令嬢なんて、今時いるのかしら。

でもね、超高齢化社会を迎えて、医療・介護や年金の担い手というものを考えてみた場合、世代間のバランスを保ちながら、若い労働力の供給水準を安定的に維持していくことは、避けられない大前提となるはずなのに、こんな一般論が仮に理解されたところで、一人一人の選択となるとまた別のようで、子どもの数は減っていくばかりで、将来にさしたる大きな変化があるとも思えませんね」

ハミング嬢は、またもやにこやかに黙して語らず、視線を宙に浮かべて何か考えているふうだった。

ちょうど厄年に入りかけた、まだまだ若手の医師仲間に属するエスプリ氏が、悩ましげな表情を浮かべながら、話題を転じた。

「ところで、年齢というと、厄のことがよく話題に出されますね。

特に男の大厄は、四二とされて、私も身につまされているのですが、精神科医の斎藤茂太さんは、

『45歳から自在に生きる』の中で、ご自身の体験を引き合いに出して、『男の四十二歳という年齢はなかなか的を得ていると思う。私は何の因果か、その厄年に病院の拡張などの仕事を始めた』し、『健康には絶対的な自信があった』のに、『まもなく「コウガン炎」で寝込んでしまったからたまらない』といった仕儀に相なってしまったけれども、『それ以後は病気らしい病気をしたことがない』としながら、『前厄・後厄を含めた四十一〜四十三歳ぐらいが、ちょうど人生の曲がり角に当たっている』ので、『四十二歳の厄年でちょっと痛い目に遭う。反省し、自らを戒める。このような体験をすれば、以後の人生はスムーズにいくケースも多い』のだから、『厄は人生の後半を楽しく生きるための「呼び水」という考え方が大切だ』と、締めくくっています。しかし、そんなこんなで、不惑を迎えるようになっても、どうも昔の同年齢の先輩たちのほうが、ずっと大人びていたように思えてなりませんね。心は依然として、子供の頃のままのような気さえするのです」

「しかし」と、ユーモア氏が珍しくエスプリ氏を諭す場面が巡ってきた。

「そうした気分が、見事に打ち消される場合が少なくとも二つありますよ。

一つは同級会に出た時です。ひどくくたびれたおじさんがいるな、と思ってよく見ると、かつての悪ガキの変わり果てた姿だったりします。あるいは、その昔、胸キュンと心ときめかせた初恋の人との邂逅が実現したところまではいいのですが、思い出のままでいたほうが良かったなあ、と後悔することもしばしばです。だから、ただ過去を追いかけてノスタルジックになりがちな同級会は、心理的に敬遠しがちで、最近はご無沙汰していますよ。

それと、もう一つは、他ならぬ身近な親や伴侶の加齢と、子供の成長です。特に息子や娘が、高校生や大学生ともなれば、自分一人、気分は子供の頃のままだ、と意気がってみたところで、何ともしまらない話になりかねませんからね」

ダンディ先生も、還暦どころか古希も過ぎたとなれば、思いは一層深いようで、こう付け加えた。

「心身共に若いほうだ、と自分では思っていても、医師会などの会合の顔触れをずっと眺め渡してみれば、何とこの中では自分が最年長ではないか、ということにハタと気が付いて、愕然とした思いに駆られることも多くなったような気がするね。ここ二、三年は、とみにといった感じだよ。

振り返ってみると、二十代から三十代に移行する時もそうだったが、五十代から還暦を経て六十代へと突入する時には、年金などの手続に迫られたりもして、この物理的な年齢の壁というものを強く意識させられて、どこかいよいよ追い込まれてしまったような、とてもハッピーとはいかない気分にさせられるものだよ。それが七十代に入れば、健康保険も高齢受給者証の対象になってしまうし、身近には叙勲のお祝いだとか、何ともしみじみとした感慨にとらわれることもしばしばだよ。

そんな時分に、生涯現役を貫いてますます意気軒昂な櫻井秀勲の『**70歳からの人生の楽しみ方**』を読むと、開業医の私も力づけられることが多かったね。

先ず『私は今年88歳になりましたが、自分の「70歳」の頃をふり返ってみると、まだまだ若く、気持ちも最高だったことを思い出します』と説き起こして、『じっさい私の70代は、人生の中でいちばん本を書いた時代』だと述べ、『70代は、知力も体力も、そのエネルギーはまだまだ十分に残されて』いるので、『高齢者こそ、未来に希望を持って生きていくことが大切だと思う』とし、『70歳からは、どんなかたちでもいいから、自分が楽しむこと、自分を喜ばせることが大事なのです』と強調するのです。その際の心構えとして、『名刺の有る無しにかかわらず、70歳になったら、あらゆるコンプレックスを手放していきましょう』とアドバイスし、『どんな美人も、どんな神童も、どんな大会社の社長でも、70歳になれば、ただの人。たいした差はない』とコメントしています。これはあくまでも一般論で、個人差が大きくて一概には決め付けられない場合も多いことでしょう。

『私にも子どもが2人いますが、子供との関係をうまくいかせるには、子どもに期待しないこと』というのは同感で、『親にとって、子どもが無事に生きて、生活できているのであれば、それ以上のことはありません』というのも、どこの親も本音ではそう思っていることでしょう。『子どもや孫がいない人は、子どもや孫がいる人のことをうらやましく思うでしょう。でも、その子どもや孫が悩みの種にもなりうる』のであって、所詮は自分の身代わりにはなりようもない別人なのですから、結局『人はそれぞれ。自分に与えられた人生をどう生きるか、ということが、私たちの人生の課題ともいえるでしょう』といった所に落ち着いて、全ては自分の生き方に戻ってくる話で、それ以外に人生はありません。その人生は、『年を重ねれば重ねるほど、その存在感は大きくなっていきます。逆にいえば、存在感が大きくなるような生き方をしなければなりません』とあるように、『年齢を重ねていく中で、人は、そうした知恵と余裕を、知らず識らず、身につけていくものです』から『存在感で貢献できることを知る』ことに思いを致して、及ばずながら精進を続けていくより他に道はないと覚悟を新たにしているところですよ」

エスプリ氏が、明日は我が身かといった思いを振り切るようにして、啖呵を切った。

「例外的に元気な人はいても、大方の人は、そうした年齢という冷厳な事実の前に、長嘆息してたたずむことになるのでしょうが、かつてアメリカを一緒に旅行した六九歳の人が、しみじみと、『せめて四十代に戻りたい。四十代は本当に良かった』と、述懐するのを聞いたことがあるのですが」

するとダンディ先生が持論を吐いた。

「私に言わせれば、いろいろ試行錯誤の連続で、苦しい思いはするけれども、やっぱり人生の華は、男も女も、二十代を中心としたその前後にあるように思うね。何の気兼ねもなく、旺盛な知識欲と体力をぶつけて、一日二四時間でも足りないほど、純粋で濃密な時間の流れの中に生きて、しかも失敗も許される時代というのは、あの頃をおいて他にないからね。私は悔いだらけだけど、その時期を悔いなく生きたいものだね。もっとも、蟻とキリギリスの例え話もある。いつの時代でも、アリギリスとして、仕事と余暇のバランス良く生きるのは、誠に難しいものだ。パッション君やホープ君の年代なら、ワーク・ライフ・バランスといった形で自然に体得している感覚かもしれないけれど。特に世代間には、そうしたウェイトの置き方を巡って、大きな懸隔や壁があるものだよ」

先生の話を静かに傾聴していたウイット氏が、皆を眺め渡しながら、こう続けた。

「先ほどダンディ先生からも紹介のあったアンドレ・モーロアは、『**私の生活技術**』の本の中で、『ある何人かの青年に寄せる手紙』と題して、若者たちに向けたメッセージを書いています。

それによると、『あせってはいけない。一瞬にして得た財産や名声は、やはり一瞬にして失うものだ。君たちのためには、障害や闘争があった方がいいと思う。闘うことで君たちは強くなるだろう。敵と闘うことで、君たちの人物が彫刻されるのだ』と、地道に根気よく、しかし闘志を抱いて、一歩一歩築き上げていくことの大切さを説き、『若いあいだは、何ごとも恐ろしく思えるものだ。みずから顧みてやましいところのない人間にとって、何を恐れることがあろう』と励まし、『恋愛は真剣に考えるべきだが、思いつめてはならぬ。女性を見るときは、女とは海の如きものである、と考えたまえ。海の表面は実に移ろいやすい。この人ならと思うひとりの女性に対して、心からの忠誠を誓いたまえ。ドン・ファンをうらやましく思ってはならぬ。それはおよそ人間の中でも、いちばん不幸で、いちばん不安で、そしていちばん弱い人間である。忠実でかつ堅実な人間になりたまえ』と、情熱をはき違えてしまう愚を厳しく警告し、『多くの人にとっては、いまあるものを何とかする方がはるかにいいのだ。ともに成長し、ともに闘ってきた人たちにかこまれて、年をとり、死んでいくことこそが、しあわせな人生である』として、人生の揺るぎなき要諦を諭しています。

このように、世代間の考え方の違いを超えて、いかにして不朽の倫理とも言える生活の知恵を、次の世代に余すところなく、いかに正確に引き渡していくか。人間の日々の営みは、究極するところ、全てそこに収斂《しゅうれん》されて、巨大な文明の諸々の産物として構成されていくのではないでしょうか」

些《いささ》か堅い雰囲気になったところで、バランス氏が場面転換を図るような話題を持ち出した。

「ところで、試みに、私の独断で、日本人の世代をごく大まかに分類してみたいと思います。まずは明治です。もはや明治は遠くなりにけりの感を深くしますが、明治生まれの人たちは、その後の世代とは、気骨そのものを異にしていたように思います。まさに、司馬遼太郎の『坂の上の雲』の世代ですね。次に大正です。第二次世界大戦の中核の担い手として、戦争体験の色彩が濃く、しかも、戦後の価値観の大転換に直面した世代ですが、最年少でも百歳近くなって殆ど希少価値的存在となりました。院長先生の親の世代が、多くはそうではないでしょうか。そして昭和に入って、戦前の生まれ、これは我々の親の世代になるのでしょうが、戦争実体験組と、疎開組と、安保騒動組とに大別されると思います。それから戦後の生まれで、名実共に『戦争を知らない子供たち』の登場です。

特にベビーブームの団塊の世代は、全共闘とフォークソングとミニスカートの世代でもあります。まさに院長先生の世代ですが、奥様辺りまではこの世代の大きな影響を受けていると思います。そして続くのは、新人類と呼ばれた世代です。ユーモアさんなどその典型だったのではないでしょうか。

一九七九年には、一期校と二期校に分けて受験できた国立大学の入試制度が変わり、共通一次試験が導入されました。偏差値とコンピューターゲームに特徴付けられるような世代です。

やがて日本経済は一九八七年頃から地価や株価が実体経済とかけ離れて高騰するバブルとなり、バランスという呼び名とは真逆なのに、私がバブル世代と呼ばれる年代に当てはまりそうですが、戦後最大の景気拡大を謳歌していたはずのバブルが一九九〇年にはじけて、失われた二〇年とも三〇年とも言われるようになって、リストラの煽《あお》りを受けて、ニートやフリーターが大量に発生して就職氷河期世代と言われるようになりました。それは団塊ジュニアの世代とも重なります。ウイット氏やエスプリ氏の年代でしょうか。その間に男女雇用機会均等法が浸透して女性の社会進出も一層進みました。女性には一九八五年の法制定を境に世代のラインが引けそうです。

そして、ポケベルから始まり携帯電話、パソコン、インターネットの普及が急速に進展しました。

二〇〇二年から二〇一〇年にかけてゆとり教育が義務教育に採用されて、その影響を受けたゆとり世代が生まれました。パッション君の年代だと思います。何やらそうした雰囲気が漂ってきそうですね。いよいよ携帯電話もスマホに変わり、仮想の分身であるアバターもリアルに実感できるインターネットの申し子のようなZ世代の登場です。ホープ君が該当するでしょう。さらにその先を言えば、大学に通うよりもリモートでの授業が多くなったコロナ禍のマスク世代へと続くのかもしれません」

「なるほど、そんな分類もできるかもしれませんね」

と同調しながら、ユーモア氏は思う所もあったようで、ダンディ先生に向かって発言を促した。

「いずれにしても、戦争経験が大きな分かれ目であり、『戦争を知らない』団塊の世代以降がそうであるように、ここに世代間の壁があることは、挙措《きょそ》動作からしても、自ずと分かりますね。

戦争体験のある人には、どこか折り目正しさがあって、背筋もピンとして、社会秩序の上下関係を約束事としてすんなり受け入れている感じがします。それに、私の父が、

『優秀な者ほど戦死してしまった』

とよく嘆いていましたが、戦後社会は、人材の供給源からして大きく変わって、公職追放などと併せて、二重の意味で、戦前との断絶は深かったようですね」

すると、再びバランス君が、携えてきた日本戦没学生記念会編の『**きけわだつみのこえ**』を引っ張り出して、長広舌《ちょうこうぜつ》をふるった。

「実は今日は世代論を展開しようと考えて、パッション君と一緒に、それぞれ書棚から学徒出陣で戦禍に散った若者の手紙や手記をまとめた文集を持ってきました。ロシアによるウクライナ侵攻という暴挙が長引く中、戦争の犠牲者は、いつの世もその時代に生まれ合わせる巡り合わせとなった若者たちであることを、改めて思い知らされます。

最初に収録されているのは、慶応大学経済学部の学生が、陸軍特別攻撃隊員として突入する前に、『生を享けてより二十数年間何一つ不自由なく育てられた私は幸福でした。（略）高空においては、死は決して恐怖の的ではないのです。（略）天国における再会こそ私の最も希ましき事です。（略）私は明確にいえば、自由主義に憧れていました。（略）戦争において勝敗をえんとすればその国の主義を見れば事前において判明すると思います。（略）私の理想は空しく敗れました』（二十二歳）と書き綴った両親への遺書です。以下羅列してみますと、『俺の子供はもう軍人にしない、軍人にだけは…平和だ、平和の世界が一番だ』（二十九歳）、『戦友の不幸、自分は！　もし！　妻はどうなるだろう…。生涯自分の妻であってほしい、永遠に。ひとりよがりかなあ―』（三十四歳）、『寝ても覚めても常に君のことばかりが頭を去らない』（二十八歳）、『私の好きであった娘たちは嫁いで行くであろう。見知らぬ人のもとへ』（二十一歳）、『私は技倆抜群として選ばれるのですからよろこんでください。（略）私が死んでも満喜雄さんがいますしお母さんにとっては私の方が大事かもしれませんが一般的にみたら満喜雄さんもことをなし得る点において絶対にひけをとらない人です。（略）もうすぐ死ぬということが何だか人ごとのように感じられます』（二十三歳）、『愛する恋人に死なれた時、自分も一緒に精神的には死んでおりました。天国で待ちある人、天国において彼女と会えると思うと死は天国に行く途中でしかありませんから何でもありません。明日は出撃です』（二十二歳）といったように、家族や妻や女性を思うがあまり、居たたまれなくなった悲鳴にも等しい心境が語られています。

『歴史とは何だ。人間とは何だ。いったい俺をどうしようというのだろう』（二十三歳）、『いわゆる上官と称するものの空虚さよ。「狂態」この言葉を送りたい』（二十七歳）、『自分は命が惜しい、しかしそれがすべてでないことはもちろんだ。自分の先輩も、またこれから自分も、また自分の後輩も戦いに臨んで死んでゆく。死、死、一体死とは何だろうか。（略）大東亜の建設日本の隆昌を願って、それを信じて死んでゆくのだ』（二十二歳）、『いやしくも一個の、しかもある人格をもった「人間」が、その意思も行為も一切が無視されて、尊重されることなく、ある一個のわけもわからぬ他人のちょっとした脳細胞の気まぐれな働きの函数となって左右されることほど無意味なことがあるでしょうか』（二十五歳）、『俺は人間、特に現代の日本人の人間性に絶望を感じている。恐らく今の人間ほど神から遠くかけはなれた時代はないと思う』（二十三歳）、『命は惜しい。しかし俺は死なねばならぬ時は徒に興奮などせず従容と死ねる自信はある。また諦められる。（略）現在の人間にもう一度、ノアの洪水のごとき試錬が下さるべきである』（十八歳）といった具合で、この戦争や軍隊の在り方を多分に疑問視しながらも、死へと赴かなければならない断末魔の境地とその覚悟が伝わってきて、言葉を失います」

すると、エスプリ氏がこれらの悲痛な「声」を裏付けるかのように、降旗康雄監督の『**ホタル**』を話題にして、「特攻隊で奇跡的に生き残って漁師をする元隊員（高倉健）が、敵陣に一人突っ込む神風特攻隊として鹿児島の知覧から沖縄へ向かい散華《さんげ》していった同志を、昭和天皇が崩御して平成へと元号が改まるのを機に追悼し、当時お母さんと隊員たちに慕われていた食堂の女将（奈良岡朋子）の所へ約束通りホタルとなって帰ってきたという逸話や、元号が変わると自死した元隊員の孫娘が訪ねてくる中、大日本帝国ではなく朝鮮民族のために一命を捧げた戦士（小沢征悦）の遺言を伝えに、彼の許嫁《いいなずけ》だった自分の妻（田中裕子）が余命幾許もないのを慮《おもんぱか》って一緒に韓国に渡り、一族に当初罵倒されながらも墓参した夫婦の身辺に出没するホタルの情景には胸を打たれました」と声を詰まらせた。

また、バランス君は、市川崑監督の**『ビルマの竪琴』**で、野ざらしとなった同胞の屍《しかばね》を供養するため帰国せず僧侶となった竪琴の名手水島上等兵（中井貴一）が音楽学校出の隊長（石坂浩二）に宛てた手紙の何故にこの世にはこのような悲惨や不可解な苦悩があるのかという一節を紹介して語気を強めた。

さらに、ホープ君が受けて、「オリバー・ストーン監督が**『7月4日に生まれて』**で訴えた、愛国者として志願して海兵隊に入りベトナム戦争に従軍したけれど、一生下半身マヒとなる重傷を負って車イスで帰還し、村民との死闘で仲間を誤って撃って亡くした罪悪感から逃れられず苦悩する青年の、『国民を欺いた。政府は同胞を殺している。女や子供を撃った。全てが無駄だった。神なんかいない』という悲痛な叫びが想起されてきます。殺戮《さつりく》が戦争の定義ならば、戦った者に真の勝者などいないのではないでしょうか。そんな立場に追い込まれないよう、平和をひたすら祈るのみです」と続けた。

すると、ハミング嬢が、山田洋次監督の**『母と暮らせば』**に触れて、「夫を病で亡くし、先の大戦で出征した長男が戦死したと夢枕に立ち、次男の浩二は長崎医科大学に入学すると、原爆で行方知れずとなり、助産婦をして露命をつないでいた母（吉永小百合）の前に亡霊となって現れます。恋人だった町子は小学校の先生になり、生涯浩二さんと共に生きると宣言して出入りしていましたが、ある日戦争で片足を失った同僚の先生を連れてきて、婚約の祝福を与えた母は、浩二に支えられて幽明境を異にするのでした。戦争はこれほどまでに一人一人の運命を狂わせてしまうのですね」と嘆いた。

その後を引き継いだのは、パッション君である。彼はその続編である同じく日本戦没学生記念会編の**『第二集 きけわだつみのこえ』**を手にしている。

「続いてこれはと思うところを所々抜粋して紹介してみたいと思いますが、平和な時代に生きることの尊さをつくづく思い知らされます。戦争の目的と学徒のそれとの乖離に悩んでいる点は、『戦いを否定することはできないけれども、我らの同胞が結果において誰のために戦い誰のために死んだことになるのだろう』（陸軍中尉二十九歳）、『千万の壮丁がこうしてその青春の向上への意志を喪失したまま暮らしている。青年のきわめて一部だけが兵士となる時代ならば兵士は兵士としての本分だけを果たせばよかったであろう。今は違う、すべての青年が兵士としての青春を送るのだ。（略）ことに幹部候補生として選抜された者たちが一般の兵士とその点で何ら異ならないのを知った時、僕の危惧は増大しないではいなかった。（略）しかし、なぜこれほどまで情熱を喪失したのであろう。軍隊に入って一年、ついに一度も心深く動かされるということがなかった。（略）軍人としての本分と学徒のそれとはほとんど常に矛盾した』（陸軍中尉二十七歳）などとあるように、第一集と同じ流れです。

『俺はだんだんと微笑を失いつつある。（略）軍隊は馬鹿になってすごさなければいたたまれないところだと信ずるようになった。理屈もなし道理もない。（略）今朝もまた叱られにけり、叱られて俺は正しと思えり』（十九歳）、『もっとも痛切に感じられなければならない軍隊におりながら、何だか自分たちには遠い手のとどかないことのように思えるのは日々の戦況である。（略）我々が少しのひまに読みうる唯一の地方便りは日々の新聞だ。しかしその新聞のつまらぬこと、まったく官報かお説教を読んでいるようだ。（略）軍隊にはいって最も感ずるものは階級である。そして誰もが士官に士官になろうとする。（略）我々が学業中途にして入隊したのは、何もそんな目的ではいったものではあるまい』（陸軍軍曹二十二歳）と、軍隊生活の苦労話が続き、『私はこのごろ神経衰弱だと、図星をさされる。神経を太くもつことを強調され、言葉は荒くとも私には全くありがたく感ぜられた。（略）余死し、且死したる後は、もし豊子に二子あらば家をつづけさせられたきこと。美保子、若菜にても可。（略）でも私は、きっとお父さんの子であり、お母さんの子供だったことを叫んで死んでゆけることと思います』（海軍少尉二十三歳）、『今度こそは「確かに死ぬだろう」という気がする。死んだら母を頼む。（略）兄が死んだとわかった時は、できるだけあっさりと、「兄は戦死した」と母に言ってくれ。自分の死を聞いて母に泣かれると思うとたまらないから』（二十四歳）と、家族を思う気持ちが切々と語られ、そして『私は「ドイツ戦没の学生の手紙」を読みかえし、無量の感慨のとりことなった。（略）「学生兵の手記」というのが三省堂から出ていたので、これなど代表的の物であろうと思って買ってきた。一、三ページ読むと、もはや耐えられなくなった。（略）日本の最高学府に学ぶこの男は、浅はかな運命論のみをその人生観＝世界観的よりどころとしているのみで、その運命観をいっそう深くすべき宿命の真相を知ろうとしていない』（二十一歳）と、『インテリ兵』の皮相な手記を厳しく退けています。

現在の日本があるのも、こうした多大な犠牲が土台となっていることを片時も忘れてはなりません。ウクライナの戦況は、彼らの叫び声を呼び覚ますもので、一日も早く終結して、世界的動乱へと拡大しないことをひたすら願うのみです」

ユーモア氏は、その名の通り、奇想天外な発言が持ち味である。

「戦争という悲惨なことは、断じてあってはならないことですが、かつての通過儀礼としての徴兵検査に代わるものとして、誤解を恐れずにあえて言うとするならば、成人の日に、男女共に志願者には、その発育の完成状態をめでたく認知するという意味で、体力検定のようなものが行われてもいいように思いますよ。頭の程度の測定のみに偏重せず、人間の土台は、まず健康で強靭な肉体にあることを認識させる上で、評価できる面があるのかもしれません。ちなみに、徴兵検査はどんな結果だったのか。一九三五年（昭和一〇年）を例にとってみると、甲種二九・七％、第一乙種一一・五％、第二乙種二〇・五％、丙種三一・八％、丁種六・三％、戊種《ぼしゅ》〇・一％でした。内実はともかく、一見するところ、格段に栄養状態や体位も向上した、現代の若者たちであってみれば、多くは甲種合格であるかもしれませんが、甲種合格の花嫁など、耳にしただけでも魅力的で頼もしい限りではありませんか」

余りの馬鹿馬鹿しさに、皆が呆れ返って声もない中を、ウイット氏が場の空気を変えた。

「さて、世相の動きの他に、世代を分けるのに、与《あず》かって力があるのは、教育です。戦前の尋常・高等小学校、旧制中学その他、旧制高校その他、大学といった教育のシステムから、戦後は六三三四制に一変しましたが、特に旧制高校の落ち着いた学風や人格形成上のメリットを挙げて、それと人材不足とを絡ませて、戦前の教育に郷愁を抱く識者は多く見られますね」

「どんな教育を受けようと、そうした人材を受け入れる経済社会のほうの問題も大きいんじゃないでしょうか」と、ホープ君が続けた。

「終身雇用を前提とした正規雇用の比率が縮小されて、非正規雇用が全体の三分の一強を占める中で、将来の雇用に不安を持つ若者も少なくありません。これまでは、社員と会社は運命を共にするといった、相互に意気に感じ合う風土が支配的で、実は幻想であったのかもしれませんが、社会に安定感を与えてきました。その基盤が、官民共に失われようとしています。どこにも文句なしに信頼してかかるべき社会の心棒がなくなってしまったような感じなのです。どの世代に属そうとも、そうした中で、人生八十年、いや百年時代を迎えていることに変わりはありません。

働く形も、この先ますます変容していくことでしょうが、定年による一律的な雇用管理のあり方を見直して、アメリカのように年齢による差別を撤廃して、誰でも能力に応じて、いつまでも働ける社会を目指すべきだ、と言う人もいますね」

「何のための経済なのか。人に始まり人に終わる、幸せを社会全体で共有していくための経済ではないかという原点を、今こそ大事にしていきたいものです」

と言いながら、ウイット氏が答えた。

「能力に応じてということは、聞こえはいいけれども、別の言い方をすれば、加齢等に伴う能力の低下があれば、それらを理由として、入社後厳しく選別され続けていくということですから、社会的な安定感をもたらすものとは対極にある考え方でしょう。ですから、多くの人にとって理想的かどうかは速断できない面もありますが、数字の重さからくる既成概念化された十把一絡《じっぱひとから》げの年齢のイメージの桎梏《しっこく》から解放されるメリットは確かにあって、この点は是非とも生かしていきたいものですね」

パッション君も賛同した。

「少子高齢化が更に進行することを思い合せますと、働く意欲も旺盛なのに、社会全体が寄ってたかって、一律に年金暮らしといったもったいない生活に追い込むよりは、能力と意欲のある者は、現役年齢を六五歳、七〇歳、あるいはその先まで延長したほうが、年金財政にも大きく寄与し、社会はよほど活性化します。可能な限り、生涯現役を現実のものとしていくような生き方こそ、ノブレス・オブリージュの最たるもので、最高の勲章に値すると思いますよ」

すると、ユーモア氏がダンディ先生と同様、年齢に身をつまされて、櫻井秀勲の『**60歳からの後悔しない生き方**』を読んだことを告白した。

「私は六五歳になってリタイアして、悠々自適と言えば聞こえはいいけれど、浪々の身です。人生百年時代を迎えてどう生きたものかと思案投げ首の毎日で、読書と散歩が中心の生活ながら、家計のやりくりも苦しくなったうえに、これまで家にいなかった男が毎日家にいるということでそのうっとうしさからか、妻のご機嫌斜めとなる日もとみに多くなり、それだけでも真剣に仕事に復帰したいと思う今日この頃なのです。そんな心境に至った頃、手にしたのがこの本で、著者は、88歳の現在も健康で毎日出社しているというのです。それよりも二回りも若い者が引っ込んでなどいられましょうか。

まず、『これまでの自分にOKを出すことから始めよう、あなたの人生、自分の人生は、何のためにあったのか。それを知るために、今からの人生を生きるのです』と諭して、『60代が平均寿命だったのは、はるか昔のことです』し、『私が出版社を立ち上げたのは、82歳のときです』から、『60歳というのは、「若々しい人」と「老け込んでしまう人」の分かれ目』と心得て、『若々しく、毎日を楽しむほうが、絶対に得』であり、『60歳以降は老後ではなく、第2の人生です』とエールを送るのです。

そして年齢の持つ心理的圧力に負けないように、『80歳のときに、80代になることを拒否して、「79＋1歳」ということにしていました。以来、「79＋2歳」「79＋3歳」と年を重ね、88歳の今は「79＋9歳」としています』ということですから、私もこれからは『60＋5歳』でいきたいと思います。

著者は、『人生100年時代には、もう80代にこだわる必要もありません』と気宇広大ですが、まさに元気そのもので、『出張にも旅行にも出かけていきます。立ったままの数時間の講演も、いまのところは苦になりません』と言うのです。私の場合、ともすると、一日中声を殆ど発しない日も多くなりました。『1日誰とも口をきくことがない、という日が続くと、声も出にくくなっていきます』というのは、まさにその通りで、『私は若さと健康の秘訣は声にあると思っていて、自分の声がきちんと出ているかどうかを気にしています』とのことですが、そのためにも早く仕事に就きたいと思っています。

それに、『ビジネス上の運命の人』と出会って、『60代のうちはまだまだ若いと思っても、70歳になれば、さすがに老人のような気持ちになるかといえば、じつはそんなことはないので』あって、『70歳になっても、まだまだ若いと思える自分がいるはずです。私の70代は高齢期に入って、いちばん華やかな時代でした』と結んでいて、前途に光明を見いだしたような思いにも駆られています」

それを受けて、ハミング嬢が、「運命の人というのは、素敵な言葉ですね。ユーモアさんが是非そうなるよう心から願っています。私もそうした出会いの意味を悟って早く確信を持ちたいと思います。ナンシー・マイヤーズ監督の映画に『**マイ・インターン**』がありましたね。七〇歳の新入社員が、培ってきた経験と知恵で、若い女性社長の相談相手として重宝がられるところなど、ユーモアさんにぴったりの役回りでしょう。幸いにも、健康で仕事や収入に恵まれた状況に感謝しながら、できるだけ長い期間を年金のお世話にならずに済むような、確固として自立した品格のある生き方こそ、これから日本人の理想の生き方の一つとして、もっと前面に出して、パッションさんが言われるように、例えば国や地方自治体が褒章するなどして推奨されてしかるべきではないでしょうか。

私は、そうした生き方に、改めて遥かに遠くなった明治の気骨を求めてみたい気がしますし、尊敬のまなざしを注ぎたいと思います」と、言い放った。一同は粛然とする他なかった。

ある人事担当者のオリエンテーション

皆さん、入社おめでとうございます。諸手《もろて》をあげて心から歓迎いたします。

まず、皆さんの中には、自分にはもっと別の道があったはずで、本当は別の所に入りたかったといった思いをされている方もおられることでしょう。いや、そうではないと言う人は幸いであって、もうその職業人生は約束されたのも同然でしょうが、大抵の場合は、「自分の最初に考えていた希望などほとんど押しつぶされてしまって、わずかに一部分だけでも叶えばまずよいほうで、職業は自分が決めたというよりいろいろの因縁によって決められたといったほうが事実に近い」と言われています。

人の仕事は、羨ましく思えるものです。遠めにはよく見えても、遠美近醜と言いますか、隣の芝生は青いと相場が決まっているものです。

私の学生時代は、学徒出陣組にも擬せられて、芳醇な酒をじっくり熟成させる間もないほど気忙しく卒業を迎えた次第でしたが、クラスメートに限ってみても六〇名程度の人数ながら、多士済々《たしせいせい》の顔ぶれが社会の中核に躍り出て、これまでも様々に新聞紙上などを賑わしてきました。

ポストなど、その人が就かなければ確実に他の人であっさりと埋められてしまうもので、運や巡り合わせによる場合も多く、どこまでも真に問われるべきは何になったかではなくて何をなし得たかであり、単純に手放しとはいかない面もあることは承知の上であえて挙げてみれば、長官や総監、各省の局長を始めとする役所の幹部、母校の総長を筆頭とする大学教授、上場企業や報道機関の社長や重役、企画力に優れていたが趣味にも秀でていた判事や少壮の頃から立派な事務所を構える弁護士、知事選に挑んだ者、家業を引き継いで堅実に業績を伸ばしている経営者など、枚挙に暇がありませんけれども、惜しくも夭折してしまった人や消息が分からなくなった人も何人かいない訳ではありませんが、世間が求める仕事という舞台に張り巡らされた大きな用紙に、誰も疑いようもないほどの実力を遺憾なく発揮しながら、見事な合格答案を書いてきた者ばかりだと言っても過言ではないでしょう。と同時に、偶然を含めた様々な縁に導かれて自らの能力をそこに落ち着ける心境に至るまで、多少なりとも紆余曲折があったであろうことは容易に想像できますけれども、その結果として見事なほどに万遍なく各分野に人材が散らばるように配置されている天の配剤の妙には驚きを禁じ得ません。

皆さんも、是非この境遇に身を置くことになった因縁を大事にしてほしいと思う訳ですが、たまたま偶然といった巡り合わせで、あるいは周囲に勧められるまま何となく今日を迎えたという方があるとするならば、偶然とか何となくとかいった考えは捨ててかからなくてはならないと思うのです。

世の中偶然と言うならば、これ全て偶然です。身近な例では結婚、これも偶然と言えば全くの偶然です。伴侶を称して、ベスト・ハーフではなく、ベター・ハーフと呼ぶのも言い得て妙です。

遠藤周作さんの『**結婚論**』という名著があります。「私は結婚については選択よりも持続に重きをおく考え方をする人間です。どんな人を配偶者として選んだか、よりもその配偶者との結婚を途中で決して挫折させないことの方が、はるかに大事であり、意味があるのだと考えているのです。というのは我々は結婚をする時、一人の相手を選びますが、しかし考えてみるとこれは必ずしも絶対的なものではない。ほとんど偶然に出会った何人かの異性のなかから夫なり妻を選ぶのが普通でしょう」というのです。何と就職と似通っていることでしょうか。

その偶然的要素の塊のような結婚や就職をするということは、同居しているか否かにかかわらず親元から完全に独り立ちして、文字通り自分が仕事を糧にして一家をなすということです。全責任は自分が持たなくてはなりません。その覚悟ができて伴侶や仲間と苦楽を共にする生活が一つ一つ積み重ねられていく中から、絆は強まり、段々と離れがたいものになっていきます。仕事も男も女も真剣に愛情を傾けて、共に頼り頼られながらも全力を尽くし得たという生活実感の中から、その先に何が降りかかってきても持ちこたえることができて、やがてはどんな状況にも安心立命できるような境地もようやく生まれてくるのではないかと思います。それは、日々ひたすら打ち込んできた自分の生きる姿勢にもたらされる恩寵《おんちょう》のようなものでしょう。神仏も含めて、こうした心の拠り所は何人にも不可欠です。繰り返せば、世の中偶然というならば、自分が生まれたことも含めて、全て偶然です。しかし、そうした偶然という現実の積み重ねの中から、のっぴきならない現在の自分の立場があり、人生がある訳です。それを偶然だ、運だと、あなた任せ、風任せで、さしたる覚悟もなく生きるか、それとも必然だ、それならば原因あっての結果だ、とすれば自分の問題、自分の責任だと考えて腹を据えて全力で対処していくかで、人生に対する自信のほども含めて、将来は大きく違ってくるのではないでしょうか。そうした言わば偶然を必然に変えていく努力をしなければ、職業人生も家庭生活も決して充実したものにならないと思うのです。

そして、苦労を厭《いと》わず懸命に努力していくうちに何か見えてくるものが必ずあります。藤沢周平さんの『**蝉しぐれ**』では、剣の師匠が文四郎に対して、「兵法を学んでいると、にわかに鬼神に魅入られたかのように技が切れて、強くなることがある。剣が埋もれていた才に出会うときだ。わしが精進しろ、はげめと口を酸っぱくして言うのは、怠けていては己が真の才にめぐり合うことが出来ぬからだ」という言葉を与えています。

スポーツなどの上達していくカーブも同じようなものではないでしょうか。なにほどかコツをつかみかけたその日から、急速にカーブは上昇軌道を描いていくものです。現在の職場で得られる経験には、実は大変な重みがあり、思いがけない場面でそうした経験が役立つ日もあるという人生の妙味に驚かされるものです。また、そうした経験ができることを見越して、先々のキャリア形成のためにも周到に配置されていることを忘れないでいただきたいと思います。

さて、職場の上司として部下に何を期待するか、その心構えの基本は今述べたところですが、日常的に最低限実践してもらいたいと誰もが思うのは、朝夕の挨拶だろうと思います。挨拶は、職場の雰囲気を計るバロメーターでもあります。

次は、報告、連絡、相談で、よく言われる「ほうれんそう」です。特に、報告は、結論を先にして手短に述べることがポイントです。ダラダラした要領を得ない報告ほど、イライラさせられるものはありません。

連絡については、指示をした部下からその後なしのつぶてであることほど気をもむこともありません。中間段階であっても無精を決め込まないで復命していただきたいことはもちろんですが、それ以前に上司が指示を出す最初の段階で、部下がただ「分かりました」というだけでは、実はよく分かっていなかったという頼りないケースもあり得るように思います。そこで、上司の指示を復唱することを習慣化すれば、職場の意思疎通も良くなります。仕事の多くは、チームワークで進められるものですから、連絡漏れなどがあると、大変困る訳です。畑村洋太郎さんの『**失敗学のすすめ**』によると、建設現場などでは、連絡事項の伝達が遅れることを回避するため、自分にも相手にも分かるように、指に糸を巻き付けて歩くほど、細心の注意を払っている人もいるとのことです。

相談については、就職したばかりの頃は、これが一番の仕事のようなものです。聞くは一時の恥なのですが、段々と恥の上塗りを嫌って独断先行しがちになりますが、組織で仕事をする以上、上司への事前の相談や関係者との根回しは欠かせません。

そうした仕事のコツは追い追い体得していくことになりますが、例えばわが社の新商品のプレゼンをしなければならない役回りとなった場合、皆さんはどんな準備をしてその日に臨むでしょうか。

樺沢紫苑さんの『**行動最適化大全**』によると、プレゼンは準備が全てであり、6対3対1、すなわち、資料づくりに6割、予行演習に3割、質疑応答対策に1割充てることを意識して対処すべきだというのです。とりわけ予行演習は最低でも3回行うことで、間違いなく大きな失敗はなくなるとお墨付きを与えています。また、質疑応答対策のQ＆A集は、必ず文章で書いて、最低10問・一安心の30問・それでも心配なら100問といった法則を編み出して、万全を期しています。ここまで徹底してやるのかと驚いている人もいるでしょうが、仕事を苦労してやり遂げていく中で、皆さんならではの原理原則ができあがっていくことと思います。

井下田久幸さんの『**理系の仕事術**』では、プレゼンで勝つために内容を「暗記」することを勧め、「25分くらいまでは何度も練習することで暗記できます。10分くらいの比較的短い持ち時間なら、面倒くさがらず丸暗記したほうが、勝利を手繰り寄せることができる」とアドバイスしています。また、「30分を超えると、さすがに丸暗記は無理」なので、「最初の5分」と、「最後の締めのセリフ1分」を暗記し、「途中は、伝えたいメッセージとキーワードをしっかり把握しておくように」と指南しています。それと言うのも、聞き手が最初の5分で相手をふるいにかけているからで、最後の1分は、「相手の琴線に触れるセリフを言って、その場を締めましょう」と有終の美を飾ることも求めていますが、話の流れが順調に運ぶと、自然とそんな余韻を残せるようになるでしょう。皆さんの成長が楽しみです。

また、充実した仕事をしていくためには幅広い勉強が欠かせません。そのインプットとアウトプットの黄金比は、『行動最適化大全』によると、3対7だそうです。特に、記憶に残したいことがあれば2週間に3回はアウトプットすべきであり、勉強した内容は「6時間以上の睡眠」をとらないと記憶に定着しないとも書かれています。皆さんなりの法則が生まれたら教えていただきたいと思います。

ところで、仕事をしていく場合、人生と同様に、その人の運という要素が常に付きまとってきます。渡部昇一さんは『**勝つ生き方、負ける生き方**』の中で、運に関連して面白いことを言っています。

彼は、「ナポレオンのいっていることが非常に参考になると思うんです」と切り出して、「彼はどこかに進もうという時、そこに光が見えていればいいんだ、ということをいっているんです。まっすぐにその地点に行く必要はないんだと。（略）光を見失わなければ大丈夫だというんです。進む目標さえしっかり捕らえておけば、多少の紆余曲折は当然あるべきものとして受け取ればいいんだ」という確信がナポレオンにはあったのです。

また、彼は、ある棋士の例を引いて、棋士が父親から、「戦争というものは、どこへ行っても死ぬときは死ぬものだ。それが戦争なんだ。だから、定められた場所に行って、それで最善を尽くしておればそれでいい。生き残れるものはちゃんと生き残れる。死ぬものはどんな安全な所にいても死ぬものなんだ」と言われてビルマ戦線に赴いたが、「ビルマ戦線と言えば、当時は最も危険な任地の一つです。そこで彼は父親にいわれた通り、死ぬものは死ぬ、生きるものは生きるんだという状況を受け入れ、その時点時点で、最善を尽くして戦った。そして気がついてみたら生きて日本に帰ってきていた」と述べ、「周囲を見渡してみたら、ビルマより安全だと思われた日本にいたにもかかわらず、爆弾で大勢死んでいるし、機銃掃射で死んだ人もたくさんいる」事実を指摘して、「この棋士も戦場へ赴いたわけだけど、その時、『自分を碁打ちとして天が必要とするならば、天は自分を生かして帰還させてくれるであろう。しかし、もしも死んでしまうならば、それは天が自分を必要としないということなのだ』といって堂々と出兵していった。そして、生きて淡々として帰還した」と、そうしたいきさつから運というものの摩訶不思議さを説き、「志のある人は、イザという場面に当たって、やはり、天がもし私を必要とするならばといった気概で立ち向かわなければならない場合があると思うんです。そして実際、多くの場合、それで道が開けていったりするんです」としながらも、「実は、挫折したりつまづいたりした時、立ち向かえば道が開けたかもしれないのに、落ち込んでやる気をなくして、結局はダメになってしまう人のほうが多いんです」と述べています。実力は備わっているのに自分を見限ってしまう弟子を嘆いて、「力足らざる者は中道にして廃す、今なんじ画《かぎ》れり」と叱った孔子の言葉が想起されます。こうした思いも重大事に直面した時に、どこかわきまえておかなければならない勘所でしょう。

ナポレオンついでに、当時のオーストリアの外相が著した『**メッテルニヒの回想録**』（安藤俊次他訳）からも引用してみますと、「ナポレオンは自らのことを、この世界の中では孤絶した存在であり、自分は生まれながらにして世界を支配し、すべての人々を思うままに指導してゆくものと見なしていた。彼が部下に対して抱いている考え方は、工場長が工員たちに対してもつ配慮以上のものではなかった」と分析した上で、「ナポレオンは運というものを信じていたが、これまで誰が彼以上に運試しをしたであろう？　彼は好んで自分の生まれた星を自慢していたし、また、大衆一般が喜んで彼を特別な存在と思ってくれることにご満悦であった。だが、彼は自分自身に関して思いちがいをすることはなかったし、そのうえ、自分のなしとげた立身出世が大部分運命のおかげだなどと思いたがらなかった。私はしばしば『私が有能なので、私のことを運の強い男だと言う者がいる。強者の運の良さを非難するのは、弱者のすることだ』と彼が言うのを聞いたことがある。（略）医学や生理学の問題に関して、彼は好んで逆説を弄することがあったが、なかでも彼は、死とはしばしば、個々人における強力な意志の欠如の結果にほかならぬ、と主張していた」と述べて、「新奇なものや空しい理論の威光に抗しきれぬ性格の弱い人々を、私はあまりにも多く見てきた。だが、理性と良心は、そのような華やかな空論など、良識と正当な権利の法廷においては支持されえないものとして、絶えず斥けてきたのである。これらの多くの人々が陥った誤りは、私によれば、悪しき手本の影響というよりは彼らの判断力の弱さに帰すべきものであろう」と凡百の者と対比させています。その点、「彼は自分の直観力だけによって、偉大な隊長にもなり、立法者にも行政家にもなったのである。彼のよく練れた強固な精神が、つねに彼を確実な方向に導いていった。彼は曖昧な考えをはねつけ、幻視者たちの夢想も観念者たちの抽象論も同じように嫌っていた。明快な洞察や有益な結果をもらしてくれぬものはすべて、たわごとにすぎぬ、と見なしたのである。実際に彼は、五感の使用によって検討したり確かめたりできる知識、つまり観察と実験に依拠する知識だけにしか学問としての価値を認めなかった」という徹底ぶりだったのです。そして、「この並はずれた人物を判断するには、そのために彼が生まれついたとも言える大舞台の上での彼の行動を追っていく必要がある。たしかに、運命がナポレオンのために尽くしてくれたことは大であるが、彼の強い性格とか、活発で明晰な精神とか、さらには偉大な戦術や策略を編み出す天才とかによって、彼は運命が自らの与えてくれた地位にふさわしい水準に達していたのであった」と、運頼みに陥らず己の力で運命を切り開いていったナポレオンを評価していますが、彼の栄光の影には死屍累々としたフランス国民の大犠牲があったことも忘れてはならないでしょう。

ロシアとの戦いに敗れて皇帝の座を追われたナポレオンは晩年に、「私は何処から来たのか　私は何であるのか　その答えは私の思念を超えている　私は己を知らない肉体に過ぎない」と述懐していますが、これほど人の本質がその時代に生まれ合わせた運命的な存在であることを言い表している言葉はありません。皆さんも程度の差はあってもその一人なのです。

話が大きく脱線してしまいました。運という働きは摩訶不思議なものでありながら、決して無視できないものですが、人間の本分としては、与えられた責務を懸命にこなし、後は天命を待つ姿勢で臨むより他にありません。そんな中で、仕事を最後までやり遂げる責任感を期待したいと思います。

かつて新日鐵会長や日商会頭などを歴任した永野重雄さんの話ですが、永野さんは、東大を卒業して浅野物産に入社した翌年、二五歳で当時倒産寸前だった富士製鋼の支配人兼工場長に抜擢されます。まさに寝食を忘れて奮闘したのですが、経験不足で未熟だったせいか、業績は悪くなる一方でした。

ついに辞表を書くことを決意します。その時、自分を大抜擢したSさんの顔が浮かんできました。「もしここで自分が仕事を投げ出したら笑われるのは自分よりむしろSさんの方だ。能力もない若者をえこひいきで勝手に抜擢してSは何と馬鹿な奴だと世間の物笑いになる。せっかく自分を引き立ててくれたSさんにそんな恩を仇で返すようなことはできない」と永野さんは思い直し、もう一踏張りして会社の再建を見事成し遂げています。

皆さんも十分に活躍できると見込まれたからこそ採用された訳です。その期待に是非応えていただきたいと思います。そして、多少辛《つら》いことがあったとしても、自らが一度志した道である以上、安易に転職しないでいただきたいと申し上げたいのです。

皆さんの先々悩みの種になり得るのは、職場の人間関係であろうかと思います。それがもとで会社を辞めてしまうケースは、どこでも聞かれる話です。また、『**行動最適化大全**』から引用してみますと、好意の1対2対7の法則というのがあるそうです。それは、あなたを嫌う人、好きな人、どちらでもない人がその順番と割合でいるということです。人間である以上、好き嫌いはあるのは避けられませんし、蓼《たで》食う虫も好き好きだからこそ、世の中それぞれに丸く収まっているのですが、「どの職場でも『自分を嫌う人』『ソリの合わない人』は必ずいる」と心得て、賢明に対処してほしいと思います。その本では、「攻撃する人を味方に変える方法は、『ありがとう』と言うことと『親切にすること』」とありましたが、それでも対応に困る場合は、これはと信頼できる方や相談室に足を運んでみてください。組織には少なくとも定期的に人事異動があることも、どこか頭の片隅に入れておいてほしいと思います。毎年人事ヒヤリングもありますので、そうした意向も汲めることもあるかも知れません。

また様々なハラスメント対策を通じて職場環境にも万全を期していきたいと思います。

ところで、作家の司馬遼太郎さんが、その昔、小学六年生向けの教科書に『**二一世紀を生きる君たちへ**』と題する一文を寄せています。

司馬さんは、まずもって「自己を確立しなければならない。自分に厳しく相手にはやさしくという自己を、そして素直でかしこい自己を」確立しなければならないと前置きしながら、「人間は助け合って生きている。助け合うことが人間にとって大きな道徳となっている」と子供たちを諭した上で、二一世紀を生き抜くための三つの条件として、「いたわり」、「他人の痛みを感じること」、「やさしさ」を挙げています。そして、司馬さんは、「この三つはもともと一つの根からでているが、根といっても本能ではない」と言われるのです。

しかし、この箇所に来て、私は意外に思いました。「いたわり」、「他人の痛みを感じること」、「やさしさ」といった、いわば思いやりの心は、その人の、本能と言わずとも、生まれつきの要素が大きいものだと思っていたからです。冷たいとか鬼だとか言われる人は、どこまでも鬼であり冷たい人だ、とばかり思っていました。ところが、司馬さんは、思いやりの心は、本能から発するものではないと断じて、「だから、私たちは訓練をしてそれを身につけなければならない」と言われるのです。そして、「そうすれば二一世紀は人類が仲よく暮らせる時代になるに違いない」と結んでおられます。

いかなる仕事も、世のため人のためにある訳ですから、こうした三つの条件、とりわけ他人を思いやる心がなければ、十分な成果は期待できないと思います。そうした意味で、皆さんは、これからの長い職業生活の中で、知らず知らずのうちに三つの条件を、いわば事上練磨という訓練によってさらに磨きをかけて体得していくことになるのではないかと思います。

何事も最初が肝心で、物事を覚えるには時期というものがあります。特に、仕事の基礎を叩き込み、職場の人間関係を確立する最初の三年、五年といった時期が、極めて大切です。この時期をいい加減に過ごすと、なかなかすんなりと一人前にはなれなくなります。そして、この短期間のうちに人物や仕事の評価も半ば決まってしまい、やがてそれが一人歩きを始めます。その評価を修正させるのは容易なことではありません。勝負は意外に早いのです。それが将来に大きな差となって跳ね返ってきます。皆さんは、一日も早く偉くなって自分の采配で会社を動かしてみたいと期待に胸を膨らませているることだろうと思いますが、かつて日経ビジネスなどが調査した出世の条件では、「人より早く役職につく」がダントツの一位でした。早くから責任ある立場に就いて修羅場を潜って実力と信用を蓄えていくことが早道なのです。そのようにしてプロとしての仕事をやりやすくするためにも、与えられた職場を大切にし、職場環境を自らの力でより良くしていく努力と併せて、自他共に認めるだけの実力の基を、最初の三年、五年のうちから、しっかりと身に付けていただくよう期待したいと思います。

もっとも、最初は誰でも新人であり見習いですから、すぐに重要な仕事が任せられるはずがありません。しかし、手抜きをせず、今与えられている仕事や上司を馬鹿にせず、自分の力を出し惜しみせず、しかし無理はせず、常に全力投球で仕事に臨んでほしいと思います。井戸の水は汲めば汲むほど湧き出てくるものですし、力は使えば使うほど付いてくるものです。将来の自分は、今ここに、現在の自分の行動の中にあると申し上げて、私のオリエンテーションを終わります。頑張ってください。

混迷する現代を生きる指針を求めて

「新型コロナウイルスが蔓延し、新しい生活様式が模索されている中、ロシアによるウクライナ侵攻が加わり、グローバリゼーションが当然の常識であるかのようにして国境の垣根を超えて人と物と金が空前の勢いで動くことが前提とされた経済のあり方にも揺さぶりがかけられています。開発最優先で自然との共生を軽視してきた経済成長を至上とした諸々の制度設計の考え方も、気候変動がもたらす様々な現象が世界的な広がりを見せる中、経済社会と人間との関わり合い方に根本的なパラダイムの転換が求められているように思われます。特にわが国では、東日本大震災後も自然災害が多発し、直下型地震の蓋然性が高まっていたところへ、コロナ禍が加わり、自分の身は自分で守っていくしかないのだという、自衛・自立・自尊の思いを一層深めさせているように思います。末期《まつご》にお釈迦様が弟子に向かって『自灯明、法灯明』を説いたと言われますが、自恃《じじ》を最後のよりどころにする他ないとはいうものの、その導き手となる現代に生きる指針のようなものを、各人が内心持ち合わせているのではないかと思うのです。今宵はその辺りを個人から社会へと視野を広げて、それぞれの読書経験の中から探り出してみることにしましょうか」

いつものように内科小児科医院の院長ダンディ先生が切り出すと、若いホープ君がさっそく応じた。

「私は日本古来の『**武士道**』から迫ってみたいと思います。太平洋の架け橋たらんとした明治の国際人新渡戸稲造先生が日本人の精神的なバックボーンをこの本の題名の通りに託して世界に問うたこの本は、ずしんと男の生き方とは何かを確定的に教えてくれます。

そのエッセンスは、次の文章に尽きるように思います。『彼らは特権階級であって、元来は戦闘を職業とせる粗野な素性であったに違いない。この階級は、長期間にわたり絶えざる戦闘の繰り返されているうちに、もっとも勇敢な、もっとも冒険的な者の中から自然に徴募されたのであり、しかして淘汰の過程の進行するに伴い怯懦柔弱の輩は捨てられ、エマスンの句を借用すれば、「まったく男性的で、獣のごとき力をもつ粗野なる種族」だけが生き残り、これがサムライの家族と階級とを形成したのである。大なる名誉と大なる特権と、したがってこれに伴う大なる責任とをもつに至り、彼らは直ちに行動の共通規準の必要を感じた。（略）「卑劣」といい「臆病」というは、健全にして単純なる性質の者に対する最悪の侮辱の言葉である。少年はこの観念をもって生涯を始める。武士も然り』

そして、山本博文さんの『**武士と世間**』によれば、『武士にとって最も名誉なことは、戦陣で手柄をあげることだが、それにも劣らず賞賛されたのは討ち死にすることであった』というのです。『どうせ人間は一度は死ぬものなのだから、それが早いか遅いかの違いがあるだけ』のことだという覚悟がその根底にあって、『名か利と言えば、名を取るのが武士の習い』であり、利を求めて叶わぬ時は躊躇なく死を選び、『よい名を残すことを、命よりも大事にした』のです。ですから、『臆病』というのは、『最大の屈辱』であり、嘲笑の対象だった訳ですが、私もこうした心意気を肝に銘じて、これからの人生を渡っていきたいと思っています。何よりも、心身が健全で強くなければ話になりませんからね」

ホープ君の力強い決意表明に感心するように、准教授のウイット氏がコメントを加えた。

「この武士道と言うか、西洋流に言えば騎士道にも関連するような話になるのでしょうが、『パットン大戦車軍団』という映画も制作された第二次世界大戦のアメリカの勇将ジョージ・パットン・ジュニアが息子ジョージ・パットン三世に宛てた手紙が、ドリー・マクロー・ローソンの『**次世代に伝える言葉**』（井上一馬訳）に収録されています。それによると、『初めての戦闘であろうと最後の戦闘であろうと、誰しも戦闘に突入する前には怯気づくものだ。それはみな変わらない。臆病者というのは、それを男らしさで打ち負かせない者のことなのだ』と、やはり臆病者を厳しく排斥しています。『軍人として成功するには歴史を知る必要もある。歴史を客観的に読むこと』であり、『知らねばならぬのは、人がどう動いたかということ』で、その要諦は、『戦闘に勝つには、相手の武器を打ち負かすのではなく、敵の気概を打ち負かすのだ』として、『伝記、とくに自伝をよく読むことだ。そうすれば、戦争とは単純なものだということがわかるだろう』と述べています。そして、『計算された危険は冒すがいい。それはむこうみずなのとはまったく違う。私が個人的に信じるところでは、五割の確率があるなら危険を冒したほうがいい。なぜなら、私の指揮する兵士たちの優れた戦闘能力は、間違いなく、必要な最後のひと押しをお前に与えてくれるはずだからだ。シシリアでは、私は集めた情報と偵察と自らの第六感に基づいて、敵にはもう一度大規模な攻撃をしかけてくる余力がないと判断した。私はそのことを確信し、結果的に私は正しかった』と、振り返ります。だから、『およそ軍人が持ち得る資質の中でもっとも重要なのは、自信である。極端なまでに完璧な、傲慢なまでの自信である。自分の外見にも知性にも疑問を持っていいが、戦争に勝つためには、自らの軍人としての能力に疑問を抱いてはならない』と、パットンの面目躍如たるものがあります。その信念たるや、『軍人は、いや男というものはみな、生まれながらにして英雄の崇拝者』なのであり、『私がこれまで指揮をとってきた軍隊は常に身だしなみがよく、敬礼がきちんとでき、行動が迅速で大胆だったが、それは私が自らそうした点で範を示していたからなのだ。一人の人間が何千人もに影響を及ぼす。私はそのことに常に目を見張り続けている。上官はいつも見られているのだ』と、意気軒昂です。パットンは、直情型の個性の強い人物で、強い自信と誇りがもたらす率直な物言いで軍の首脳部も持て余すほどでしたが、連戦連勝とあらば、いざとなると切り札として使わざるを得ませんでした。荻生徂徠の『くせ馬に能あり』という見立ても、どこまでも揺らぐことのない自信を持ち続け得るかにかかっていると言えましょう。

また、過酷な運命を強いられた犬が野性に目覚めていく『荒野の呼び声』で有名な作家ジャック・ロンドンが、娘ジョアン・ロンドンへ宛てた手紙には、『世の中というものは、正直な者、誠実な者、正しい者、正しく声を上げる者にこそふさわしいということを知ってほしい』と、自分が貫いてきた姿勢をどこまでも肯定していく考え方を述べた上で、『世の中には大物と小物がいることを忘れないでほしい。世界の全人口の大半は小物によって占められていて、少数の大物がそこここにいるのだ。（略）だから、日曜の晩に私が君にした提案に結論を出すときに、君が間違った決断をして、結局のところ、世界の片隅の小さな場所で小さな人間になってしまう可能性は十分にある』と、警告も発しています。これまた、パットンとは違った意味での正しさに裏付けられた気概と確固たる自信を持って世の中に処していくことの大切さを説いていています。共通するのは、他人指向ではなく、夏目漱石がノイローゼから脱するときの心構えとなった『自分本位』を生きる指針としている点であろうかと思います」

すると、常識人のバランス氏は、安岡正篤の教えに傾倒しているようで、豊田良平の『**古典を活学する　安岡正篤師に学んだ人物学**』と題する『呻吟語』をベースとした本を取り上げた。

「安岡先生は、人物というのはその人の放つ光でなんとなく明るくなり、その一言で大概の事は治まっていくもので、常にこんこんと湧き出る泉のような晴朗さ、活気・活力というものがなくてはならないと言い、別に偉い人にならなくとも、どこかの社会にあって一つの場においてなくてはならぬ人になって、その仕事を通じて世のため人のために貢献することを考えたらいいじゃないかと言うのです。そして、人生を渡る心がけとして、自分のことは自分で決め、能力を気にするより要は努力であり、健康の保持も含めて原因も結果も自分に由来するのだから、天地神明はお見通しと心得て、かけがえのない自分を慎み、自他一如であり、悪口を言わず、自分を信じて自分を限らず、何事もはっきり掴んでいれば大したことがないから物事には恐れず、師匠や魂が込められた愛読書を持ち、心中に喜神を含んで感謝し、陰徳を積み、世の中のことはなるようにしかならぬからえり好みをせず、過去のどうにもならぬことは忘れて、物惜しみせず、自分を拝めるほど『ニコニコ顔の命がけ』で事に臨んでいくべきだと言うのです。

また、安岡先生は『**優游自適の生き方**』でも、その人だけしか歩めない道があるのだから案ずることなくその一路を歩めと言い、身心をなるべく自然に清浄にしておれば、なかなか死ぬものではないとも言っています。これらの箴言《しんげん》も、どこか通じるところがあるように思います」

すると、ハミング嬢が『**この道より—武者小路実篤詩華集—**』(阪田寛夫編)を取り出して、一石を投じた。

「益荒男《ますらお》ぶりが支配しているような世界から少し雰囲気を変えてソフトにいきたいと思います。武者小路実篤と言えば、彼が描いた野菜などを題材とした絵と共に『仲良きことは美しき哉』といった感慨を吐露した味わいのある色紙で有名ですが、この本は、理想に燃え、生命力溢れる彼の詩の中から、特に感銘の深いものを厳選したものです。自惚《うぬぼ》れと紙一重と思えるほど自分自身をあくまで信じ、信念を曲げない人格がそのまま詩に込められている点では、これまでの流れとも同じです。『父は自分の三つのときに死んだ、それなのに自分の顔を見て、この子を立派に育てる人がいてくれたら、世界に一人という者ができるのだがと言ったそうだ。母は自分が迷っているとき、この父の言葉と、自分の星のよきことを言って自分を慰めてくれる。自分は生きるところまで生きてみる、そうして自分の謎をといてみる』と、自負の念を語っていて、『今の俺よりすぐれた人間を一人は知っている、それは未来の俺、長生きさせたいな、この俺を』と、自分が向上していくことを第一義に掲げ、『山と山が賛嘆しあうように　星と星とが賛嘆しあうように　人間と人間とが賛嘆しあいたいものだ』と、さらに人から人へと夢は無限大に広がります。こうした数ある童心に帰ったような詩がある中で、やはり一番心に響くのは、この言葉『この道より　我を生かす道なし　この道を歩く』ですね」

合いの手を打つように、パッション君が、同じく実篤の『美　愛　真』という本を紹介した。

「さらに掘り下げて彼の考え方を探ってみますと、『人間の一生は時間としては短すぎると思う人もあるが、僕は人間の一生、寿命と言う方がはっきりするかと思うが、人間にとって短くも長くもないように、ちょうどいいようにつくられているのだと思う』とし、『自分の寿命を全うした人ではじめて、死の醍醐味が味わえるように人生はできているのだと僕には思える。途中で死んでは満足できないようにに人間はつくられている』のであり、『一人の人間のために生きているのではなく、人類全体の一人として生きているところが人間の面白さだと思うから、生きている限り、この世で何か自分でないとできないことをすることが大事』で、『同一の人はこの世に二人とはいない』訳で、『使命は人によって違うが、僕は最も広い意味で、皆が自分の使命を果たそうと思えば果たせる世界が本当の世界だ』と規定し、『人間は天命を全うしてはじめて人間のできの妙味さがわかる』のであって、『あわてずに自分の実力を鍛え、自分の人格を高め、頭をよくし、身体を健康にしてよく考え、よく努力するのが、人間に生まれたものの個人の務めだということの本当さを僕はますます信じ、自分の生命や他人の生命を大事にしない人を見ると残念に思う』というのが基本的なスタンスであるように思います。

だから、『人間もよき子供をつくることも必要だが自分をよく生かし、自分の花を最も美しく咲かすことが大事』なのであり、その『運というものは人間をとおしていつでも僕たちを見ていてくれるものと思ってまちがいない』ので、『幸運の来ることを忘れて、誠意をつくして正直に自分の仕事に力をつくし、自分の実力を増すこと、自分の真価を高めることに努力』することが肝要だとしています。

また、『人間によき子孫を生ましたがっている自然は、その目的のためにこの寂しさを与えてくれたのだと僕は思っている』けれども、『この寂しさに本当に立派に勝つのには自分を健康な意志の強い、立派な父となり母となるためにきたえ上げることが大事』なのであり、それが『一人前の男女として自分を築き上げるために与えられた寂しさ』なのだと説くのです。

『誠実に生きるということを自分の一番理想にしている』のが彼の信条でしたが、『あまり大きな顔はできないが、妻は僕の妻として昔から話がきまっているように思っている』のに、『僕は結婚で夫婦別れはした』が、『まあ無事にゆけばいいので、よき妻を持つことは幸福である』と回顧しています。

さらに子供の頃を振り返って、『病身で母によく心配をかけた』うえに、『腕力も強くなく、運動もうまくなく、駆けるのは図抜けて遅かった』し、『非常に臆病ものだった』が、『自分の一番自信があるのは、人間としての自分』、『幸福な楽天家としての自分に自信がある』として、『生きる喜び、何かを生み出す喜び、何かしないではいられない勢い、それが僕を元気にする。弱っていったって、恐ろしいものはくる時は来るのだ。元気にしていても、恐ろしいものは来ない時は来ないのだ。元気にしている方が仕合わせである。いじけて生きていては損だ』と持論を展開するのです。

そして、『三十何年、一日も休まずに原稿をかこうとしてきた。したがって頭の方は、相当、鍛えられているわけで』、『あとは自分の頭が考えることを、そのまま饒舌ったり、書いたりするだけで、言葉は自ずと頭の内につぎつぎと生まれてくる』と、作家稼業の秘訣も述べています。

『自分の人生観は二十六、七歳の時から変化はしていない』が、『あらゆる方面で自分は進歩しつつあることを信じられることを喜んでいる』とし、『僕は子供の時、臆病すぎ、化物や、幽霊を恐れ、死を恐れ、先生に叱られるのを恐れ、意地悪の年上の子供を恐れ、恐れないでもいいことを恐れすぎてきたので、それがいかに馬鹿気ているかを実によく知らされている』から、『恐れていては切りのないものである。自分の仕事を平気でしてゆく方がいいのである。怖くもない人間を恐れるほど馬鹿気たことはないのである。自分は臆病でない人間を知らない』とし、『自分が不正でない限りは、自分の後ろに大きな見えない味方があるのである』と確信する自分がいて、『自分を卑屈にしてもそれで百五十歳まで生きられるというわけでもなく、また自分だけが生き残っても仕方がない。僕はいじけるのが何より嫌いである。図々しい人間が多いのに、自分だけいじけても仕方がない。自分も図々しく、平気な顔をして生きてゆこうと思っている』と、当時八六歳の彼はなお意気盛んなのでした。彼の心意気の半分でも拳々服膺《けんけんふくよう》していきたいと思っています」

「新しき村」を建設するなど社会に変革を求めた武者小路実篤だったが、この辺りで手ぐすねを引いていたのが、保守を任じる論客だった。その一人ウイット氏が口火を切った。

「惜しくも自死してしまった西部邁の『**思想史の相貌**』を私は紹介したいと思います。

これは、福沢諭吉に始まり福田恆存に連なる日本の思想家を、保守主義という観点から解剖して論評を加えたものです。一身独立を掲げて痩我慢の士風を説いた福沢諭吉と、理想と現実の狭間でバランスをとりながら努力することを説いた夏目漱石は、明治の思想の礎を築いた双璧として確固とした不動の評価を与えられていますけれども、それに続く大正から昭和にかけて登場する思想家は、いずれも一刀両断に論難されるところとなっており、ようやく小林秀雄で論調が改まって、文学という美の世界のみに閉塞される嫌いはあれども、全集を読むに値する人として評価されています。掉尾《とうび》を飾るのは福田恆存で、自分の主張は既に彼によってすべて言われていると嘆き、その強靭な精神による広範かつ一貫した言論活動が集大成された全集に保守主義の神髄をみて、畏敬の念に打たれた筆致となっています。それは理想像を虚妄と知りつつ仮構し、究極するところ絶対者の存在を念頭に置きながら、絶対者の規定を受けない単なるエコイズムはすべてが許されるものであるとして廃し、相対主義という愚行の泥沼にはまることなく、伝統を踏まえた常識を重んじながら現実に処していく二元論的生き方なのです。このようにして不羈《ふき》にして高貴な精神を一身に体現し、進歩主義が謳歌した時代に棹さしたのが福田恆存だという訳です」

すると、バランス氏がすかさず福田恆存の『**日本を思ふ**』を取り出した。

「私がこの人の纏まった評論集を読んだのはこれが初めてです。わが国における保守主義の巨人と呼ばれるに相応《ふさわ》しい透徹した頭脳と論理の冴え、少数意見を恐れずに芯を通してきた精神の強靭さ、世の中を見抜く慧眼《けいがん》にはただただ脱帽する他ありませんでした。いわゆる進歩的知識人に論争を挑んでも、福田を利するだけだと相手にされずに論壇を村八分扱いされたとのことですが、この人の持ち味は、普通の知識人ならば筆を抑えて曖昧にするところをずばりと言いのけて、凛としてたじろぐことのないところにあるようです。

要するに、現代日本の混迷は、日本人が神経こまやかで感受性に富んで繊細な中にも潔癖を尊びそれを美的倫理観にまで高めた生き方を確立していたにもかかわらず、連綿として続いてきた常識に代表される考え方やそれに有形無形に支配されてきた我々の生き方でもある過去の伝統に自信を持てず、それらを否定することで新しい時代を切り開いていくことができると誤認してきたところにあるというのです。それは、西洋的な中世、すなわちクリスト教に代表される神の絶対性と対峙して超克しようと葛藤を重ねてきた歴史を遂に持ち得なかった日本の悲劇であり、弱点でもありました。そのようにして明治以来日本は『封建的なるもの』を打ち捨てて、西洋に追い付き追い越せを繰り返し、敗戦後さらに戦前の歩みや日本人として受け継ぐべき美感すらもことごとく打ち消そうとしてきたのです。そして、その究極の導き手となったのが、戦後の憲法であり、自由と民主主義と平和に絶対価値を見いだして何か意見を求められれば訳知り顔に明快に裁いてみせる進歩的文化人だったというのです。

福田恆存によれば、人間に生まれる自由、生まれない自由はないのであり、死ぬ自由、死なない自由もなく、自殺の自由も結局は他動的、受動的であることを免れず、人間は与えられた条件の中に無意味に投げ出されて存在するだけで、その存在そのものの中にいかなる目的もなく、偶然に在らしめられ、偶然に無くされるだけの話であり、自己がそういう自由のない物質であることを自覚する働きによって、自由の意識を所有し、人間としての自由を獲得するのです。ところが、人間は精神の自由をすべて物質の自由に翻訳し直すことに熱中し始め、自由の現物化を実現するためには、可能性だけの自由は否定されねばならず、全体主義に道を開くことになるという訳です。

また、民主主義は、温情主義的な話し合いを意味するものではなく、逆に馴れ合いを拒否する、乾いた冷たい政治体制だとし、それは単に強者の横暴を抑制し、最悪の事態を避けるための防衛的方法に過ぎず、蜂起した大衆、つまり弱者が多数を頼んでも弱者である限り、それを抑えることはできず、しかも、所詮多数決とかなんとかいっても、結局は強弱の原理でしかなく、したがって、最善の社会をもたらす最善の方法ではないと説くのです。

さらに、護憲派のやり方を正に当用憲法だと批判し、命に替えても守るべき民族固有の生き方すなわち文化的価値をまもろうとするから平和に最高価値があるのであり、そうしたものを持たず単に平和を最高価値とするのは生命が最高価値というのと同様で、エゴイズムとヒューマニズムとのすり替えだと決めつけています。

ペスミスチックに流れがちな論旨が多いのですが、それだけ日本の思想的な迷妄が深いということの証でしょう。思想のバランス感覚を養う上で、この人を避けて通ることはできないように思います」

満足げに話を聞いていたウイット氏は、さらに一歩を進めた。

「シェイクスピアやヘミングウェイなどの英米文学の翻訳や劇作家・演出家としても活躍した福田恆存には**『人間・この劇的なるもの』**という著作もあります。

そこでは、人間を死すべき運命ととらえ、そこに大前提に置いて、この事実から意識をそらすことなく、死によって逆説的に生ける己を規定し己の生を正当化しようとするシェイクスピアの四大悲劇の主人公の生き方とも重ね合わせて考察がなされます。そして、等しく自由を求めたとしても、それは孤独になるか特権階級への昇格を目論むか、二つの一つの奴隷の思想であり、物質的な快楽は得られたとしても幸福は因って来らず、古いものをして新しいものを裁かしめるという原則の否定は信頼感の喪失に繋がるとしています。結局、自由に堪え切れず、逆に、個人主義の限界を悟るに至り、自己を全体に奉仕せしめ、意識せずとも己の役割を演じたがり、また演じることで、その劇的なるものの中に宿命的なものを見いだして安堵しようと企てる人間の真実の姿を探り当てています。

それらに触れれば触れるほど、すべてお見通しで、物事の本質をズバリと言い当てているかのようで驚かされますが、あれほど左翼的な思想が世の中を席巻していた時代に、最高級の該博な知識を有しながら、一歩たりともいわゆる進歩的知識人に譲歩せず、敢然と論戦を挑み、絶対者すなわち神を暗黙のうちに措定した自ら信じるところの保守に根差した揺るぎない考え方を貫き通したというだけでも、刮目《かつもく》すべきだと思います」

バランス氏も、西部邁の『**ニヒリズムを超えて**』を挙げて同調した。

「この人の判断基準の拠り所として、常にチェスタトンと福田恆存という二人の保守思想の大立者がいるように思われます。この本でも『保守の情熱』と題してチェスタトンを論じ、ニーチェを始めとする『いわゆる知識人』や進歩思想を標的にして、風刺を利かせたチェスタトンの警句を次々に引用して、伝統と現実との平衡の中に保守の神髄を見ようとしています。

たとえば、『狂人とは理性を失った人ではない。狂人とは理性以外のあらゆる物を失った人である』、『宗教が滅べば、理性もまた滅ぶ。どちらも共に、同じ根源に属するものであるからだ。どちらも共に、それ自身は証明しえない証明の手段である。そして、神によって与えられた権威を破壊することによって、われわれは人間の権威という観念まであらかた破壊してしまった』、『正統とは正気であった。正統は、いわば荒れ狂って疾走する馬を御す人の平衡だった』、『毎日同じことを繰り返すのは、生命がないからではなく、生命があふれ、ほとばしっているからである』、『伝統とは、あらゆる階級のうちもっとも陽の目を見ぬ階級、われらが祖先に投票権を与えることを意味するのである。死者の民主主義なのだ』、『民主主義の信条とは、もっとも重要な物事は是非とも平凡人自身に任せろというにつきる』、『平凡なことは非凡なことよりも価値がある』、『最悪の時代の風潮は、ありもしない風潮に自己を適合させようとする何万、何億の小心な人間からできあがっているのだ。その世論というのは、世論マイナス自分の意見である。誰もかれも一般の風潮に隷従しようとする、その風潮自体が一つの隷従である』というように。そして、相対主義を排し、虚無や退廃へと連なる迷妄を一掃しようとするのです。また、同じく福田恆存を論じて、進歩的知識人に向けて『言葉の弓射る』精神の剛直さと不断に伝統と平衡をとろうとする感覚の自在さに、保守の神髄を見ているのです。

ところで、この評論集の中で、『自覚的な時代錯誤の保守派』としながらも、扱いかねているように思われたのは三島由紀夫でした。三島由紀夫全集を読了したもののその印象は索漠たるものがあり、精神衛生学としていえばこれほど言葉の虚しさを綴った作品群はアンタッチャブルというしかないと言うのです。その自死は『見られる死』を尊んだ結果のいきがかりとも思える死であり、文学と政治の平衡作業ないしは架橋に失敗したが故に明断さを欠いたものであったとし、激越な憂国の情から発せられた言葉の数々はなるほど保守の精神にも通じるものだろうが、奇矯な行動は保守の忌み嫌うところで、あらゆる意味で平衡感覚のないところに真の保守はないというべきだと主張していました」

ダンディ先生がこれまでの総括をするように割って入った。

「今話題に上がったG・K・チェスタトンには、古典として名高い『**正統とは何か**』があります。チェスタトンは、正統とは、神を信じ神の教義たるキリスト教に帰依することである、と単純明快に断言するのです。そして、正統とは、判断の根源を、そうした信仰、さらに広げて言えば、死者の民主主義としての伝統に求め、伝統に掉さすが故に、不断に改善をやむなく試みることの緊張関係と現実との平衡感覚の中で、伝統を守り抜く姿勢を貫くことにあると規定しています。

この正統に敵対するのは、人間理性に絶対の信頼を置く考え方、つまりは唯物論や進化論に代表される思想に他なりませんが、人間理性には、人間である限りにおいて、必ず誤謬が包含されているので、究極するところ信頼あたわざるものなのであると、彼は言います。過《あやま》つことを、本質の一部とする人間の知性には、したがって自己破壊力があるのだという訳です。

チェスタトンは、自己を信じ切った人間が行き着く場所として、脳病院を指定します。それは、ニーチェの辿った道でもあります。チェスタトンによれば、人間が、誤りのない不動の道しるべとして、信じ得る永遠の理想とすべき対象は、全ての創造主たる神の言葉としてのキリスト教をおいて他にないのです。その真理からする絶対の制約が与えられるとき、人間は、逆説的ながら、現実とのバランスをとる中に、自由意志の発露としての戦慄《せんりつ》に満ちた冒険と熱情とロマンスを発見する、というのがその言わんとする趣旨でした。科学万能で物事を考える人間には、鉄槌を下される思いがします。

チェスタトンの真骨頂である、相対主義という迷妄を排し、不断に伝統と平衡をとろうとする感覚の自在さが神髄の、正統の系譜の一つとも言える保守の思想は、「太陽の下に新しきものなし」であるはずなのに、レトリックの新奇さと時の勢いにともすると押されがちで、頑迷固陋《ころう》な反動の代名詞にも擬せられて時に揶揄《やゆ》されて、そのレトリックがまがい物だと判明する頃合までは多勢に無勢で、我慢を強いられることも多いですね」

思想的なものにはとんと疎いユーモア氏が、ここで登場してきた。

「谷沢永一の分析鋭い『**山本七平の智恵**』によると、山本七平は、日本には誰もが暗黙のうちに了解している日本教なるものがあって、そうした同質性の下に、ぬるま湯につかったような形で日本人が寄り集まって社会が構成されていると主張しています。そして、日本人にとっては、真実は全部自分の胸の中に収められているが、それを言わず語らず、自ずと精神的な空気が形成されて物事が決められていくというのです。また、貞永式目を例に引いて、これは天皇が公布したものでもないけれども、武家政治の標準となって連綿と続いた歴史を指摘して、天皇、将軍、執権という権力構造にあって、実権は執権にあったことと相似する現象はわが国特有の在り方だとしています。何もキリスト教によらずとも、こんな日本人の知恵もあるのですが、さっきの保守の考え方に繋がるのかどうか。

また、山本七平はリーダーが自戒すべき点として、予言や占い、迷信に頼ってはならないこと、宗教を持ち出さないこと、家族の私的な意向を持ち込まないこと、前例を無視した華美にわたる行事を行わないことの四つを挙げていますが、これもこれまでの話と真逆なようで、そうでもないような。

さらに、平和と武装との関連を問題にして、武力や軍隊の存在を最初から前提に置かない平和論は現実的に意味をなさないと主張していますが、これは多分一致できる事柄でしょう。

人望を説くところでおやと思ったのは、その定義でした。あの男に任せておけば大丈夫と人に思われることが人望であって、問題は職場で何歳になったらそうした立場に立ち得るかが肝心で、それがなければ、いかに実績を積んでも全く無意味だというのです。これからすると、どうも私は人望が足りなかったことになります。この点は、残念ながら皆さん一致できることでしょうね。

同じ本でも読み様で随分ポイントの置き方も変わってくるもので、文は人なりと言いますが、文の受取り方は人なりという言い方もできそうですね」

パッション君が司馬遼太郎の『**八人との対話**』から話題を拾ってきた。

「司馬遼太郎と丸谷才一との対談の中で、こんなやりとりがあります。

（司馬）われわれが政治家を思うときは、たとえば源頼朝を考えたり、アメリカの大統領を思ったりしますね。非常に近代主義の目でみて、人民の苦しみ、世の中の不合理とどう対決するか。それを思うんですね。ところが、平安期の天皇―白河院を例にあげれば、この人ほど自分の権力、王の王たる自分を誇った人はいないわけでしょう。（略）しかし、それだけの権力を誇りながら、それをいっさい政治に使わない。（略）主としてそのエネルギーを女遊びに使う。白河院が一生の間にどれだけの女と関係があったかを考えると、気が遠くなる思いがする。

（丸谷）昔の天皇の性格が非常にエロチックだったと考えられる理由は、いくつかありましてね。ひとつは、恋歌を詠んだこと。第二に、これはあたりまえな話ですけど、一夫多妻制。第三は、女に身をやつす感じがある。衣装とか、化粧を含めましてね。第四に、娼婦を召すんですね。後白河院にしても、後鳥羽院にしても、白拍子を召して戯れる。最後には子供を生ませる。そういうことが公然と行われていた背景には、そうすることによって、国土の安穏と五穀の豊饒に資することがある、とみんなが考えていた。そして、それが国事行為の一つになっていたんじゃないか。

こんなふうでしたが、これもまた日本古来の伝統であり、保守の神髄に連なるものなのでしょうか」

ユーモア氏は、にやりとして『**少年の夢**』（梅原猛対談集）を対比させた。

「この本は、少年たちに夢を持てと呼びかけるのですが、対談の内容は大人向けの人物論となっています。特に田中角栄（秘書の早坂茂三談）を論じたところが興味深く、前後を端折って紹介しますと、

（早坂）記憶力は抜群。彼が僕にいったのは、いろいろ学校の先生はいうけれども、やっぱり勉強の基本は暗記だと。旧制中学にも大学にもいっていない。僕が彼にいつも見たのは、彼の中にあった悲しいほどのコンプレックスです。

（梅原）私はどうも、偉大な仕事をした人は、宗教家でも文学者でも、心の中に強いコンプレックスをもっている人だという考えを捨てきれません。

こうしたやり取りで思うのは、誰もが時代の制約の中で懸命に努力している点ですね」

今度はバランス氏が、バートランド・ラッセルの『**人生についての断章**』（中野好之・太田喜一郎訳）での指摘を紹介した。

「ラッセルは民主主義の最先進国であるはずのイギリスの政治について、『すぐれた政治家が国民によって選ばれるはずの民主国家では、一般大衆が政治家は下らない奴らだと例外なく思っており、彼ら

の程度があまりにも低いために、「政治家」という言葉自体、軽蔑のニュアンスを持つに至ったのは、どうしたことであろうか』と述べて、『国家が民主的になると国民がその支配者に敬意を表さなくなるのは、奇妙な現象である。（略）自分たちを統治する人間を選ぶ国民は、国民全体から敬われ慕われる人物を選びそうなものであり、また最も賢明な第一級の人物と目される人たちが、他人の生活の管理という微妙で責任の重い使命を果たすために選ばれるという期待はけっして不自然ではなかろう。しかし、現実はそうではない。たいていの民主国家での政治家という呼び名には、どことなく嘲笑のひびきがある。社会での評判が良い人が進んで選挙民の票を求めることはないし、たとえ試みても失敗するであろう』と分析し、『納得いかないにせよ、それが現実なのである』と嘆いています。また、『多くの偉人の実際活動や理論に見られる残酷な要素は、彼らの経歴がそれと自覚されぬまま、その幼時に嘗めた不幸に対する、世間への復讐に他ならぬという事実に由来する』とも述べています。人間は誰しも善悪双方に共鳴するところを有しており、『自分は良心に恥じぬ生き方をしており、人がどう思おうと意に介さないと心中思っている人は多い』けれども、『現実にこのような生き方をしている人は多少はいるが、しかしその数はわれわれが考えているよりもはるかに少ない』ところからしても、常に警戒してかからなければならないことでもあります。そして、『持てる者は、さらに与えられる。富は往々にして愛情の外観のみならず、その実質まで買うことができる。これは不正で不都合だとしても、事実であることに変わりはない』社会の現実も見抜いています。洋の東西を問わず、人間の本質に変わるところはないと言うべきでしょうか」

すかさずウイット氏が、ジョン・キーンの『**民主主義全史**』（岩本正明訳）から補足した。

「民主主義は人類が行き着く政治形態なのですが、その弊害もまた多く指摘されている通りです。この本でも、民主主義が堕しやすい『衆愚政治を裏で操るのは、人民をそそのかすことに長けた悪の指導者たちであり、暴力と奸知を使った支配こそが根本的な政治問題であることを、全体主義が証明した』としています。世界中に奸計と悪人の見本のような事例がありすぎて、枚挙に暇がないほどでしょう。中国の卓越した文人である林語堂（一八九五～一九七六年）も、『政治家は息子のように人民を愛する善良な統治者などではない。私たちは彼らを潜在的な囚人のように扱うべきであり、その潜在的な罪人が人々に強盗を働かず、国を売らないようにする手立てを考案するほうがよっぽどマシだ。常同様に民主主義では、人民を実直で家柄の良い人々ではなく、潜在的な犯罪者だと考えるべきだ。常に善良であることは期待できないのだから、彼らが悪事を働けないようにするすべを見つけ出さなければならないのだ』と、実に手厳しい見方をしていることがこの本で紹介されていますが、人民ですら潜在的な犯罪者だとしているところに、理想通りにはいかない事態の深刻さが現れていますね」

ダンディ先生が、視点を変えてさらに一枚加わった。

「英文学者の中野好夫の『**伝記文学の面白さ**』という本も、これから述べるような下世話な話が伝記文学の面白さとなって彩りを添えています。ある意味で人として避けて通りにくい事柄でもある以上、それは物の尺度ともなり、それによって人はしっかりと見抜かれているものです。あるいは、物言わずとも関係者の秤にかけられていると言っていいのかもしれません。

先ず、『我思う故に我あり』で著名な哲学者デカルトは、『非常に賢明な人間だったので、女房なんていうお荷物を抱え込むことはしなかった』のですが、『ただ、彼も男であり、男としての情欲はちゃんとあったものだから、彼は売笑婦というのじゃなくて、ちゃんと身分のある好みに合った美人を囲って、それによってたしか二人か三人の子供を生んだ』とのことです。

オーストリアの宰相となったメッテルニヒの場合は、『ちゃんとパリに情婦をおいていて、その情婦からたいてい情報を入手している』辺り、『メッテルニヒも食えん男です』が、その好敵手であるフランスの外相タレイランは、『男にはずいぶん敵』があったのですが、『彼とまじわったり関係をもったりした女からはもうベタほめ』なのです。例えば、『ドロテア・ディティーノ、（略）エドモンドとの仲はもうさっぱり冷えきって』いましたが、『あのウィーン会議ごろからずっとタレイランの身辺の世話をし、同居するようになるのです』が、『タレイランが六十歳』、『ドロテアは二十一歳』です。『そのドロテアとのあいだにポーリンという娘が生まれます』が、『エドモンドとはそのとき冷えきっているのですが、（略）「ああ、これはおれの子だ」と言ったんでエドモンドの子になっている』だけで、『世間の噂はだいたいタレイランの子供』とされていて、『そのほかもう至るところで女道楽があった』とのことですが、『このころの名流貴族はみなそうで』、『皆さんはいまお生まれになって損されたんだとお思いになってあきらめてください』という訳でした」

するると、何とハミング嬢が、「イギリス王室のおそばで歩んだ女官の人生」という副題を付したアン・グレンコナーの『**マーガレット王女とわたし**』（立石光子訳）の話を始めた。

「この本では、エリザベス女王の妹君のマーガレット王女に仕えた、貴族に列する名家の出で、執筆当時八七歳になる元女官の、一切タブー視しない赤裸々な告白に新鮮な驚きを覚えましたが、実に好感のもてる筆致で描かれています。彼女は、浮気を繰り返す新興貴族の夫と結婚して五人の子供に恵まれます。しかし、次々と子供の不幸にも遭って、二人の息子を若くして失うなど、様々な苦労に直面させられますが、気丈にも切り抜けていくその姿には、階級を超えた人間としての強さが感じられて尊敬の念を禁じ得ませんでした。その中核をなす彼女たちの結婚生活の実態の記述は、『マーガレット王女は結婚の破綻に深く傷ついておられました。（略）結婚生活に苦労したのは、わたしたちだけではありません。妹のケアリーも夫と揉めて、二、三年たつうちに、夫はじかに口をきかなくなり、（略）私はコリンの不貞を知ったとき、最初はひどく嫉妬し、とても受け入れる気にはなりませんでした。（略）夫の不貞と癇癪をべつにすれば、夫婦仲はとてもよく、揺るぎない友情に培われた絆を、ふたりとも大切に思っていました』と続き、『わたしが知っているどのカップルも、ほぼ例外なく、他人の夫や妻と関係を持っていました。結婚した男女が互いに終生貞節を守るというケースは、珍しかったのではないでしょうか。貴族階級の呪いです。不倫はつきもので、妻たちは見てみぬふりをしていました。一国の王女と結婚したトニーでさえ満足せずに、つぎからつぎへと浮名を流していたように』といった次第でした。ところが、『コリンが家庭をないがしろにしたと知って、わたしもお返しをしました。相手はごく親しい友人で、昔からの知り合いでした』というのには、えっという感じがしましたが、『どんな状況にも耐えられたのは、彼のおかげ』で、『彼との関係は、結婚生活にも良い影響を与えてくれ』たそうで、『コリンの長年の愛人は、夫がわたしと別れて自分と再婚するように画策しましたが、うまくいきませんでした。つまるところ、コリンもわたしもお互いに忠実だったのでしょう。夫がわたしと離婚しようとしたことは一度もありません』といった経過を辿って二人は添い遂げるのですが、男性ってどうしてこうなのでしょうか。結婚への夢までなくしてしまいそうになります」

先生の盟友ユーモア氏も、そう言われるとそのまま黙っていない。

「六十代前半までの人生を回顧した『**要約すると**』（中村能三訳）の中でモームは、『わたしは無節操ということを恐れなかった』とはいえ、『精神は、肉体が快楽に満ちたりたとき、しばしば最も自由なものである』とわきまえていながら、自分とは違って『全生涯をこれに捧げた男を、わたしは幾人も知っている。その人たちは、すでにもう老境にあるが、生涯をそういうふうに送って、いささかも悔いていないのを、わたしは認め、また、不思議とは思わない。（略）わたしは気むずかしいので、節制をまもってきたのである』と、英国の貴族社会の紳士の一面を述懐していますが、他方で愛情深い伴侶と仲睦まじく国難に立ち向かい、時に絵を描き、ノーベル賞を受賞するほどの文章の達人でもあったチャーチルのような偉大な生涯も厳然として屹立していることも忘れてはならないでしょう」


その場の雰囲気に付いて行けそうにない若いホープ君は、話題を一挙に転じた。

「社会人になって三年ほどしかたっていない身とあってみれば、今までのようなお話より、この先わが身の足場をどう固めて世の中に貢献していくことができるかというほうに関心の殆どがあります。そこへいくと、A・L・ウイリアムズの『**人生、熱く生きなければ価値がない！**』（邱永漢訳）といった啓発書は大いに教えられるところがあったような気がしています。筆者は、『冒険できないが故にどれほど多くの人があたら優れた才能を持ちながら世の中に埋もれたまま生涯を終えていることだろうか。しかし、その仮定そのものが誤っている。冒険心の欠如した人はそもそも成功者に値しない。夢を見るだけで、失敗を許容するだけの度胸もなく結局チャンスをものにできない人は、不幸である』

と叱咤して、『自分自身を信じるところから第一歩を踏み出すしか、道はないのだ』、『人生の戦いの三分の二は、心の中での葛藤である』というのです。そして、『大切なのは、自分を信じ、自分に与えられた天賦の才能を信頼すること』であり、『あなたの夢を家族、とくに夫婦の間で分かち合うことができれば、それだけ実現の可能性も大きくなる』のだから、『夢を抱いたら周囲の人にそれを打ち明けて』『逃げ道を自らの手で閉ざしたとき、初めて、目の前に立ちはだかる困難を成功の可能性へと変えていくことができる』のであって、『何事であれ勝利のためにすべてをかけようと腹をくくれば、あなたの人生は、これまでと全く違った様相を呈するはず』で、『もしも私たち皆が強固に意志を貫いて頑張り続けたら、この世は成功を収めた人でごった返すようになるだろう』というのです。『一度でも志を半ばで放り投げるような真似をすれば、次の機会にはもっと簡単に全てをあきらめ、さらにその次にはもっとあっさり白旗を掲げてしまう』人がいる一方で、『極度に失敗を恐れる余り、何もしない人が大勢いる』が、『不安は不安を呼び、空想の中でどんどん膨らみ続けていくもの』であり、『不安なことを成し遂げれば、その不安は確実に死に絶える』とアドバイスしています。もっとも、『勝者となることが分かっていても、いざトライしてみるだけの勇気がないのは、余りにも危険が大きすぎて、思わずたじろいでしまうのだ。だが、真の勝者というのは、ある決定的な瞬間においては極めて危ない橋を渡るものなのである。もっともそれは、向こう見ずな賭けではなく、慎重に考慮され、計算し尽くしたリスクなのだ』として、『この世の敗残者は、大勢の人に踏みならされた道をのうのうと歩き続ける。ところが、勝者はそれだけでは満足しきれない。だからこそ、眠れぬ夜を過ごしながら、もっと違った人生、もっと素晴らしい人生を夢見るのだ』と、訴えかけるのです。誠に意気軒昂ですが、一歩でも二歩でもそんな境地に近づけるよう努力していきたいと思っています」

先輩格のパッションの君が、ホープ君のひたむきさに目を見張りながら、言葉を添えた。

「マルク・ハーナッキーの『**成功の鍵「もう恐れることはない」**』（住友進訳）は、小冊子ですが、底知れぬ魔力を秘めた本であるかもしれません。人間は新たな行動に選択を迫られるときは、それが大きな決断であればあるほど、言い知れぬ不安に苦しめられるのが通常です。不安は決してなくなりません。しかし、不安の存在を認めながらも、不安がなきが如く振る舞うことで不安は克服されるということです。それが信じられない者は、不安がないとしたら次に何をするかを自らに問い、次々にそれを行動に移していけばよいというのです。そうした経験を積むうちに、確実に不安を乗り越えていけるようになるというアドバイスでした。少しでも参考になるといいのですが」

ユーモア氏は、ロバート・シュラーの『**信念**』（謝世輝訳）を紹介した。

「この本も、夢を失わず果敢に人生に挑戦していく積極性と明るい想念を持つことの重要性を繰り返し説くニューソートの名著ですが、示唆に富んでいます。己の行く道は神が見守り、その青写真を用意してくださっているのだから、安心して胸を張って進み、後ろは振り向くなと力説するのですが、読んでみたいと思うかどうかは、私がこれまで歩んできた人生行路から判断してみてください」

先輩たちのアドバイスを拝聴していたホープ君は、携えていたもう一冊の本を持ち出した。

「鷲田小弥太さんの『**自分で考える技術**』も、参考にして自らを鼓舞しているところです。

その本では、『筋道立てて自分の考えを通していくためには、人は多く読み、己の下敷きとなる思想家と巡り合い、その複合思考の下に、完璧主義者に堕することなく、ともかく書いてみなければならない』のであり、『極論を含めた多様なる意見もその中間辺りに正しさがほの見えてくるものである』というのが著者の言わんとする趣旨ではないかと思っています。以下にエッセンスを列挙してみますと、『ゲーテは、「大人」とは、様々な可能性のうち、唯一つのものを、自分の使命（職業）として決定できる人のことだ、といいました。自分が抱く希望や可能性にあれこれ迷い、いつまでも自分の行く道を決定できない人を、大人になれない人、とみなしたのです』といった件《くだり》、『私は、現代は、単なる技術時代ではなく、芸能時代である、といいたいのです。見せるのは、観客にです。（略）パフォーマンスしてみることが大切なのです。そのために、様々な場所が開かれています。自分の考えを、観衆の前で話してみる。活字で発表してみる。討論に加わってみる、という具合にです』といった件、さらに駄目を押すように、『きちんと考えているか、漠然と考えているかどうかは、書いてみればわかる、ということです。（略）お互いの会話の中では、簡単にわかりあえたと思っていたが、それがどんなものだったのかも、書いてみればその困難さも含めて、よくわかります。たくさん読んでも、明晰判明で、ふっくらした説得力を持つ思考に達するためには、書いてみなければならない、ということです』といった件です。これらも肚の中に収めて自分というものを確立していきたいと考えています。皆様、ご指導方よろしくお願いします」と、頭を下げた。

「ホープ君は、若いに似合わず随分しっかりしているから、何の心配もありませんが」と言いながら、ダンディ先生が、アンドレ・モーロアの著作に話題を転じた。

「この著者には曰く因縁があってね、大学に合格した直後に、書店でこの著者の『**青年と人生を語ろう**』という本と邂逅し、いい意味でも悪い意味でも多大な影響を受けたものです。これから抜粋するものからも、そうした片鱗は窺《うかが》えるのではないかと思います。

先ず『**鏡の前のフェンシング**』（河盛好蔵、円子千代訳）から始めると、『少なくともあなたが映画をご覧になるときには、あなたが本を読まれるときに比べて、観照の純度が著しく低減することをお認めになりませんか。映画は一切の行動が目の前で行われます。快楽のため体をよじる美しい裸身の女優を見ることは美的な感動とはいえません。これは見世物であって、人生の映像ではないことを我々に思い出させます。チャップリンの映画は人生の深い真実をとらえていますが、現実からは遠いものです。永続する傑作でしょうか。それに一つの世代はどれほどの絶対的傑作を作り出せるでしょうか』とまあ、映画ファンの心理を逆なでするような見方を示していますが、確かにどんな傑作でも虚構の世界で構成されたものであり、そこに至る時間的なプロセスや心理的に多分に複雑な起伏、その場の雰囲気や五感に迫る実体など到底描き切れるものではありませんし、ましてや個々人の生い立ちの陰影などは想像の域を出ることがありませんね。現実は映画よりも奇なりというところでしょうか。

また、『**わたしの人生行路―青年篇―**』（谷長茂訳）では、著者は作家を夢に見ながら、アランという偉大な師の助言もあって、父の事業を引継ぎ、若くして経営にいそしみ、パリ行きの汽車で知り合った医学生と結婚に漕ぎつけ、二人の子をなし、やがて彼女を病気で失いますが、その間、彼は頭でっかちにもならず現実をリアルにとらえ、多くの恋を重ね、アンドレ・モーロアというペンネームで夢を達成していました。その回想録では、『徐々にではあるが、事物と人間との行動があたえてくれるこの日常の接触によって、学校での抽象的な概念は現実世界では必要としないこと、資本主義と社会主義は、理想主義と浪漫主義がそうであるように、たんなる言葉にすぎないこと、現実はまったくちがうということなどを私は学んだのだった』と達観し、『一九〇六年、ルーアンの人民大会で講演をもとめられた。わたしは承諾し、かなりすらすらしゃべれることを知って、われながら驚いた。日常生活では寡黙なわたしであるが、演壇にのぼってもいささかの恐れも感じなかった』と言い、『「代議士・市長となることだな」と、かれはわたしに言った、「なんとすばらしい職務だ。毎日、異常な事件がもたらされる…」』とアランの言葉を引き合いに出して、『「ハムレットは、頭脳で瞑想するところから、よくない王子である」と、アランはわたしに書いてよこした』ことと対比させていましたね」

横合いからフランス文学に目がないグレイス夫人が、今度はロマン・ロランの『回想記・内面の旅路』(片岡敏彦訳)に触れた。

「この本には、畢生《ひっせい》の大作『ジャン・クリストフ』のエッセンスを読んでいるような確信に満ちた著者の雄叫《おたけ》びがありました。むしろ切々たる思いにさせられたのは、世界的作家としての名声を博した息子に対する母親の、『そんなものは私を面白がらせない。ただあんたがその成功と光栄とを喜んでいるのなら、ただそのためにだけ、私もそれを喜ぶ。しかし私には、あんたが一人の良い人間であってくれることのほうがもっと嬉しいし、また、もしもあんたが一人の良い妻と立派な子供たちを持って暮し、幸福で、そして別に有名ではないというふうだったとしたら、私にはそのほうがいっそう嬉しい』という嘆きにも似た述懐でした。その心境はとてもよく理解できる気がします。

それはさておき、雄叫びのような警句をいくつか拾い出してみますと、『立て! 歩け! 行動しろ! 戦え!』、『人間の目的は行動である』、『人間における自由とは魂の健康である』、『行動するということは生産することに他ならない。行動を禁止するものは繁殖力を禁ずるのである。おのおのの行動が一つの新しい存在であって、それは存在しなかったものを始めるのである』といった具合で、若い男性たちを駆り立てるのに十分な言葉の力を感じますね。そして、『鍛治屋は鍛治をやっているうちに鍛治屋になる』のであり、『未来は躊躇する人々の味方ではなく、一度選択がなされた以上、その選択の最後まで、弱気を出さないで進む人々の味方であるのは明瞭だ』と『**回想記**』にあります。何とこれまで紹介されてきた内容と似通っていることでしょうか。

また、『**内面の旅路**』では、『ジャン・クリストフ』の中にも出てきそうな、『歓喜は肉体の力を増進し刺戟する一つの情熱である。（略）歓喜は良い（略）陽気は、いくら陽気でも過度だということはあり得ない。そして陽気は常に良い（略）笑いは歓喜の純粋な一つの感情である。そしてそれは過度だということはあり得ない。笑いは良い（略）そしてわれわれが歓喜を多く持てば持つほど、われわれはそれだけ多くの完全さを持つ』といったふうで、『お前が生きるのは幸福であるためではない。お前が生きるのは私の掟を成就するためだ。苦しめ、死ね、しかしお前があらねばならぬところのもの、一人の人間であれ！』とあるように、何やらベートーヴェンの言葉が連想されてきそうですね」

すると、ウイット氏が中村天風の『**運命を拓く**』の大いなる悟りの章から、「ありがたくも、尊い、こうした偉大なものを頂戴していながら、それをわからずに、かえってその心を粗末にして、自分の健康や運命を悪くしている馬鹿者が、いくらも世の中にいやしないか。（略）哲学的にいうなら、あなた方の自我の中には、造物主の無限の属性が、宿っている。そして、自分および人の世のために、その尊いものを善用して、この世に生まれた人間達の幸福を増進し、進化と向上とを現実化させようとする、造物主の意図に他ならないのである。（略）その尊い生命の流れを受けている我はまた、完全でそして人生の一切に対して絶対に強くあるべきだ」ととびとびに引用してみせた。

ダンディ先生は、そろそろまとめに入ろうと思ったらしく、しみじみとした口調で語り始めた。

「医業に携わっていると、当然のことながら多くの死に直面します。天寿を全うした方のどこか納得したような思いが感じ取れる遺族とは対照的に、幾春秋に富む歳月を残して大きな可能性と共に夭折した人の場合は、遺族の深い思い入れと見果てぬ夢が癒しきれない心の空虚さや嘆きとなって同情を禁じ得ません。残された者は呆然自失とした思いの中で、生かされている意味を自問自答し、命のかけがえのない尊さを再認識していくものですが、特に不慮の災害や事故で亡くなる場合には、突然の死を意味する訳で、その日その時、人生が突如として中断してしまうのですから、無残さに誰しも言葉を失います。東日本大震災から十年以上経ちましたが、大なり小なり陰に陽に被害を受けたのは、被災地のみにとどまりません。人間はあらゆる繋がりと因果の中で生きている以上、日本国民全てが大震災の何らかの被災者なのです。その覚悟が復興再生の原点となっていると思います。

マイケル・ファラディという歴史上著名なイギリスの科学者をご存じかと思いますが、彼はある日教壇に立って、試験管を手にしてこう医学生に語りかけたそうです。試験管には涙が入っていました。昨日ある学生の母親が子供のことで悩んで教授を訪ねてきた時に机の上に流した涙だったのです。

『諸君は医者の卵である。この涙を分析するくらいは朝飯前だ。大事なことは、この母親の涙を水分と塩分とカルシウムと何の混合物だと受け取ればいいのかどうかだ。この涙には母親の深い苦悩と限りない愛情がこもっている。これは分析不可能である。（略）大事なことは、澄み切った暖かい思いやりの心、そうした心の目で正しく見ること、そのことを忘れてしまったら、機械と同じで、人間ではない。医者である前に、まず血も涙もある暖かい心の人間であってほしい。心を第一に重視する医者であってほしい』このようにして涙に関する講義を結んだとのことです」

読書家のバランス氏がさらに補足した。

「芥川龍之介の『**手巾**《はんけち》』という短篇にも同じような情景が出てきますね。この母親は、息子を亡くしたばかりでしたが、その報告とお見舞いのお礼に教授を訪ねた彼女は、何事もなかったような穏やかな表情で身じろぎもせず、気丈なところを見せるのです。不思議に思った教授は、ふと落とした団扇《うちわ》を取ろうと身をかがめた時、机の下で母親の手が激しく震えて、ハンカチが引きちぎれんばかりに強く握り締められていることに気付くのです。そこでは涙にも勝る母親の嘆きと悲しみが雄弁に語られていました。この小説のモデルは、冒頭に紹介された新渡戸稲造教授でした」

含蓄のある話を連発しているハミング嬢が続けた。

「里見弴《とん》は、『**文章の話**』という少年少女向けの本の中で、最初の女の子を生後四八日目に亡くして強い憤りを覚えたものの、『どんなに大切にしているものだろうと自然が許してくれない限りあっけなく滅びていってしまう、それが人間だ』と達観し、『同じものは二つとない存在だ。（略）この世の中に『在る』ものは何がしら存在の理由があり存在の価値がある。（略）一つ一つかけがえのない宝だ』と述べています。この『一つ一つかけがえのない宝』に相反する考え方は、何でしょうか。同じものはたくさんある、いくらでも代わりはある、補充はきくといった考え方ではないかと思います。このように考えてしまうと、どうしても人や物を粗末に扱っていろいろと間違いも生じやすくなります。また、絶対を振りかざすような考え方、あえて超人を認めるような発想、全体主義的なあるいは膨張主義的な考え方の前では、命のかけがえのなさといった考え方の影は薄くなって、まさに風前の灯と化してしまうことでしょう。ユダヤ人六百万人を始めとして何千万人もの無辜《むこ》の民を戦禍に葬ったヒトラーの暴虐を想起すれば十分ですね。ウクライナ情勢も早く平和を見いだしてほしいものです」

どこか頓珍漢なところがあるユーモア氏が、よせばいいのに言葉を繋いだ。

「ところで、グアムやサイパンに入港・出港する際の出迎えと見送りのために、岸壁で娘たちを中心として繰り広げられる、火を用いた情熱的でセクシーだが健康的なハワイアン・ダンスの光景は、島を訪れた者に忘れられない思い出を残します。見る者全て、まさに青春真只中にいる彼女たちの踊りに、若さの輝きや生命の躍動を感じて、圧倒されるような思いにさせられるのですが、『すべて移ろいゆくものは比喩にすぎない』と言われるように、あの素晴らしい青春の輝きも、時の経過と共に無残にも程なく消え去って、一つの語り草として、若さの比喩として想起されるにすぎなくなるのです。仮に当時のメンバーに再会し得たとしても、もはや昔日の彼女たちではなくなっていることでしょう。舟木一夫の歌謡曲『花咲く乙女たち』の乙女が街から皆どこかにいなくなって嘆いていたようにね」

花咲く乙女の一人だったグレイス夫人が、「『年々歳々花相似たり　年々歳々人同じからず』だからこそ、今このひとときをおいて他に人生はなく、人生においてもそのひとときにおいても、取り返しのつかないかけがえのない中を、私たちは生かされるようにして生きていることを噛みしめていきたいものですね」と締め括るように述べると、ダンディ先生が大きく頷《うなず》き、今宵もお開きとなった。

戦争と女性たち

戦争とは殺し合いに他ならない。人類が営々と築いてきた基本的人権を、根こそぎ無視してかかる行為である。現代では「頭を叩き割るより、頭数を数えて」選挙民から権力を託された国家自らが、弱肉強食の世界に戻ることを意味する。領地の切り取り合戦が習いだった戦国の武将や近世までの王侯貴族が支配していた封建時代で、自らも戦場に赴いて命の危険を顧みず指揮を執っていた頃ならまだしも、民主国家の名の下に選挙で選ばれた政治家は軍隊任せで最前線には立たず、それ以前の武将たちとは根本的に性格を異にする訳で、国民を命の的にする政治などあってはならぬことである。

ロシアのノーベル賞作家スヴェトラーナ・アレクシェーヴィチの『**戦争は女の顔をしていない**』（三浦みどり訳）は、ソ連が一九四二年から動員した八十万から百万人にも及ぶと言われる戦地に赴いた女性たちの五百人以上の心理と行動を克明に聞き取り、同性の立場から切なくも鋭く解剖してみせる。出征の動機から始まるその物語は、そのまま掲載する他なく、「『敵がモスクワに迫ってきた、祖国防衛に立ち上がれ』って。ヒットラーがモスクワを占領するなんて許せない。私だけでなく女の子たちはみな戦場に行きたがった」という兵長［狙撃兵］の告白を嚆矢《こうし》とするのが相応《ふさわ》しい。二等兵［射砲兵］も、「ただ憧れていました…。戦いたかったの…」と言い、二等兵［土木工事担当］は、「私はソヴィエト政権が好きでした。スターリンが好きでした」と諸手《もろて》をあげているのだが、自動銃兵が言うように、「私がきれいだったころが戦争で残念だわ、戦争中が娘盛り」でもあったのだ。だから、「娘たちを見送る母親たちは大声をあげて泣いていた」（軍曹［親衛隊、航空整備士］）のも当然で、大尉［航空隊］のように、「私たちは髪を切って泣きました。…昼は軍靴を履いて、夜は鏡の前でハイヒールをちょっと履いてみる」有様だったが、戦場では「娘っこを押しつけられちまった、民族舞踏会じゃあるまいし。…恐ろしい戦争なんだぞ」（前出の兵長［狙撃兵］）といった雰囲気で、二等兵［歩兵］のように、「私は子供の頃から墓地も死人も怖くはなかった。でも私は二十二歳で、見張りに立ったのは初めて。二時間で白髪になってしまったわ」と衝撃も大きく、上級軍曹［狙撃兵］も「私が！私と関係のない人を殺したんだ。…戦線から戻った時は二十一歳ですっかり白髪だった。…私たちはたちまち兵士になった。…みんなこんな美人ぞろい。（略）私は夫と戦地で出会ったの。同じ連隊だった。…二人の子供を育て上げて大学も出した。夫と私は幸せ者よ。…生きて帰っても心はいつまでも痛んでる。今だったら、足とか手をけがしたほうがいいと思うね。身体が痛むほうがいいって」と、心の傷は癒えない。それは敵を七五人殺害した前出の兵長［狙撃兵］も同じで、「私は人間を殺したんだ。この意識に慣れなければならなかった」と述懐する。とどのつまりは二等兵［給食係］が嘆くように、「私は戦争ですっかり変わってしまい、戻ったとき母は私だと分からなかったくらいです。…私は今でも、女の顔をしていません。よく泣きます。毎日呻《うめ》いています。思い出しては」という苦しみから逃れようもないのだった。

ロシアの狙撃兵と言えば、三〇九人の敵をライフル一丁で射殺して英雄の名をほしいままにしたリュドミラ・パヴリチェンコがいる。彼女は、一九三八年にソ連初の女性飛行士となったマリーナ・ラスコーヴァ（その後指揮官となり、農薬散布に使っていたオンボロ爆撃機で夜間爆撃を繰り返し、「夜の魔女」と呼ばれるほどドイツ軍の神経を痛めつけるが、一九四三年に墜落死して国家の英雄としてクレムリンの墓に眠っている）に憧れて女性航空連隊を志すが、乗り物酔いで断念して射撃に活路を見いだす。一九四一年に独ソ戦が始まると、大学四年で志願してオデッサに赴き、初日の実射撃で四〇〇メートル先の将校を三発で、二人目は四発で倒し、一一日目に顔を包帯でぐるぐる巻きされる程負傷するも闘志は衰えず、千人を目標にして、敵の目と目の間を狙い澄まして撃つのだと言い、「スターリンの死のエンジェル」と恐れられた。一九四二年に渡米して参戦を促す弁舌をふるい、戦後も英雄として遇されていたが、内実はアルコール依存症とPTSDに苦しむ日々を送り、一九七四年に五八歳で寂しい死を迎えた。彼女はウクライナの出身なのだ。ロシアとウクライナが戦火を交えているのを知ったら、ロシアの英雄とされた彼女も、今度はロシアを敵兵として射殺を繰り返すのであろうか。

同じくNHKの**『映像の世紀バタフライエフェクト』**によれば、ロシアの敵国だったナチス・ドイツにもハンナ・ライチュというグライダー飛行で女性初のアルプス横断に成功した英雄がいた。新兵器の軍用グライダーでムッソリーニの救出作戦でも活躍し、スピード制御装置の開発と共に急降下爆撃手となって、「悪魔のサイレン」と恐れられた。ナチ党には属さない民間人として国土を守ることに専心したが、ヒトラーから一級鉄十字章を授与され、神風特攻隊のような有人型のV1飛行爆弾の開発にも取り組んだが、操縦士が爆発直前に脱出することが不可能だったため、計画は中止された。戦後アメリカ軍に一八ヶ月拘束されたが、ナチスの協力者と見なされた者に居場所はなく、アメリカ、オーストリアと各地を転々とし、六七歳で亡くなった。祖国を熱狂的に愛した生涯だった。

また、連合国側に目を転じると、一九四四年六月のノルマンディ作戦に呼応して、SOE工作員の訓練を受けた女性たちが、ナチスが占領するパリにパラシュートで落下して、命懸けのスパイ活動と破壊工作を行い、三七人中一四人が命を落としている。

さて、男だけだったはずの戦場に女性が駆り出されれば、女性特有の悩みは避けては通れない。

二等兵［射撃手］は、「戦争で一番恐ろしかったのは、男物のパンツをはいていることだよ。…祖国のために死んでもいい覚悟で戦地にいて、はいているのは男物のパンツなんだよ」と失望したことを述べ、上級軍曹［斥候］は、「母が亡くなったのは私が三歳の時でした。…なんという恐ろしい代価を払ったことか！私たちは何昼夜も寝ていませんでした。…その日に初めて私の…女性のあれが始まったのです。自分の血を見て大声をあげました」と、少女から娘への移行期にあった女性も従軍しているのに痛ましさを覚える。親衛隊中尉［爆撃手］は、「一晩二十二回の出撃です。…身体そのものが戦争に順応してしまって、戦中、女のあれがまったく止まってしまいました。…戦後子供を産めなくなった女の人がたくさんいました。私たちはみなたばこを吸っていました。…任務から戻って、がくがく震えている時煙草を吸うと落ち着くんです。…歩き方も仕草もどこか男っぽくなりました」と、戦闘の激しさに女性の体調や嗜好まで容赦なく振り回されていく悲劇を語り、また軍曹［通信兵］は、「私たちが通った後には赤いしみが砂に残った。女性のあれです。…私たちがはいているズボンは乾きって、ガラスのようになる。…でも、私たちは爆撃の音なんかかまわず、一刻も早く河に着きたい、水に入って、すっかり洗い落とすまで水につかっていた…」と振り返るのだった。

そんなハンデを抱えながらも、彼女たちは、小隊長［機関銃兵］のように、「戦地では半分人間、半分獣という感じ。…もし、人間の部分しかなかったら、生き延びられなかった」と言い、二等兵［機関銃射手］も、「一つだけ分かっているのは、戦争で人間はものすごく怖いものに、理解できないものになるってこと」と同調し、地下組織書記もまた「母性本能は何より強いと言われていますが、そうじゃありません。思想のほうが、信じていることの方が、勝る。…命、これは大事です。すばらしいこと。でももっと大事なことがあるんです…」と覚悟を決めていた。曹長［戦車大隊衛生指導員］は、「私は涙をなくしてしまった…涙という才能、女の大切なものを…」と嘆きながらも。けなげにもパルチザンの一人は、「戦争中私自身叫んでいました。『祖国のために！』『スターリンのために！』と。…最後の戦いで私は足を負傷し、意識を失った。…両脚はなくなりました。…切断されたんです。…どこでも徒歩で。義足で走りました。…私は自分のことで恨んでいません。自分の人生を…私は正直に生きてきた…」と誇らしげなのだが、その胸中は、中尉［准医師］が証言するように、「戦場からよく逃げ出さなかったものよ。とても言葉にならない恐ろしさ、恐怖の感覚しかなかった。…一軒の家のドアを開けると中には誰もいない、全員毒殺されて横たわっている家もあった。…『ヒットラーが悪いんだよ』…」といった惨状を目の当たりにし、そんなドイツ兵士には軍医［外科］でも、「わたしはそれまでに兄を二人殺されていました。…彼らに手を触れ、痛みを和らげてやるなんて、その時、初めて白髪ができました。…ただ一つだけどうしてもできなかったのは夜の回診です。…処置をしたり手術をすることはできましたが彼らと話すのはだめです」といった葛藤にもがき苦しんでいた。

ましてや、うら若い女性なのである。少尉［地雷除去工兵小隊隊長］は、「戦時中一番怖かったのは子供時代を思い出すことだった。一番いとおしい思い出、それを思い出してはいけないの。タブーだった。…若い時って新品の外套のほうが命より大事だったりするのよ。…みんなが私のことを美しいと言ってくれるのが嬉しかった」といった次第で、軍曹［狙撃兵］もまた、「ドイツのある村でお城に一泊した時のこと。…それぞれ気に入ったドレスを着たままたちまち寝入ったね。…ある時は無人になった帽子屋で帽子を選んだこともあるわ」と振り返り、電信係も「髪をセットして、化粧もした。嬉しかった…」と女心を吐露し、衛生指導員は、「初めは死ぬのが恐かった。…ただひとつだけ恐れていたのは死んだあと醜い姿をさらすこと。女としての恐怖だわ」と述べる。だから、軍曹［通信班長］も、「ウールのワンピースを家から送ってもらった女の子がいて、私服を着るのは禁じられていましたが、やはり羨ましかった。…上級中尉はすごくハンサムで、女の子たちはみんなこの人に少しばかり恋していました。…兵隊であることが必要だったんです。でも、私たちはそのうえかわいい子でもいたかった。…私は脚がきれいだったの」と告白し、上級中尉［外科医］は、「女はできるだけ微笑んでいなければいけない、女は周りを明るくしなければならないって。前線に私たちを送り出すとき老教授がそう教えたんです。『君たちは負傷者の一人一人に、その人が好きだと言ってあげなさい。一番良く効く薬は君たちの愛情だよ。愛情は命を守り、生き抜く力を与えてくれる』」と意外にも思える、しかし実に情け深い証言をする。階級不詳の一人もまた、「戦地で女たちの笑い声が聞こえるのがどんなにありがたかったか。女の声は。…戦場で出会った女性たちはすばらしい女房になれる人ばっかりだ。信頼できる友であり、戦場で結婚したペアはもっとも幸せなカップルだった。私たちも戦地で恋に落ちた。…これほどの堅いちぎりはない」と実感を込め、もう一人の階級不詳も、「神さまが人間を作ったのは銃を撃つためじゃない、愛するためよ」と語る。砲兵師団［コムソモール委員］は、「戦後初めてのお給料をもらったら、箱いっぱいのクッキーを買いたい。…二つ目の質問は、『いつお嫁に行くつもり？』。できるだけ早く。私はキスすることに憧れていたの。とってもキスをしたかったんです…それと、歌を唄いたかった」と当時の初々《ういうい》しい夢を語っている。

戦場であっても、男女が共に生活すれば恋愛が生まれやすい。上級軍曹［狙撃兵］は、「私たちは恋愛はしない、すべては戦争が終わってから、と誓って出征したんです。戦前、キスしたことがなく、こういうことを今の若者よりもっと厳格に考えていたのです。私たちにとってキスするということは一生愛するということでしたから、恋愛は御法度でした（司令部がもし誰かが恋愛関係になったことを知ればただちにそのうちの一人は配転させられました）。私たちは恋を胸のうちで大切にしていました。恋愛はしないなんて子供じみた誓いは守りませんでした。…もし、戦争で恋に落ちなかったら、私は生き延びられなかったでしょう」と、誓い通りにはいかなかった現実を受け止める一方で、衛生指導員のように、「私の初めてのキス…ペラフヴォスチク少尉…あら、もう赤くなってしまったわ、おばあちゃんだってのに」と、うぶな青春の甘い思い出に今なお胸をときめかせる。もう少し大人の娘になっていた衛生指導員は、「私は戦地妻だったの。…大隊の第一隊長の…彼を愛していたわけじゃないの。…男たちだって四年間女なしなんて耐え難い。私たちの軍隊には売春宿はなかったの。避妊薬だってくれないし。…私は大隊で唯一の女性で、一つの土壕に男たちと一緒にいたのよ。…第一隊長は地雷の破片で戦死したわ。第二隊長は…彼のことは好きだった。…彼には愛する妻と二人の子供たちがいたのだけど、私は彼が好きだったの。…本当に二人で幸せな時があったもの。あんなすてきなことが。…私なしで、彼が幸せになんかなれないのが分かっていた。…戦争が終わる頃、私は子供を身ごもっていたの。…彼は助けてくれなかった。…戦争が終わったら、愛も終わり。…私は戦争が終わらなければいいのにと思ったわ。…それでも、彼に感謝しているわ。…生涯の恋をしてしまったの。…後悔してしないわ。娘は私を非難するのよ。…私は好きなの。最近彼が亡くなったって聞いて、さんざん泣いて、娘と口げんかしたほど。…戦争は私の一番いい時期だったの、だってあの時は恋をして、幸せだったんですもの」と、戦争だけの関係だったにしろ恋の恵みに感謝する。軍曹［射撃兵］の場合は、「司令官の最初の言葉は『毛皮帽子を脱いでください』でした。…『この二年間、女の人を見ていない。せめて、見るだけでも』…私の司令官が復員してきました。私のところに来て、私たちは結婚しました。一年後彼は他の女のところへ行ってしまいました。…『彼女は香水の匂いがするんだ。君は軍靴と巻き布の匂いだからな』と。それっきり、一人で暮らしています。天涯孤独の身です」と、司令官の豹変に失望し、パルチザンの一人は、「他の人たちが恋愛しているのは知っていました。…でも、その人たちを私は心の中で非難していた。恋なんかしている時じゃない、と思ってたの。…恋愛は私にとって人生で大事なことではなかったのよ。大事なのは祖国だった」と、冷めた目で批判を募らす。しかし、人間である以上、しかも若い身空では、衛生協力隊員のように、「戦地の恋は、もちろんありました、私たちはみな若かったから。新しい負傷者が運び込まれるたびに私たちは必ず誰かに惚れ込んだものよ」というのが自然でも、中には中尉［従軍洗濯部隊政治部長代理］が「ワーリャが妊娠していることを知りました。…『政治部長代理の出張がなければこんなことにならなかったのに』」と述べるような無理強いのケースや、上級軍曹［看護婦］の証言にあるように、「司令官と看護婦のリューバ・シーリナがね。…本当に愛し合っていたわ。みなが知っていた。…私たちの恋って、明日はない、今があるだけ。…戦争ではなんでも速い。生きていることも、死ぬことも。…もう赤ちゃんができていたの。…『あの人のご両親は赤ちゃんと私を受け入れてくれなかった』って。追い返されたの。司令官は亡くなったわ」といった悲劇も生んだ。上等兵［投光器操作係］は、「ロシアの女の子たちにも出会った。…そのうちの一人が妊娠していた。一番きれいな子。捕虜になって雇われていたそこの主人に犯された。主人と寝ることを強要された。…『ドイツ人の子供なんか、連れて帰れない』と。…その子は首を吊ってしまった…」と、おぞましさに戦《おのの》く。こんな男たちの相手構わぬ卑劣なふるまいは敵味方を問わなかった。伍長［通信兵］は、「憶えているわ…もちろん、乱暴されたドイツ女性を。…裸で横たわっていた、両足の間に手榴弾が。…私たちの指揮官のところに五人のドイツ娘がやって来たの。みんな泣いていたわ。…産婦人科が検査して、その子たちはあそこに引き裂いたようなけがをしてた。パンツは血だらけだった。…その娘さんたちは一晩中暴行されたの。兵隊たちが行列していた。…このドイツ人の娘たちはこう言われたの。『行って見つけなさい、誰がやったのか分かったら、ただちにその場で銃殺する』って。…でも、娘たちはじっとして、泣いていた」と伝える。そんな痛ましい状況があったのも知ろうともせず、戦火を交えている最中の男女のことへの世間の受け止め方は、狙撃兵の証言に、「『あんたたちが戦地で何をしていたか知ってるわ。若さで誘惑して、あたしたちの亭主と懇ろになっていたんだろ。戦地のあばずれ、戦争の雌犬め…』ありとあらゆる侮辱を受けました」とあるように、十把一絡《じっぱひとから》げに厳しく糾弾するもので、内情を分かろうとする余地すらないものだった。

戦争とは情け容赦もなく戦死者の多寡を競い合うようなものである。全ての死が痛ましい。

大尉［軍医］は、「私は夫と一緒に出征して行ったんです。…あの人をその場で埋葬させたくなかったんです。…『私たちには子供がいません。家は燃えてなくなりました。写真も残っていません。…夫を国に連れて行けたら、お墓なりとも残ります。戦争が終わって私の帰る場所ができます』…『それでは私もここで死ぬわ。彼なしで生きる意味がありません』…一晩だけ特別の飛行機を出してくれました」と語る。上級中尉［外科医］も、「若くて、ハンサムな男が死んでいく…せめてキスしてあげたい、医者として何もできないのなら、せめて女性としてなにかを。にっこりするとか。なでてあげるとか、手を握ってあげるとか。…戦後何年もして、ある男の人に『あなたの若々しい微笑みを憶えていますよ』と告白されたことがあります」と切なさを訴える。

市井人が巻き込まれるのも日常茶飯事で、パルチザン［斥候］は、「井戸に放り込まれる子供の叫び声が今でも耳に残っています。…ファシストが捕虜になっているのを見た時、誰かれ構わず飛びかかってやりたかった。…一九四三年の退却の直前にファシストは母を銃殺しました。…家族全部で私一人が生き残りました。…こういうことを全部かかえて生きていくのはどんなに辛いかお分かりいただけないわ。時がたてばたつほど辛くなる。…結婚するのも長いこと恐れていたわ。子供を作るのが恐かった」と怯《おび》える。別のパルチザン［連絡係］は、「女の人は赤ちゃんを自分の手で地面に投げつけて殺した…自分の子供を…ファシストが撃ち殺す前にその人は生きていたくないと言いました。…人々が泣き叫ぶ声、牛、鶏、何もかもが人間の言葉を叫んでいるように聞こえました。生きとし生けるものがみな、焼かれながら、泣き叫んでいる…」という地獄絵を証言する。ああ、牛、鶏、何もかもが。

戦争が終わって残された者には深い悲しみの波紋がどこまでも広がっていく。

ベラルーシの村の女たちの一人は、「あたしの亭主はいい人だった。優しかった。結婚して一年半で出征して行った。出て行くとき、あたしのお腹には子供がいた。…通知には夫がポーランドで死んだとある。…一九四五年三月十七日戦死と。…娘はこの時びっくりしてから学校にあがるまで長いこと病気になった。…うちの子が遊びに行ってね、駆け戻ってきて泣いているんだよ。『もうあのおうちには行きたくない』…『オーレチカ（弟の娘はそういう名前だった）を父ちゃんがだっこしているの。私には父ちゃんがいないんだもん。かあちゃんしかいないんだもん』」と嘆くのだ。地下活動家は、「私たちがこうなったのはああいう時代に育ったからよ。…行くべきか行かざるべきか、考えるまでもなかった。怖いかどうかなんて。…私にとっては死ぬより恐ろしいことだったのは拷問です。…誰も裏切らなかったことが嬉しい。誰かを裏切ることの方が死ぬことより怖かった。…殴られました、吊されました。いつも素っ裸で。写真を撮られて。両手で隠せるのは胸だけです。…生きたいという望みを持ち続けたことで救われたのです。生きたい、ただ生きたい、それだけでした。…私は一人ぼっちになりました。…眠れない長い夜」に生涯悩まされ続けるのだろう。二等兵は、「私は一度も男がうらやましいと思ったことないわ。…いつだって、自分が女だってことを喜んでいた。…どうして独身のままか？　候補者は幾人もいたのよ。…でも私は一人なの。…自分で愉しんでる。私の女友達はみんな若い子ばっかり。…私は戦争より、老いのほうが怖いわ」と述べて戦後を生きる。

そして掉尾《とうび》を飾る赤軍伍長［衛生指導員］の言葉が、人間の愚かしさを指弾するように胸を突かれる。「スターリングラードには人間の血がしみ込んでいない地面は一グラムだってなかった。ロシア人とドイツ人の血だよ。…三百人いたうち、その日の終わりには十人しか生き残っていないこともあった。…見ている前で人が死んでいくのさ。…あたしの結婚式。…夫とはずっと前からの知り合いだった。大尉で中隊長だった。…あたしはめだたない娘ではなく、べっぴんさんだったんだよ。…彼のお母さんが台所へ息子を呼び出して泣いているの。『なんだって戦場の花嫁なんかを？　おまえは妹がまだ二人いるのに、もう貰い手はないよ』…コルホーズに土地を引き渡すからって、トラクターが行くと、隠れていた対戦車地雷を踏んで吹き飛ばされる、…四年間戦い抜いて生き残ったのに、戦争が終わってから自分のふるさとで戦死したんだよ。…故郷の畑で…薪の数よりもっと死体を見てきたよ。白兵戦の恐ろしさときたら、人間が人間に襲いかかっていくんだよ、銃剣を構えて。…戦友が集まるとハンカチが足りないのさ。…だって、人の命って、天の恵みなんだよ。…あたしたち、ゆめみていた、『戦争が終わるまで生き延びられたら、戦争のあとの人びとはどんなに幸せな人たちだろう！　どんなにすばらしい生活が始まるんだろう。こんなにつらい思いをした人たちはお互いをいたわりあう。それはもう違う人たちになるんだね』ってね。…またまた、殺し合っている」。

女たちが命懸けで青春を捧げたヒトラーのナチス・ドイツもスターリンのソヴィエト連邦も、今や跡形もない。結果としてみれば、一体何のための犠牲だったのだろうか。戦争という、現代では悪でしかないものを、プーチンが時代錯誤者のように性懲りもなくその衣鉢《いはつ》を継いでいる。敵対しているのは、かつてのソ連から独立した「同胞」ウクライナだ。そのウクライナ軍の二二％は女性が占めているという。戦歴八年になる上級中尉は、「祖国と愛する家族を守るため」と胸を張り、ある女性戦士が、「太陽が輝き、鳥が歌っている」と、戦地から自撮りの戦闘服姿をＳＮＳで発信しているように、「女たちの戦争には、色、におい、光があり、気持ちが入っていた」と、アレクシェーヴィチは総括する。対峙する国々は変わっても、戦場の情景は八〇年前と変わらない。男たちがあえて意識的に気づくことがなかっただけで、その日も太陽が照りつけ、鳥の囀《さえず》る声がどこからか聞こえていたのだ。

『楡家の人びと』雑感

ユーモア氏の愛読書に北杜夫の『楡家の人びと』があります。とりわけ、ユーモア氏が驚いたのは、楡病院の創始者で立志伝中の人物基一郎と同郷だった縁で、神童の誉れ高かったのを見込まれて、中学から引き取られて一高、東大医学部を卒業して長女龍子の婿養子となり、ドイツへ留学し、『精神医学史』を集大成する傍《かたわ》ら、楡病院の後継者となった徹吉が、子供たちを思い、述懐する場面でした。

「わが子？　峻一、藍子、周二よ、と徹吉は思った。自分はお前たちにとってよい父親ではなかった。何もかまってやれず、むしろお前たちを不幸に陥れた。（略）決してお前たちを愛さなかったというのではない。だが、何かが、自分の生れつきが、性格が、なにか諸々のものが、ある宿命のようなものが、物事をこのように運んでいったのだ。（略）自分はたしかに冷たい父親であった。世間のよき父親ではなかった。（略）愚かであった、と徹吉は思った。自分は、―自分の一生は一言でいえば愚かにもむなしいものではなかったか。あれだけあくせくと無駄な勉強をし、そのくせわずかの批判精神もなく、馬車馬のようにこの短からぬ歳月を送ってきたにすぎないのではないか。いや、愚かなのはなにも自分一人ではない。賢い人間がこの世にどれだけいるというのか。（略）少しは妻ともなごみ、子供たちをも慈み、せめて今の意識をもう少し早く持つことができたら！（略）誰かここに人がいて、それでもお前はお前なりによくやったと言ってくれぬものか？」

世間的に見れば、立派な成功者として分類されるこの人にしてこの感慨なのです。ユーモア氏には、徹吉は見上げるほどの雲の上の人なのですが、何と自分の心境と似通っていることでしょうか。会社人間と呼ばれる世の父親の多くは、こんな嘆きともつかないやるせない自責の念に駆られながら、あっという間に大きくなった自分の分身と戸惑いながら対峙しているのでしょうか。娘二人の父親であるユーモア氏にとって、徹吉の義理の妹二人の人生行路は、読み飛ばすことができないものでした。

龍子のすぐ下の妹聖子は、上品で美人の名をほしいままにしていたのです。ところが、「親の決めた婚約者を打捨て、あらゆる反対をおしきり、勘当同然となって──事実聖子はあれ以来一度も楡家の門をくぐったことはなかった──一緒になった二人の結婚生活は、はじめのうちこそ甘く濃やかなものだった。しかし、いつとはなしに、目に見えぬ罅《ひび》が徐々に大きくなっていったのは争えぬ事実である」という経過を辿ったのでした。それは、二人の育ちから来る気質の違いが決定的にあったことでしょう。また、一英語教師から商社員に転じたものの落ち着かず、転職を繰り返すばかりの生活の苦労が追い打ちをかけました。子供にも恵まれず、夫たる人は、昼間から夜も遅くまで酒が断てなくなり、酒を飲んだ時の性格は一変して、聖子に難癖をつけ、実家を罵倒してやみません。「かつて身を投げ出して愛した男ではなく、恐ろしい別箇の生物」に化けてしまったかのようで、聖子の「人の噂にのぼるほど整っていた顔立ちの、なんと生気なくやつれはてたことか」。ついに聖子は結核にかかります。入院の費用にも事欠く有様でした。今更楡病院に頼る訳にもいかず、死のうと思っても死ぬのは厭だと思っているうち大量に喀血して、わずか一か月後病院で死を迎えるのです。美人薄命の典型でした。

酒乱の夫に苦しんだ聖子からユーモア氏が連想したのは、三浦綾子の『**われ弱ければ─矢嶋楫子伝─**』でした。天保四年（一八三三）に熊本で六女として生を享けた女児は親の落胆を招き、お七夜が過ぎても名前が付けられることもないほどでしたが、無口な子に育ち、婚期を逸しかけた二五歳で、二度の離婚歴があって三人の子供がいる酒乱の男に心ならずも嫁ぎます。案の定、白刃を振り回す酒乱ぶりに耐えに耐えましたが、極度の疲労と衰弱の末三人の実子を残して十年後に出奔し、五年間姉たちの家を転々とした後東京に向かいます。新政府の役人となって羽振りのいい兄の屋敷で書生をしていた、実は東北に妻子がいる男に勉学を教わるようになり、初めて恋心を知り、開設された教員伝習所に通い小学校訓導試験に合格して教師になりますが、四四歳で妊娠して出産すると農家の夫婦に預けて学校に戻り、男とは絶縁を宣言し、淋しさを煙草で紛らわすようになります。教師としての評判を聞きつけたミッション・スクールを手掛ける若い未亡人ミセス・ツルーから、「日本の女教師によって日本の女子は教育されるべきだ」と懇請されて、新栄女学校の校長に登用されます。「結婚の経験、育児の経験、離婚の経験、五年におよぶ屈辱の経験、小学校教師の経験、妻子ある人の子を生んだ経験」はあっても「マイナスの経験が人を導くうえにおいて、むしろプラスにもなり得ると思った」からでした。寄宿舎舎監室でのボヤ騒ぎから煙草をやめ、再び請われて桜井女学校校長代理となり、洗礼を受け、遂に二つの女学校が合併して女子学院が明治二三年（一八九〇）誕生して初代の院長になります。彼女の信念は、「あなたがたには聖書がある、自分で自分を治めよ」でした。その傍ら、五三歳で矯風会と出会って献身的に活動を牽引し、「不幸を幸に変じて生きて」九三歳の天寿を全うしたのです。

さて、楡家の末の妹の桃子は、上の姉二人とは趣を異にして、「少女時代は、気ままで、なんのかげりもなく、好き勝手なふるまいの許される、あまり上品とはいえないが小さな女王のそれにも似ていた。愛嬌のある下ぶくれした顔、そのみやびやならざる言動を、学習院出の貴族的な姉たちから叱られればそのときはしゅんとなった」といった育ち方でした。学習院以下次々に落第した挙句、実践高等女学校に合格します。鄙びた海水浴場で出会った経済を学ぶ赤褌の学生との淡い恋も、楡家に受け入れられるはずもなく、あえなく破れた後、基一郎の眼鏡にかなった高柳外科医と結婚させられて、その後中国に渡りますが、夫とは不和が続き、生まれた息子も「有体にいって醜かった聡、耳がへんに横の方に突出」しているところは夫に似ていて違和感を抑えきれないのでした。桃子は捨て猫を何匹と飼いだし、夫は桃子の嫌いなやつめうなぎを解剖用に家に持ち帰り、とどのつまりは大喧嘩に発展し、夫の精神病患者を蔑視する失言が今度は徹吉との対立を生みますが、「不幸な女」と自嘲するようになった桃子は、夫の病死に遭って二八歳で未亡人になってしまいます。ところが、借家住まいをしていたある日、聡を残して男をつくって姿を消してしまい、「楡家で一番の屑のろくでなし」となった桃子は、その耳は決して横の方に突出していなかった三つ年下の小さな商社の社員宮崎伊之助との間に女の子を授かるのですが、炊事場も共同のアパート暮らしでした。やがて夫は上海で友人と紡績工場をやって成功するのですが、妻子を連れて引き上げる決心をしたのは、信州にいる両親と一粒種のさち枝のためで、松本市内の軍関係の豆炭工場を始めるようになります。桃子は、過去とは一切絶縁する覚悟でしたが、実は聡は結核で死亡していました。終戦後程なく夫の上京に同行した桃子は、こらえきれずに楡病院の焼け跡に立ちます。周辺にくすんだ煉瓦跡以外何一つない中、僅《わず》かな焼け残りの一角に住む子供の頃よく通った文房具店青雲堂のおうめさんと七年ぶりに再会します。「主人はいま留守で…」と出てきた彼女は盲目なのでした。「桃子さま?　桃子さま?　本当に桃さまですか?」

　ユーモア氏は、女の道の容易ならざる険しさを思う一方で、多くの女性の人生はこのようなものばかりでもあるまいと当て推量しながら、ひたすら幸多かれと二人の娘の行末を願うのでした。

東南アジア現地レポート

バングラディシュ人民共和国

一一月一日、ダッカ空港に降り立つ。私にとって初めての外地である。

通関手続は手間取るかと思っていたが、大使館の手配もあって殆ど検査はないも同然だった。ロビーに出ると、人、人、人でごった返している。何か施しをとの期待があるのを肌身で感じた。

共に慶応出身の海外経験豊かな上品な白髪の老紳士と四〇歳前後の気鋭の小児科医師と連れ立っての海外邦人のための巡回健診の旅なのだが、我々の手荷物は、頼みもしなかったのに、あっという間に何者かの手によって、あちこちにひずみが目立つ出迎えの中古車に運び込まれてしまった。

ダッカ日本人会会長を兼ねる商社支社長のその車が出ようとすると、窓を叩く音がする。窓を開けると、男の手が差し出された。てっきり国際親善のしるしかと思って、感慨新たに手を合わせているうち、車は市内に向かって出発進行。「チップを求めていたのだな」と気がついて思わず赤面するのと、横合いの人に腕をつつかれて謎解きをされるのとほぼ同時だった。ついでながら、その車は商社支店長にはまるでそぐわないポンコツ車に近い外観を呈していたが、新車にでも乗ろうものなら、たちまちターゲットにされて身の危険に及びかねないため、止むを得ざる自衛策だとのことだった。

市内は多分日本をずっと昔に戻したような町並みで、道路は大河のような一本道である。おんぼろバスに人がすし詰めになっている。日本ならばとうに廃車にしているような中古車の間をぬって、数多くの人力車が走っている。そして、ここでも人、人、人の歩道である。子供も含め、物乞いが多い。町特有の臭いと空気を感じる。とにかくほこりっぽい。せわしく警笛が鳴り、少しも落ち着けない道路をどこにいくのか、人々があちらこちら忙しそうに行き交う。

この国は最貧国の一つとされている。北海道の二倍位の面積に人口は一億人に近く、人口密度は日本の倍以上だ。地盤がすり鉢型で低く、雨季の洪水は有名で、衛生事情は推して知るべし。「ダッカの食事は要注意」という人がいて、ホテルは泊まるだけにし、日本から持参したカステラなどで飢えをしのぎ、わびしい生活を決めこんだ次第であった。

翌日、ダッカ日本人学校で、午前八時半から学童と一般の健診を行った。私は検尿係である。時に容器一杯なみなみと注がれた尿に手を濡らし、蓋を開けた瞬間の臭いにむせびながらの検尿となった。

昼は、学校側の出前の申し出を断って、やむなくカップラーメン一個に熱湯をかけて食べていると、それをのぞいていた子供たちから、「ワー、かわいそう」と同情された。そして、真剣な面持ちで相談に及ぶ奥様方も多い中、全ての健診を終えたのは午後八時半だった。

三日は、ダッカ市内の病院を見学した。待合室は患者で溢れている。

職員の案内で巡回したが、最新の医療機器はないものの、レントゲン等の基礎的な機器は一応整っている。ただし、手術室を含めて、それらが十分に機能しているかどうかはすこぶる疑わしい。自信あり気な病院関係者の態度とは裏腹に、保健衛生事情と兼ね併せて考えてみると、甚だ心もとない。なぜならば、採血の際に注射針が共通に使われるといった医療水準にあるからだ。そのような訳で、現地にいる日本人（約四百人）の医療不安は、想像以上のものがある。

病院見学の最後に、コンサルタント医師の所で意見交換がなされたが、その際、「病院食はどのようなものか」と質問したのが藪蛇となって、先ほど見学した調理室から病院食が届けられた。それは煎餅をふくらましたようなパン状のものと、鶏のカレー揚げに野菜をまぶしたものであったが、質問した手前、口にしない訳にもいかず、あれほど要注意と警戒していたダッカでの食事を、思いかけず病院でとる羽目になってしまった。

病院見学を終えて、空路タイに向かうことになったのだが、空港の出国手続における不愉快さに触れておきたい。ダッカの税関では、所持金を申告する制度がある。しかし、それをいいことにして、職員が申告の際パスポートを提出させて、寄ってたかってはあれこれと検査を厳しくして、なかなかパスポートを返してくれないため、やむなく現金を渡してその場を逃れるという実態にあった。

一同ため息をつきながら、搭乗を待っていると、今度はついさっきまで足下にあった心電計がケース丸ごとなくなっている。「あれ、どうしたのかな、大事な商売道具なのに、この先の訪問国では困るな」と話していると、「これ、忘れ物です」と届けに来た親切な男が現れた。相好《そうごう》を崩して受け取ると、またまたチップの要求である。盗人に追い銭とはこのことかと思って手渡してやると、男がもう一人走ってきて、「自分にも」と手を差し出す。置引の二人組のようだった。彼らも、カメラ等ならともかく、訳の分からぬ医療器具では処置に困ったものらしい。それにしても、この空港で、どれだけこうした私的ODAが恵まれていることだろうか。

これらは、たまたまのことだったのかもしれないが、国のイメージを損なう行為でもある。また、援助する国と援助される国の南北関係の中で、援助をしてもらっても当たり前で、所詮は日本の利益に還元されるのだから援助されてやろうかといった姿勢が一部にあって、「ありがとう」の一言もないという話も聞いた。我々の出国後、非常事態宣言が発せられて反政府運動の攻撃に揺れる国家体制の脆弱性を考え併せると、国家自体の存立基盤が危うく不安定な国には援助疲れも起きようと思うのだが、それを振り払ってくれるのが一人一人の国民の態度であるのではないだろうか。いつの日か再び訪れることがあったら、見違えるような国になっていることを、バングラディシュのために祈りたい。

タイ王国

三日にダッカからバンコクに来てみると、ここは別天地である。

まず車が違う。新しい。そして、人々の顔つきに落ち着きがあり、身だしなみが良い。ダッカのようにどこか必死な形相を呈している人々との表情とは、どこか違う。

そのような訳で、バンコクは、欧米や日本に留学した医師も多く、医療設備が先進国に近い形態で完備しているなど医療事情も良く、今回の巡回健診でも現地の日本人会からは訪問の必要性なしということであった。

さて、ここで日本の進出ぶりについて触れると、まず、街中至る所、日本車と日系企業の看板の氾濫である。在留邦人は七千人とも言われ、夜の街はタニヤ通りを中心に日本人が利用するカラオケ・バーも数多く、合掌が美しいタイ美人に改めて仏教国タイを想起させられる。

外務医務官の話によれば、昼の蚊によるデング熱が流行し、生ガキや川魚等によるA型肝炎なども多く、水も良くないと言うが、赴任後下痢などの洗礼を受けながら、現地の生活をエンジョイする者も多いようである。

マレーシア

六日夜、バンコクから空路クワラルンプールに入る。空港から市内のホテルまでの道筋は道路も整備されて、その背後に両サイドによく管理された熱帯樹林が生い茂っていた。

翌七日、マレーシア味の素を訪問し、中曽根前総理の顔立ちを思わせるS社長から二時間にわたって話を伺う。労働協約の改定は三年に一回で、賃金のベースも各職種単位に向こう三年間のアップ分まで含めて取り決められるが、労働組合の力は弱いとのこと。続いてクワラルンプール日本人学校の健診に立ち会う。

八日、ペナンに移動する。ここは「東洋の真珠」とも言われ、古くから欧米人の保養地として開けた所で、ペナン島と対岸の架線工事を韓国企業が手がけ、一度工事中に落としたが、その後成功したという全長一三・五キロメートルの橋で繋がれている。

翌日、ソニーの孫会社東洋オーディオ（マレーシア）を訪問する。

M社長の案内で社長室に入ると、幹部がミーティングの最中で、副社長一名、取締役四名（うち常勤一名）が日本人で、現地のマレー人と中国人の取締役が各一名であった。ちなみに、会社の総人員は、九八八八名（平均年齢二三歳）で、男子二〇五名、女子七八三名、うちマレー人四九九名、中国人三八八名、インド人九六名、日本人五名という構成である。ラジオ、ラジカセ、ウォークマン、ステレオ等を製造しており、販売先はヨーロッパが四割、アメリカが四割で、一か月の生産台数は二七万台にも上り、本国の円高をよそにますます輸出力をつけている。

工場を見学すると、皆熱心に流れ作業を行っていて、働くということの原型が厳粛な形でここにあるという感じだ。ただし、人種や宗教の歴然たる違い（マレー人はイスラム教を信仰し、豚肉と酒は原則としてご法度で、礼拝の時間も決められており、特に金曜日は長時間の礼拝があるため、工場内に礼拝場を設けて提供しているし、中国人は仏教やキリスト教、インド人はヒンズー教といった具合で、三者が結婚などで混じり合うことはまずない）に常に注意を払い、政府のプミプトラ政策（例えば工場内の雇用割合はマレー人五対中国人四対インド人一となるように強力に指導されている）による日常的なチェックを受けるなど、苦労は多いという。

労働条件で特徴的なのは、時間外手当の割増率の高いことで、通常は五割増、日曜日は一〇〇％増、祝祭日は二〇〇％増である。日本並みの有給休暇の他に、有給の病欠休暇が一四～二二日、出産休暇も有給で六〇日と恵まれている。定年は男子が五五歳、女子が五〇歳とのことだった。

続いて、東レ関係のペン・グループを訪問する。

ここは、グループ五社で四八五〇名の従業員中、女が六割を占める。日本からは三〇名が派遣されていて、社長、工場長、人事労務、経理、営業の中枢ポストに在職している。やはり三年に一回労使交渉によりベースアップを決定しているが、不服な場合はインダストリアル・コートに持ち込まれて裁定される。法定労働時間は週四八時間で、三組三交替制である。一時七七〇〇名いた従業員を五〇

○○名まで削減したところだが、解雇権の乱用ということで、そのインダストリアル・コートに訴えられているという。

死亡事故等の重大災害は殆どないが、ケアレスミスによる災害は多く、安全衛生委員会を設置して対処している。教育訓練、QC活動などは緒についたばかりだ。シニア・スタッフには、問題解決の勉強会を開催し、日本の経営システムの勉強のために二～三人を派遣している。特にマレー人は昇進意欲も高く、ベースアップにも差別意識を持ちがちであるが、能力的には中国人が最も優れていてシニア・スタッフの多くを占め、インド人が最下層の仕事を割り当てられている現状にある。女性は結婚しても退職せずに働き続け、定年は男女とも五五歳であるという。

その後、ペナン日本人学校の学童健診で検尿係をする。

夜は、ペナン総領事館で晩餐会が行われた。

翌一〇日は、再びペナン日本人学校に赴き、一般健診に立ち会う。

午後は、K社長の案内でクラリオンの工場を見学する。ここは女子が全体の八割を占め、中卒一六歳で入職するのが一般的で、平均年齢は現在二〇歳である。定年は男子が五五歳、女子は四五歳であるという。退職金制度はない。

夜は、ペナン日本人会との懇談会である。来年も巡回を希望する声が強く、予防面で各人が相当の注意を払っていることが如実に感じられた。

シンガポール共和国

一一日に、ペナンから空路シンガポールに移動する。ここは全て手造りである。淡路島ほどの広さに人口は二六〇万人で、高層アパートが空港からホテルに向かう沿道両サイドに並び立ち、管理社会が日常生活の隅々まで行き届いている感じの人工都市である。

日本人会診療所を訪問した。

ここには日本人女性医師一人、スタッフとして現地人の医師が一人とパラメディカル等が数人いる。全体的に部屋の間取りは極めて狭く、窮屈だ。機器は健康診断用のものを中心として一応整備されている。しかし、限られた予算の中では機器の購入にも限界があり、運営費に苦労しているのではないだろうか。一点一〇円の健保の方式により、医療費請求が日本に向けて行われる仕組みであるという。年間延患者数は七五〇〇人で、うち健康診断に近隣国在住の邦人を含めて二五〇〇人が訪れる。

日本人女性医師の話によると、「海外に出るということは、日本では考えられないさまざまな負荷を与えられ続けるということで、メンタルな面も含めて、心身の負担は大変なものがある」そうで、半ば彼女自身の述懐であるようにも受け取られた。

それだけに予防面にウエイトを置いた健康管理体制の整備と、日常的な健康相談や生活指導の必要性が痛感される。この診療所は、人口八〇〇人に一人という医師過剰気味のシンガポールにあって、シンガポール政府の言わば便宜供与の形で、日本人に限って診療行為が許されている。

翌一二日は、日本・シンガポール・ソフトウェア技術研修センターを訪問する。

シンガポール政府は国策として、シンガポールを情報基地とし、ソフトウェア加工業を基幹産業とすることに将来の方向性を見いだしており、多民族国家であるため、学歴や資格が決め手となり給与にも影響するとあって、教育に対する熱意は高く、理科系が重要視されている。教育は六―四―二―三（～四）制で、義務教育ではないが、小学校は就学率が一〇〇％だ。しかし、能力の伴わない者はどしどし落とされ、エリートが選別される方針であるため、小学校中途退学者、中学校中途退学者もいて、結局中卒が四五％、高卒が二三％、大卒まで辿り着く者は僅《わず》か四％にすぎない。このため、学歴・職種別の賃金は大きな格差があり、初任給で月額にして大卒（理科系）四年卒が一六〇〇シンガポール・ドル、三年卒が一二〇〇シンガポール・ドル、（文科系）三年卒が一〇〇〇シンガポール・ドルであるのに対し、小卒のオペレーターは三五〇シンガポール・ドルであるという。ちなみに、一シンガポール・ドルは一〇〇円前後であった。

続いて、NECシンガポール本社でT社長に面会したが、社内は静かな雰囲気の中でソフトの開発が行われていた。あくまで経済が中心で、仕事、仕事の国家という印象である。ゆとりというものがなく、心の潤いが乏しいようにも思われた。

午後は、NECの半導体工場を見学した。思ったより小規模な工場で、これで半導体などという高度な製品が大量に生産されているとは信じられないような感じだが、これは東南アジアの工場に共通した印象だ。従業員数は現在六六四名、うち日本人は一一名であるが、地元従業員の表情は硬く、やや温かみに欠けるように感じられた。案の定、会社への忠誠心は薄く、他社に移って、より高い収入と地位を得ようとする者が大半で、定着率は悪く、ジョブ・ホッピングという技術者や作業者の流出が悩みの種となっている。

シンガポールの労動力人口は一二五万人だが、慢性的な労動力不足で、賃金も騰勢傾向にある。しかし、政府の外資優遇措置（最初の五～一〇年間は法人税を免除し、次の五年間は法人税を一〇パーセントとするなどの奨励策）に、安定した政治環境も手伝って、日系企業の投資は活発で、現在在留邦人は一万人と言われている。

翌日は、日立造船を訪問する。社長秘書はシンガポール大卒の才媛で、給与は月額一二〇〇シンガポール・ドルである。しとやかだがエリートらしさがまざまざと感じられて、何となく近寄りがたい気品に圧倒されながら、彼女の案内で社長室に入り、部課長も交えて懇談する。

この会社は、本工五〇〇名、下請一五〇〇名、合計二〇〇〇名の規模であり、日本からは一三名が主要ポストに派遣され、さらに造船不況にあえぐ因島から技術者二〇名を受け入れていて、大型船舶の修繕が主な事業である。三か月以上の休業の度数率（一〇〇万延労働時間当たりの労働災害による死傷者数）は二〇以上、三カ月以下の休業の度数率となるとその倍以上あり、日本では考えられないような初歩的なミスによる事故が多いという。時間外手当の割増率は五割増で、労働協約は二年毎に改定される。ドックを回って、最後に案内されたのがエビの養殖場である。余剰人員や遊休土地を活用したいわば窮余の一策だが、もっぱら日本を市場とする産地直送方式で、目下好調である。

午後からは、シンガポール日本人学校で小六の検尿係を務める。この学校は小学生一〇〇〇人、中学生一五〇〇人で、日本人学校としては最大級である。翌一四日も、朝から昨日の続きで、この日は初めて女子の脊柱側弯検査に立ち合わされた。児童とは言いながら、発育状態は総じて良好で、かつ個人差の大きいのには新鮮な驚きを覚えた。

一六日には、市内のマウント・エリザベス病院を訪問した。

外来入口に一〇〇人近い医師名とその専門が掲げられている。患者はそれを見て、各人が選択した医師の所へ行き、受診するシステムだが、これでは事情の分からない患者は、右往左往するばかりではないだろうか。この病院はアメリカ資本が投入されていて、全てがビジネスライクだ。設備も一流だが、おそらく医療費も一流だろう。日本人が安心して利用できるかと言うと、その雰囲気からして疑問である。他方で、日本の大学を出た医師陣で固めたグリーン・クリニックという街の医療機関に、診療時間を過ぎても消化できないほどの日本人の患者がおしかけていることを考え併せると、医療水準もさることながら、言葉の壁、受診システムのなじみやすさなどが、医療機関を選択する際に無視できないウエイトを占めていると思われる。

インドネシア共和国

一六日、空路ジャカルタに到着する。空港から市内までずっと田園風景が開けていて、子供の数も多く、広々としていて、シンガポールとは好対照をなしている。

翌一七日、日本大使館を表敬訪問した後、ジャカルタ日本人会の幹部と懇談したが、現地の声は概略次の通りであった。

「海外邦人の健康管理のアドバイザー的な信頼できる日本人医師に常駐してほしい。その医師が、緊急体制時に適切に患者を医療機関に振り分けをするような役割を発揮してもらえれば安心できる。現地の病院の中に入り込んで、アドバイザーとしての資格で技術協力する形も考えられよう。その際には、差し上げる前提で機器を持ち込むことも、一つの援助のあり方であろう。手術の際の技術面の問題もあるが、言葉の問題が一番であり、健康診断にしても、健康上の問題点や生活上の留意点を日本人医師から指導してもらうのが最ものぞましい」

こうした要望も踏まえて、海外勤務で出国・帰国する際に健康診断が義務付けられたことに伴い、邦人が多く居住する現地の優れた病院を対象にわが国の労災病院を統括する労働福祉事業団（当時）が海外労災提携病院に指定する構想を打ち出し、相互に交流して行く中で得られた医療情報や知見を邦人の医療に役立てていただくことを究極の目的として、数箇所協定を結んで実施したことがある。

翌一八日は、市内の病院を見学し、日卒医の先生（脳外科が専門）の案内で、院長室を始めとする各室を巡回した。この病院はいかにも動いているという感じがして、しかもレイアウトその他がいかにも日本的だった。機器もＣＴがあり、揃っている。ただし、医療水準は医師次第で、上と下では大変な格差があるという。

午後は、松下電器の合弁企業を訪問する。乾電池を大量生産している工場や音響機器を製造している工場等を見学したが、オートメ化が進んでいて、二一世紀の飛躍をめざすインドネシアの着実な歩みを感じさせられた。途中、熱帯特有の下からこみあげてくるような暑さの後、一天にわかにかき曇ったかと思うと、豪雨と落雷の来襲に遭い、雷鳴とどろく中を市内に戻り、そのまま帰路についた。

長い三週間であった。

（一九八七年一〇月〜一一月）

落し物と落とし噺再演

汽車通学をしていた高校三年生の頃のことである。

下車する時に便利な前のほうに座って帰ろうと、人もまばらな車両を通過しているうち、何かのはずみで手持ちのカバンから折り畳みの傘をずり落としてしまったらしい。それに全く気付かないまま、やがてすっかり満員となって通路に立つ人も出るようになった一両目のボックスシートに腰を掛けていると、汽車が動き出して程《ほど》なく、「傘の落とし物が届いています。茂木、しげるき、と書かれています。お心当たりの方は車掌室までおいでください」と車内アナウンスがあった。すぐに自分のことだと思ったが、乗客の注目を浴びながら車両の端から端まで通路を掻き分けていくのも面倒だ。いいよ、傘の一本ぐらいと、知らぬ顔の半兵衛を決め込んでいた。ところが、翌日登校すると、始業前の待機時間中に、別のクラスの女子生徒から教室の入り口に呼び出された。彼女は傘を持っている。「あなたの傘でしょう」と言うので、「そうです。ありがとう」と受け取ったが、傘には苗字しか書かれていなかったのだから、本当は私のものとは断定できなかったはずなのだ。車掌がご丁寧にも苗字の漢字を講釈してくれたおかげで、上から読んでも下から読んでも同じような感じのする当人の名前が連想されたという訳なのだろうが、厳密に言えば誤認なのである。確率は極めて低いが、もし別の茂木さんも落としていたら、ややこしいことになっていたのだ。そんなやりとりをしている最中に、教室の廊下側の窓が一斉に開けられて囃《はや》し立てられた。ニキビ面《づら》の男子だけのクラスの好奇心は半端ではない。名前など、ある種の符号にすぎないのに、段々とそれが一人歩きするようになる。人はその人の実体よりもその名前でもってイメージを形成しがちになり、それが先行してしまう場合すらある。日本史で歴史上の人物を覚えさせられることも多いが、それに一体何の意味があるのかと思うこともある。肖像画でも残っていればまだしも、その人となりも含めて何のイメージすら持てないまま、ただ名前だけを記憶することに。その名前がたまたま有名人と同姓同名だったりしたような場合も、どれほどの人が苦々しい思いをしているか、計り知れない。あるゴルフ場で、誰もが知っているプロゴルファーと人気俳優が一緒に回る豪華な一組があって、キャディたちが早朝から色めき立って大騒ぎしていたところ、ぬっと現われ出た正真正銘の本人たちを見て、なぁんだとすっかり拍子抜けしてしまったという話を聞いたこともある。吉田茂という名前も、苗字との関連で付けやすい名前だから、同姓同名者は数多くいることだろうが、現に戦前には厚生大臣に吉田茂がいて、戦後になって入れ替わるように大宰相が出現している。美空ひばりという芸名ですら、戦前に同姓同名の女優がいたという。

また、最近あった人事異動では、外部から役員を求めたところ、連絡してきたその会社の担当者は、「これは喜んでいいのかどうか、多分いいことなのでしょうが、実は後任者も前任者と全くの同姓同名で、苗字も名前も漢字も全て一緒なのです」と些《いささ》か当惑気味だったが、最も困惑したのは当方である。もちろん、年齢も姿形も全く異なるけれど、両人が職場にいる時期がしばらく続くので、仕方なく前の誰それさんとあえて呼び、後の誰それさんにはその役職も付けて区別している。

同姓同名でなくても似たような名前が誤解を与えることも多い。優れた歌人に私の亡き母の名前に子がついた方がおられるらしく、朝日新聞の天声人語にその方の歌が引用されていたようで、ある人があなたのお母さんではないかとメールで知らせてくれたことがあった。そんなはずはないとお答えしたが、『母の歌心　親心』に収録した中に、「同じ名に親しみ湧きて紙友ときめ今日の短歌に健在と知る」という母の歌があった。歌の編者だった私は、「全くの同姓同名ではなくて、房の字に親近感を持ったのだろうか」と注釈をつけている。今にして思えば、図星だったことになる。

さて、戻ってこないはずの傘だったのに、名前にはこんな怪我の功名もあるものかと感じ入った次第だったが、長じてからも大きな落とし物を立て続けにやらかす時期があった。

まず、帰省の際に送り迎えしてくれていた妹の車の中に財布を落としたのが、その始まりだった。実家にどっかりと座りこんで、ふとズボンのポケットに手をやると、財布がない。どこで落としたのかと愕然として思案投げ首にしていると、帰り際に車の後方座席で見つけた財布を妹がほらと手渡してくれた。ところが、のど元過ぎれば何とやらがいつもの習いで、性懲《しょうこ》りもないいつけは回り、ついに新幹線の中に財布を落とした記憶が今なお鮮烈だ。

夏の帰省で久しぶりに高校の友達にも会うということもあって、いつになく大枚のお金を財布に入れて、東京を後にしたのだ。新幹線では読書に夢中だったが、開襟シャツだけの至って軽装で、財布はズボンのポケットに忍ばせていた。ところが、何かの拍子にソファーに財布がずり落ちてしまっていたらしい。それに気づかず、そのまま特急に乗り継いだ。あっと驚いたのは、下車する直前だった。ああ、財布がない。座席の周辺を見回しても、落ちていない。下車駅で申告し、これで財布が戻ってくるようなら、日本も捨てたものではないと思ったが、淡い期待は手もなく裏切られてしまった。

橘家圓蔵が高座のまくらでしていた、羽田で電話機と電話機の間に落ちていた一万円札が自分の持っているものと図柄が良く似ていたので、ふところに入れてみたものの、気がとがめて空港中を逃げ回ったと話していたのをふと思い出したが、思いがけぬ臨時ボーナスのようにして着服した人も、後ろめたさにとりつかれて、駅構内でおどおどするばかりだったかもしれない。そのお金があればもっと大盤振る舞いもできたのにと恨めしく思ったものだが、全ては足元や周囲の確認を怠っていた当人の責任である。指差し呼称を日常生活に取り入れていたなら、防げたみっともないエラーなのだ。

東京に戻ってからも、落ち癖は続いた。今度は携帯電話がジャンバーのポケットから電車の座席にこぼれ落ちて、気がついた時は既に下車したホームの外だった。あわててホームに戻ると、まだ停車中の車両にいた乗客夫婦が、ありがたいことに、通りすがりの車掌に手渡したという。ほっと一息ついて、落とし物の受け渡し係に行くと、携帯電話の忘れ物は結構多いようで、女子高生が母親と連れ立って来ていた。ほぼ同時に戻ってきた携帯電話を共に手に握りしめながら、偉そうに「これからはよく気を付けようね」と軽口をたたいたが、女子高生の顔には、「ドジなあんたにだけは偉そうにそんなこと言われたくないよ。気を付けなければいけないのは、あんたのほうだよ」と書いてあった。

年が明けて風薫る五月、秋に着ていたのと同じジャンバーを引っ掛けて野球を見に行った時、またその浅目のポケットに今度は財布を入れていた。本当に反省のない男だ。バックネットに近い三塁側の席に陣取っていたものの、周囲に随分と空席もある中で、もう少し高い位置の席から見たらどうパノラマが変わるのだろうかと、ふと思い立って上方に移動してみて、それほど代わり映えしないことを確認してから、当初の席よりなぜか一列上の席に戻って、試合の終盤を観戦していたが、帰ろうとする年配の観客が、何か落ちているのを発見したらしく、私のすぐ足元で身をかがめて財布を拾い上げてにんまりしている。「あぁ、これは私のものです」と、すかさず声を発していた。その必死の形相に気おされるようにして、素直に手渡してくれたから何とか事なきを得た。

これまた橘家圓蔵が落語のまくらで使っていた話だが、この噺家は度の強そうなメガネをかけて近眼であるはずなのに拾い物ばかりしているかのようだ。電車を降りたホームに五百円玉が落ちているのに気付いた彼が、先に降りた乗客が拾う時「あっ…」と声を上げたので、「お宅のですか」と聞かれて「そうです…」と答えて、五百円玉をせしめたという状況とよく似ている。しかし、こちらは正真正銘、自分のお金なのだ。ともかく、当初の席に座りっぱなしでいたなら、財布を落としたことにも気付かず球場を出て、後の祭りになっていたことだろう。

落し物ついでに落とし噺の名調子に触れると、春風亭柳昇はとぼけたふうの味わいが秀逸で、「私は春風亭柳昇と申しまして、大きなことを言うようですが、わが国では…私一人です」と登場して先ず笑いを取る。ユーモアの陰画として、悲惨な戦争体験が背景にあったことは間違いない。『結婚式風景』では、才媛が常道であるはずの新婦の紹介で仲人に、「試験問題と意見が合わず受験に失敗した」とか、「大学を首席で卒業した人と一緒に卒業した」などと言わせ、年寄りを見ると葬式の時に配られるまんじゅうを思い出して食欲がわいてくるなどと笑わせていた。九〇歳を超えても元気で現役を続ける落語界最年長の桂米丸の『びっくりレストラン』では、彼が新宿駅で降りたところ、中年の女性から「米丸さん」と声をかけられ、間髪入れず「エッチ」と言われて戸惑っていると、「この間お風呂から上がって裸でいたところ、テレビに米丸さんが出ていたので、つい錯覚してしまった」と真相を暴露する。三代目三遊亭金馬が『艶笑見聞録』などで、「講義を申し上げます。一八歳未満の方は御退場願います。悪い本追放なんていうのが流行っていますが、悪い本よりなお悪い」と切り出す枕なども絶妙だ。

さて、みっともないドジは、とどまるところを知らず、さらに続いた。やはり乗車中の座ったままの無理な姿勢で急いで上着を引っ掛けようとして、今度はブレザーの浅目のポケットからまた落とし物をしたりしていたのだ。女子高生に「これからはよく気を付けようね」と忠告していた携帯電話である。駅員から教えられた駅の忘れ物センターに照会を繰り返しては何度落胆を重ねたかしれない。駅ではなく警察署から連絡があって、遺失物は回収できたとはいえ、既にやむなく新しい機種を購入した後では、ましてや一旦人手に渡った物にはもはや愛着も薄れて、嬉しくとも何ともないのだった。

その年の暮れには落とし納めという訳でもないが、図書館の本棚の下のほうにある新書をしゃがみこんで探していた時、やはりズボンのポケットに入れていたはずの、家の鍵までなくしてしまった。ただでさえ低い家庭内の信用はすっかり地に堕ちて、俺に任せておけと言わんばかりに何かを請け合ってみせても、真に受ける者は誰一人としていなくなった。

ごく最近の落し物は、名刺入れである。背広の裏地の底の浅い名刺入れサイズのポケットに名刺を入れているのだが、座った姿勢から立ちかける時に、滑り落ちてしまうことがあるようで、一度はタクシーから降りる時にやらかしたが、それは戻ってきた。また、出張に向かう先のどこかで名刺入れをなくしてしまい、出張先で困ったことがある。てっきり空港かと思っていたら、浜松町の駅に届けられていて、回収できた。やはり現金と名刺入れとでは回収率がまるで異なる。

その後も文庫本などを置き忘れたりすることがない訳ではないが、フル勤務するようになると、財布とか携帯電話といった類の話はなくなり、大騒ぎするような事態は起きていない。さすれば、落とし物始末の落としどころは、日々の緊張感の弛緩のなせる業《わざ》であると断定できそうでもある。

人間万事塞翁が馬

美奈子は悲しんだ。

「どうしてこんな大事な話を、一言の相談もなしに決めてしまったの」

頬を涙が伝っている。

大林栄治郎は絶句してしまった。確かに妻の言う通りだと思った。

「なあに、ずっといい職場がすぐに見つかるから、心配しなくていいよ」

ようやく絞り出した言葉に自分もすがりつくようにして、美奈子を抱き寄せた。


しかし、自分ほどの経歴ならば、引く手あまただろうと考えた見通しは誠に甘かった。

「あなたのような立派な履歴の方は、とてもわが社のような所では…」と、体《てい》よく断られるばかりだった。勇を鼓してハローワークまで出かけた。その帰り道、路頭に迷うとはこういうことなのかと、うつむき加減で当て所もなく街をさ迷い歩き、公園のベンチで鳩たちの動きをぼんやりと眺めていると、「大林じゃないか」と突然声をかけて足を止める者があった。

「ああ、山田か」

「昼日中、こんなところに座り込んで一体何をしているのか。銀行で働いている時間じゃないのか」

訝《いぶか》しげに見つめる山田に、大林はためらいつつも言葉を繋いだ。

「実は、銀行は辞めたんだ。簡単に職など見つかると思っていたのだが、この有様だ。ハローワークの帰りだよ」

「それで見込みはあるのか」

「いや、全くない。どこに出かけても不審に思われるのか、慇懃《いんぎん》に断られているよ」

「そうかもしれないな。生まれもいいしな。俺は公認会計士の資格を取って会計事務所に務めているんだけれど、出入りしている会社から経理事務に明るい人を知らないかと聞かれたことがあるから、人を多分探しているのかもしれないよ。お前さえその気なら、俺が仲介してやってもいいぞ」

「そうか、それはありがたい。是非確認してくれよ。見込みがありそうだったら連絡してほしい」

「分かった。それじゃ、早速動いてみる。元気出してよ。一件落着したらまた一杯やろう」

「ああ、そうしよう」

そう言って別れた山田から連絡があったのは、その三日後だった。

「先方の担当者は銀行を辞めた経緯に少しこだわっていたようだったが、俺がこの男は絶対保証するから間違いないと説き伏せて、先ず一度本人に会って確かめてほしいと言って、了解を取り付けてきたよ。丁寧に受け答えに応じて、どこまでもソフトに頼むよ」

「分かった。ありがとう。恩に着るよ」

そんな経緯から、大林は四つ葉運輸に入社したのだ。二八歳だった。

大林は、精密機械の製造会社や造り酒屋等を多角的に営む屈指の名家の長男として生まれた。子々孫々までの一家の繁栄を願って栄治郎と名付けられた。五歳離れた弟と八歳年下の妹が後に続いた。

当家の総帥《そうすい》を期待される彼の躾は厳しく徹底的に仕込まれ、また文化的な素養も大事だとの方針の下に、幼少の頃からピアノやヴァイオリンを習わされるほどで、乳母日傘《おんばひがさ》の恵まれた生活環境で育った。

国立大学付属の小中学校を経て、成績も優秀で難なく有数の進学校に進み、希望通りの国立難関大学にも現役で合格した。文系理系いずれにも優れて選択に迷うほどだったが、その両方の強みも生かせる経済学部を選んだ。将来経営者になることも視野に入れてのことである。音楽に親しんできたことから、男声だけのグリークラブに所属してピアノも担当した。充実した学生生活で、一流の教授の名講義に聞き惚れ、ゼミの仲間もできて全国各地を旅行しただけでなく、欧米にも足を伸ばした。厳しい躾の賜物で、浮ついた暮らしとは無縁の規律正しい生活に終始した。帰省する都度、順調に育っている息子に誇らしげな両親の温顔に接すると、大林の心も和《なご》んだ。これ以上の親孝行はない。

就職先は、都市銀行を選んだ。銀行で一通り実地経済の勉強を続けているうち、父から呼び戻される日が来れば地元企業グループの総帥になる。そんな心積もりだから、どこまでも強気で意気軒昂だった。銀行の配慮で本店から親元に近い支店勤務になると係長に昇格した。所定のエリートコースだった。その係では東北の田舎から高校を出て二年目の二〇歳になる女性が配下の一人に付いた。それが花沢美奈子だった。すらりとした長身に豊かな髪をポニーテイルにした理知的な顔立ちの笑顔の可愛い娘である。彼女は、東北の寒村で農業を営む一家の長女として生まれた。上に二つ年上の兄、下には弟と二人の妹がいる、今では珍しい子沢山の五人兄弟だった。家計は苦しく、父親は雪に閉ざされる冬場は、出稼ぎに行った。弟や妹たちのことを考えると、美奈子は兄もそうしたように学校は高校までが精一杯だと思った。成績は抜群に良かった。進学しないのはあまりにも惜しいと、高校の担任が何度も彼女の家を訪ねてきたが、両親は首を縦に振りたくとも振りようがなかった。数少ない就職組でも別格の都市銀行に入社できたのはそんな経緯からだった。

美奈子を部下の一人として手取り足取り指導しているうちに、彼女の利発さと心根の優しさに大林は感動を覚えた。そのひたむきな瞳に見つめられると、つい息苦しさを覚えて戸惑ってしまうこともあった。大林は二五歳になっていたが、女性はどこまでも結婚を前提として交際すべきものであるとの堅い信念から、大学時代から女性は友人と呼べるほどの人すらなく、一貫して敬して遠ざけてきた。しかし、次第に彼女の面影が脳裏をよぎることが多くなって、大林はあわてた。これは愛情が芽生えたということなのだろうか。何度も何度も自問自答する日々が続いた。

秋も深まったある日のこと、支店の仲間が連れ立って割り勘で屈託なく夕食を共にした席上、たまたま向き合って座った二人は、そろそろ皆が食べ終わって立ち上がりかけた頃には、もうお互いを意識し合い、二人だけの世界に入りかけていた。お金を出し合うしぐさにも、二人の額と額はくっつきそうなくらいに近づき、彼女の吐息すら感じとられて、大林は恋の始まりを悟ったのだった。

店を出てからも、自然と二人は仲間から遅れがちになり、やがて皆とはぐれ、最寄りの停車駅を避けるように通り過ごして、いつの間にか握り合った手のぬくもりだけでは我慢できず、人通りが途絶えたところで、遂に二人は立ち止まって、抑えようもない情熱と若さをぶつけ合うようにして、ひしと抱き合った。頬と頬が重なった。

タクシーに乗ってからも、美奈子は大林の肩口に頭を預けるようにして寄り添っている。二人とも何から何まで初めて尽くしだった。手前で降りて女子寮まで送っていく道すがら、隣接する公園のベンチでぎこちないキスを交わすと、小休止するように短い会話をはさみながらキスを繰り返すうちに、あと少しまだもう少しと去りがたい思いが勝り、そこにどれほどの時間いたことだろうか。月明かりが二人を照らし出していた。このようにしてルビコン河を渡り、大林は結婚の決意を固めたのである。

　早速父親に面会を求めた。突然の申し出に驚いた父親を前に、美奈子の氏素性を明らかにして結婚の決意を述べようとすると、父親から激しい叱責の声が飛んだ。

「お前は自分が何をしようとしているのか、分かっているのか。お前は当家の長男で総領なのだ。そのつもりでお前を大事に育ててきたのだぞ。お前には相応《ふさわ》しい相手がいるんだ。その心積もりでそろそろということで、お母さんと見合い相手を絞り込んでいたところだ。実は先方とも内々話を付けていて、いよいよお前に見合いをする意思があるか確認する直前だったのだぞ。地元とは全く繋がりもないどこの馬の骨か分からぬ者をもらって、一体どうする気だ。お前は我々の意向も快く汲んで順調に育ってきたと喜んでいた。お前の結婚はお家の一大事であり、また結婚こそ誰にとっても慎重の上にも慎重を期して決めなければならない人生の最重要事項なのだぞ。それを一時の感情に任せて決めようなんて、到底許されるはずはないのだ。お母さんはあまりのショックに寝込んでしまったぞ」

「一時の気の迷いなどでは断じてありません。これは真剣に考えに考えた末の、これがベストだと自分が下した決断なのです。これ以上の人は、自分とって他にはありません。結婚を打算などで考えたくないはないのです。会ってもらえば、どんなに素晴らしい女性かお分かりいただけるはずです」

「そんなのは、釣り合わぬは不縁のもとと、昔から相場が決まっているではないか。断じて容認できないよ。それでも押し通そうというのなら、この場でお前を勘当するぞ」

「嫁は庭からもらえ、婿は座敷からもらえとも言うじゃないですか。会ってもらえば、お分かりいただけるはずです」

「いや、その必要などない。そういうことなら、お前は勘当だ。きっぱりとこの場で言い渡す」

このようにして、結婚は両親の許す所とならず、大林は勘当されてしまったのであった。


駆け落ち当然のアパート暮らしとなったが、大林の気持ちに揺らぎは全くなく悔いもなかった。挙式もなければ新婚旅行もない入籍だけの門出だったが、結婚と同時に銀行を辞めて家庭に入った美奈子の屈託のない笑顔に毎日接していると、何よりも心が和んだ。愛情と愛情の誠が呼応し合う。人生にこれ以上の幸せなどないと心底思った。二、三年はあっという間に過ぎた。仲は睦まじく、琴瑟相和すとは自分たちのことを言うのだろうと、大林は何の疑問もなくそう思った。友人たちや周囲の様々な夫婦のあり方を耳にするにつけ、こればかりは一緒に暮らしてみなければ分からない賭けのような要素はあるとはいえ、そうした面も含めて得難い相手に恵まれた幸せにはただただ感謝するばかりで、お互いにそうした気持ちを持ち続けていると確信できることが、何より嬉しかった。そろそろ子供をと真顔で二人が向き合おうとした矢先の頃だった。新しいプロジェクトの方針を巡って、大林が上司と考え方の根本的な相違から意見が鋭く対立し、結局辞表を叩きつけて辞職してしまったのだ。一言も相談なしに一家の重大事が決められてしまったことを、美奈子は深く悲しんだのだった。

しかし、捨てる神もあれば拾う神もある。これだけ真剣な人生を送る者に天の手助けが与えられないはずもない。高校時代の同級生が仲介者の役割を果たして、渡りに船とばかりに四つ葉運輸に入社を果たすと、たちまち大林は頭角を現して順調に昇進を重ねて三〇年、気が付けば副社長になっていた。そして、六年在職した副社長もあと退任間近となった。会社勤めの重荷を下ろし、美奈子との水入らずの老後を思い描いてわくわくする気持ちでいっぱいだった。一日中ずっと美奈子を独占した時間が持てるなど、結婚しても仕事にかまけて殆どなかったことだ。それが無期限にできるのだ。その前に、新婚旅行もできなかった美奈子へのせめてもの罪滅ぼしにと、豪華客船に乗って出航する世界一周旅行を準備していた。日程も決まり、旅行会社から届けられたパンフレットに目を通して想像をたくましくしていると、激しくドアを叩いて総務部長が駈け込んで来た。顔面蒼白である。

「何事か」

「社長が今朝自宅で倒れて、搬送された病院でそのまま亡くなりました」

「何だって」

　社内は騒然となり、大林の下には入れ替わり立ち代わり役員が現れて、鳩首凝議《きゅうしゅぎょうぎ》の連続となった。どうも大方は、こともあろうに後継は副社長しかしないのではないかということのようだった。急遽《きゅうきょ》夕刻から臨時重役会が開かれると、下馬評通り大林が本当に社長候補に祭り上げられてしまった。全くの思いもよらぬ展開に、大林は人には運命というものがあることを悟らざるを得なかった。

　夜遅く帰宅すると、大林は玄関に出てきた美奈子に申し訳なさそうに頭を下げた。

「おい、お前も楽しみにしていた世界一周旅行は中止になってしまったよ。ごめんね」

「一体どうしたと言うの」

「実は、社長が今日急死して、重役会を開いて協議した結果、何と私に白羽の矢が立ってしまったんだ。後日株主総会で正式決定となるが、副社長退任どころか、また更に忙しくなりそうなので、お前も覚悟してほしい。本当に申し訳ないけれど」
「なあに、それしきのこと。あなたが会社に望まれてのことなのですから、こんなに嬉しいことはありません。及ばずながら、これまで以上に懸命にお支えいたします」
「そうか、ありがとう」

かくして、大林は入社後中堅からさらに規模を大きくしていた会社の社長に就任した。実家の会社は弟が継いで、兄弟揃っての社長となった。それから六年後大林は社長を退くと、代表権のある会長に就いた。待ち構えていたように商工会議所の会頭に推されて、地域のトップになった。

その頃、大林と懇談会食を求める公益法人の代表があった。この法人が展開する公益事業に寄付を求めているのを知ると、大林は代表との会食当日に合わせて寄付金を振り込むという粋な計らいをした。代表は感激することしきりだった。大林は自分の恋物語をふと話す気になった。話を続けながら、まるで小説のようだと思った。会食が終わると、大林はいつもそわそわと落ち着かなくなる。一刻も早く帰宅し、美奈子との時間を一時間でも多く持ちたいと思うのだ。幸福の基本はどこまでも男女の一対の生活の中にある。それなくして何の地位や名誉なのか、大林は心底そう思うのだ。結局、子宝にこそ恵まれなかったが、名は体を現さなかったかもしれないけれど、造物主に連なる存在である魂は不滅なのであり、その魂は二つながら結合して永遠に運命を共にしていくと確信するのだった。

生殖の未来とシカの戦略

二〇二二年の出生数は七七万人と最少となった。政府は出産育児環境整備対策に躍起となっているが、出会いから性が介在して出産に至る過程のほうが遙かに重要で難しい。鍵となる若者の行動心理に大きな変容が見られないまま、コロナ禍の影響も加わり、出生率の低下に歯止めがかからない。

前野隆司の『**幸せな孤独**』によれば、二〇一七年の『少子化社会対策白書』では、日本の生涯未婚率（五〇歳時点で一度も結婚していない人の割合）は、一九八〇年に男性二・六％女性四・四五％だったものが、二〇一七年には男性二三・三七％女性一四・六％に及んでおり、さらに国立社会保障・人口問題研究所の推計では、二〇三〇年には男性二九・五％女性二二・五％に伸びると予測されている。これに高齢者の一人暮しも加えると、単身世帯数は一九八〇年に一九・八％だったものが、二〇一〇年には三二・四％、二〇三五年には三七・二％に上ると推計されている。

それにしても、何とも恐るべき社会構造の激変である。ベースとなっているのは、男女一人一人の選択の結果として子供が極端に少なくなることであり、予想されるのは経済社会の仕組みが音を立てて変革を余儀なくされていく力の凄さだ。移民の問題も絡み、国のかたちも根本的に変わりかねない。

ダニー・ドーリングは、『**減速する素晴らしき世界**』（遠藤真美訳）の中で、「あらゆるものが加速している。そして加速はとてもよいことである」という成長至高の通念を迷信だと否定し、出生率を始めとして世界全体がスローダウンして安定に向かっていくことに、逆に光明を見いだしている。

そして、乳児死亡率が大幅に低下した今、女性たちが「生まれてきた子どもがまず間違いなく生き残るようになったら、2人以上産もうと思うだろうか。そして、あなたの遺伝子がそんなに特別なものではない、兄弟姉妹やいとことそれほど変わらないと気づいたら、子どもを残さなければいけないというプレッシャーを感じるだろうか」と、根本的な疑問を呈している。しかし、稲垣浩監督が『**無法松の一生**』で描いた、無鉄砲で喧嘩早いが義侠心に富み、竹馬遊びで怪我をした子供を助けた縁で吉岡大尉家に出入りを許されるようになり、大尉が急死した後は夫人と泣き虫の一人息子の父親代わりとなって「涙を見せるな」と諭して懸命に支え、運動会の徒競走では韋駄天一位となり、祭りでは祇園太鼓の技を披露する等の晴れ姿の思い出を残して、「ぼんぼん」のために貯めた通帳と夫人への思慕の念を隠し持ったまま生涯を終えた車夫（阪東妻三郎）の男としての「偉さ」を見せつけられると、なまじ学校秀才などより余程優れたこの遺伝子が途絶えてしまった悲しみのほうが大きく感じられる。

さて、鍵を握る男女の意識面だけではなく、実は人間の身体そのものにも変化が生じてきている。NHKが『**サイエンス ZERO**』で取り上げた「中性化と生殖の未来」によると、欧米ではこの四〇年間で精子が五〇～六〇％も減少しているといい、遺伝子がないなど精子そのものも劣化していることは、わが国でも観測されている。その原因は、性の中性化が進行しているためであり、ひいてはそれが生殖機能の低下をもたらしているというのだ。現にクリニックには、女性のように優しげな二五歳の男性や三一歳の男性が、性欲がないとか、異性に興味がないとか、活力が湧かないといった、これまでには想像すらできなかった、真逆の性の悩みを訴えて来院しているのだった。

男性らしくあるためのバロメーターとなるのは、精巣由来の男性ホルモンであるテストステロンの量である。アメリカの研究ではこの一五年間に二〇%も減少しているという。肥満もその要因と見られるが、運動して筋肉が増せば数値も上がる。逆に、以前は男性の五〜一〇%程度に過ぎなかった女性のテストステロンは上昇の一途にあり、一部の男性とは遜色のないレベルにまで達している。

これは人類の進化による避けがたい結果なのだという。太古の昔、男性はテストステロンの権化だったが、仲間との共同社会を営むようになって、猛々しさだけでは適応できなくなり、中性化の道を辿るようになった。女性も中性化して排卵や着床に障害が生じ始めているといい、将来は生殖医療なしには人類は絶滅してしまう時代が来ない訳ではないと、研究者は述べる。その一方で、新しい生殖のかたちとして、父と母がいないネズミが紹介されていた。今やiｐｓ細胞から精子も卵子も造成することができるのだ。また、母体がなくとも胎児を育てられるとして、紹介された人工子宮の技術では、受精して一一一日目のビニールカバー状のものに覆われた羊の胎児が二四日後も順調に生育している。生殖は、自分の細胞があれば高齢者でも一人でも、自由自在となる可能性すらあるという。

一九三二年発表のハックスリーのＳＦ小説『**すばらしい新世界**』（松村達雄訳）さながらの世界である。子供は、胎内生殖ではなく、「中央人工孵化・条件反射育成所」で、社会的安定の肝要な手段として、標準型男女の、均等な一卵性双生児の一団がそれぞれ壜《びん》ごとに仕分けされて、産み育てられていく。もはや一夫一妻制とか、家庭とか親子といった関係はなくなり、ソーマというＬＳＤのような麻薬にも等しい媚薬を与えられて人々は自由恋愛に浸り、悩みに陥ることもなく、酒池肉林のその日々を謳歌するのだ。総統が支配するその「文明国」に紛れ込んだ「野蛮人」ジョンは、ソーマを勧められても拒否して、「不幸になる権利を求めて」田舎の隠れ家に逃れるが、ついに追い詰められて自殺する。

それでも学生の頃、ソーマが欲しいと憧れてやまない読者は、周囲に一人ならずいた。

そんな時代が到来するならいざ知らず、次世代を生み育てていくことは、人間に限らず、あらゆる動物にとって死活問題である。失敗すれば絶滅危惧種の仲間入りとなる。

南正人の『**シカの顔、わかります**』という本は、宮城県の牡鹿半島の先に浮かぶ小さな島、そこは東奥三大霊場（出羽三山、恐山）の一つとされるが、その金華山を舞台として、シカの生態を繁殖の面から分析したものだ。命を繋ぐ営みの涙ぐましいほどのシカなりの苦労が伝わってきて、感慨深い。

「シカの一生は、長くて一五年程度」だが、その間に命の輪を繋いでいくことできるか。シカにとっては、これのみが生存の全ての目的である。その一事に賭ける必死の思いのない者は脱落していく。

シカの発情期である秋には、仲間の雄との戦いを制した強い雄はなわばりをもつ。これに対する雌は、その秋に二四時間ほど雄を受け入れる発情状態になるのだが、そのタイミングで妊娠しないと、ほぼ二週間後に二回目の発情状態を迎える。早く妊娠すれば、食料条件が悪くなる冬までに、宿した子供の成長が進むメリットがある。そうして生まれた子どもも、初めての冬を迎えるまでに充分成長することが期待できるのだ。しかし、こうした発情期も毎年訪れるとは限らない。エサとなる植物の生育状態に大きく左右されてしまう。その実りが悪いと、雌が充分に栄養を蓄積できないため、殆ど発情しなくなる。となれば、折角なわばりをもった強い雄でも交尾することができない。逆に、エサがふんだんにある年は、多くの雌が発情して強い雄の手が回りかねて、おこぼれを頂戴する雄も出てくる。発情が終わり始めれば、当然のことながら雄の行動も活発ではなくなる。

そうなると、雌にとって一番いい戦略は、できるだけ若い年齢で子どもを産むことである。これが決定的に重要なのだが、次に選択肢となるのは毎年産むかどうかである。それは、どこまで栄養状態を回復したら交尾するかということでもあるが、金華山では多くのシカは隔年出産だという。

さらに、どの程度の大きさの子どもを産むのかという問題もある。与えるミルクの量や質にも限界があるので、ある程度の栄養を確保した状態で生み落したいのも道理である。

しかし、産んだだけでは雌の責任はまだ終わらない。産んだ子どもが次に子どもを産むところまで育てて初めて、全うに遺伝子を残せたことになるのだ。何と人間社会と似通っていることだろうか。

もっとも、遺伝子は自分の子どもを通じて残るだけではなく、例えば自分の妹が子どもを残してくれても自分の遺伝子の一部は残ると慰めるように付け加えられていても、それは気休めにもなるまい。

雄にとっても、多くの子どもを残すには、精子に入る遺伝情報は若くても同じなのだから、できるだけ早く雌を獲得する競争に参加することに尽きる。そのためには体力と体格が基本となる。

多くの雌が発情した一九九〇年には八二頭の交尾があったが、七頭の強い雄が四六頭の雌との交尾を独占し、他の一八頭の弱い雄も交尾できているが、強い雄のうち一頭だけで、二二頭の雌と交尾している有様だった。ところが、一転して一九九二年には雌が一四頭しか発情せず、三頭の強い雄が一一頭の雌と交尾し、弱い雄二頭が残りの三頭と交尾したにとどまり、一九九六年になると雌二頭の交尾しか確認できず、一頭の強い雄と一頭の弱い雄が交尾したにすぎなかったという。

雄のなわばりの威力もさることながら、雌の発情すら支配して有無を言わさぬ自然の力の大きさには恐れ入るばかりだ。そんな苦労も背負った雄たちの交尾成功を調べると、最も多く交尾した雄は、生涯で六回なわばりをもち、約七〇頭もの雌と交尾をしている。その一方で、一九九〇年から二〇〇四年までに観察した約三〇〇頭の雄では、約六五％つまりは約一九〇頭の雄は、交尾を全く観察できなかったという。これが自由競争下での優勝劣敗の結果なのだ。もしこうした現実をそのまま認めて人間社会に当てはめてみたなら、一体どんな惨状を呈することになるのだろうか。江戸の町も昔は独身者が実に多かったという。逆立ちしても敵《かな》いそうもない人と比較して、自分は子供の数では勝っているからと負け惜しみのように誇る人がいたが、生物の理《ことわり》からすればあるいは正論なのかもしれない。

再び雌に目を転じると、母系のもととなる雌は一九九八年時点で四七頭いたが、子孫が途絶えてしまった雌は三五頭、何と七四％にも上っている。その一方で、子孫が残っている雌一二頭では、平均で雌五・三頭、雄二・九頭、合計八・二頭の子孫が残り、最も多くの子孫が残っている雌では雌二〇頭、雄七頭が生きていた。雌にも適者生存の原理は紛れもなく働いているのだ。

ともあれ、どの世界もキャスティング・ボートを握るのは雌であり、雄は雌の状況に終始右往左往させられている。その背後では自然の持つ厳しさがふるいにかけて生き物の運命を支配しているのだ。

シカの世界も生命の輪を繋いでいくのは、かくも難しい。連綿と続く家系もあれば絶滅してしまった家系もある。その情け容赦もない現実を、「個々のシカの性質、そして家系の性質として引き継がれている性質に対する自然選択の結果なのだ」と総括しているが、生殖技術を人間が応用できるようになれば、話はまるで違ってくる。問題は、それが神の怒りに触れるか否かだ。しかし、神の判断とて、結局は神に成り代わって人がするものだ。『すばらしい新世界』は、荒唐無稽の夢物語では決してない。

柏戸と大鵬そして白鵬

二〇一三年一月に七二歳で亡くなった元横綱大鵬の優勝回数は三二回を数える。千代の富士が三一回と肉薄していたが、あと一回を成し遂げるのは途方もない遠さだったとは本人の弁である。

大鵬と言えば、横綱に同時昇進して「柏鵬時代」を画した柏戸と並び称される。甘いマスクの大鵬は、新入幕していきなり一一連勝と破竹の勢いだったが、待ったをかけたのは男気溢れる武骨な小結柏戸だった。それから二人の名勝負が幾度となく繰り広げられていくが、かたく引き締まった剛の柏戸優位から、やわらかく次第にどっしりと重みを増した柔の大鵬優位へと逆転し、最後は柏戸も歯が立たない状態となり、両者の水が開いていった。子供ながらにその対戦に夢中になり、両者のしぐさをよく真似してみたものだ。

柏戸は昭和一三年に櫛引町（現・鶴岡市）で生まれた私の郷土力士である。山形県出身の力士と言えば、母が熱烈なファンだった元関脇琴ノ若がいる。長身で頭が小さく感じられるほどの均整の取れた体躯に恵まれた眉目秀麗の力士だった。親方の教えを忠実に守り、投げの打ち合いで髷が土俵に先につかないように顔から落ちて勝利をもぎ取った気迫の一番は、強く印象に残っている。学業成績は極めて優秀で、最高学府も望めるほどだと地元の先生から惜しまれたという。息子が琴ノ若を襲名して関脇となり、後は母方の祖父の元横綱琴桜の名跡を継ぐ日を待つばかりである。

さて、柏戸の持ち味の速攻相撲の破壊力は抜群だったが、初代若ノ花には体《てい》よく変化されて無人となった土俵をまっしぐらに突っ込んでは苦杯をなめさせられた。その分、怪我も多かった。休場しても、翌場所には全勝優勝を飾るなどしてファンを喜ばせたこともあったが、優勝回数はわずか五回にとどまった。大鵬が柏戸の前に立ちはだかったからである。どちらかに優勝が決まるという場面では、殆ど大鵬に軍配が上がった。準優勝の回数を数えれば、柏戸は断トツの回数に上ることだろう。当時のビデオを見ると、うるさく言われるようになった最近の立ち合いとは違って、両こぶしをつけずに中腰のまま立ち上がっていて、妙な感じを抱かされる。

柏戸は伊勢ノ海という小部屋に属していたことも不利に働いた。強豪力士と総当たりだったのに対して、大鵬は大所帯の二所ノ関部屋であり、若ノ花が所属する花篭部屋など同門では対戦が組まれないことも有利に作用した。現在のように部屋別総当たりだったら、優勝回数にこれほどの開きは出なかったかもしれない。しかし、柏戸がだんだんと大鵬に勝てなくなったように、両者の最終的な力量差は歴然たるものがあった。瞬発力を利して一気の馬力で決着をつけるよりも、それを吸収するかのように柔軟に押し戻して自在の投げ、特にすくい投げや盤石の寄りで圧倒していく取り口には、型の優美さと安定感があり、堅忍不抜の強さを感じた。

池波正太郎の短編に『三根山』がある。三根山《みつねやま》は、優勝一回、殊勲賞五回、敢闘賞二回の成績を残しているが、怪我と病気に悩まされて、大関を八場所で陥落した後も、三役と平幕を往復した力士だった。しかし、自暴自棄にならず、実に立派な土俵態度だったという。作家は、「力士の姿や相撲の取り方を見ただけで観客は敏感にその力士の人柄まで見通してしまう。そして、現に力士の人柄と日常の生活というものが、その体と顔と相撲ぶりにハッキリと現れてしまうので、力士という職業は恐ろしい職業だなとしみじみ思うことがある」と、三根山に述懐させている。つまり、「仕事が懺悔する」

というか、目利きが見れば、仕事を通じてはっきりとその人の人柄と生活がそのまま物語られているというのだ。大鵬の土俵上での所作は、まさに三根山の言葉を裏付けるかのような悠揚迫らぬ堂々たる風格が漂うものだった。

江戸の頃の伝説の雷電は別格であるにしても、大鵬が双葉山と双璧をなす最強の力士であることに異論はないと思われる。しかし、本人は天才と言われるのを嫌い、切磋琢磨した柏戸の存在を挙げ、駆け出しの頃の痩身の写真を掲げて、あくまで人一倍の稽古と努力の賜物だったと、少年ながら体格で優るようになってきた孫たちに教え諭したという。その一人が、現在幕内力士の王鵬である。その挙措に、どこか往年の大鵬を彷彿とさせられる。

その大鵬を相撲の父と慕っていたのが、モンゴル出身の白鵬だった。大鵬が亡くなる二日前に面会した横綱白鵬は「頑張れよ」と励まされている。土俵の鬼と言われた若ノ花は、「一五日間の中で、三日はどうしても力が入りきれない日がある」と述べているが、格段の実力差があるとか、そうした日に相性がいい対戦相手と当たるといった僥倖に恵まれるようなことでもないと、横綱でも勝ち続けるのは至難の業なのだ。年二場所時代の双葉山の六九連勝とは比較できないが、六三連勝した頃とは違ううまさが加わって、朝青龍の引退などでライバル不在の時代も続いて大鵬の優勝三二回も上回り、四〇回に到達したところで、その場所中の言動が物議を醸し、横綱日馬富士の引退の引き金となった殴打事件に同席していたことや荒々しい立ち合いを批判され、追い打ちをかけるように年齢と共に怪我が重なり、休場も増えていたが、五場所ぶりに優勝を全勝で果たして面目は保った。しかし、その立ち合いを禁じ手のように批判された影響は大きく、取り口もおとなしくなり、張り手で相手の出足を止められなくなると、押し相撲に分が悪くなってきていたが、膝の治療ももはや限界に達して迎えた令和三年九月場所で大関照ノ富士との全勝対決を制し、ガッツポーズの雄叫《おたけ》びを上げて四五回目の優勝を遂げて、有終の美を飾った。ギネスブックに登録されるほど、大相撲の勝利記録という記録は白鵬によって大幅に塗り替えられた感があるが、引退後は宮城野部屋を継承し、伯桜鵬や北青鵬などの有望力士を育てている。

国技と言われる大相撲だが、当時久々の日本人力士の優勝と横綱誕生に沸いたものの、その代償となった大怪我からの稀勢の里の完全復活の夢は断たれて、平成三一年一月遂に引退のやむなきに至った。ファンだった母はどんなにがっかりしたことだろう。優勝回数も僅か二回にとどまったが、引退後早大大学院修士課程で学び、理詰めの解説や指導は定評のあるところで、こちらも大の里を擁する二所ノ関部屋を継いで、白鵬と再び競い合うかのようである。六四連勝を阻んだのも彼なのだ。

ともあれ、サーカスのような際どい相撲も目立ったがスピード感のある取り口には捨てがたい魅力があった横綱日馬富士と稀勢の里の抜けた穴は想像以上に大きかった。四人いた横綱のバランスが急速に崩れて、毎場所惨状を呈するようになってそれがそのまま今日まで続いており、現在横綱照ノ富士が怪我で長期休場が続く中、優勝争いは混沌として平幕下位の力士の参入が珍しくなくなり、大関を中心とした番付が体をなさなくなった分、どこか興味も薄れて最近では大相撲中継も録画せず、勝負の結果のみチェックするようになった。今や押し相撲力士が全盛の感があるが、ああした取り口だけで、ものの一秒で片が付く相撲を見せられては単純すぎて面白味に乏しく、どこか飽き足らない。やはり、がっぷりと四つに組んでよしの堂々たる力士の大成も待ち望みたい。頑張れ、ニッポン。

パソコンの怪

達筆ならまだしも、字を書くのは面倒なものだ。中指のたこをさらに二重三重にしてまで、手書きする気持ちは、サラサラ起きない。一字一字、丹念に升目を埋める行為は実に根気のいる作業で、修行僧の責め苦のようにさえ思える。そんな体《てい》たらくのペーソス君に、ワープロなる助っ人が現れた。書きなぐったようにキーに打ち込んだ文章でも、まるで名筆家の手になるような字を並べてくれる。しかし、キーを強く打つ癖があるせいか、その辺りからいつも壊れて、何度買い換えたかしれない。やがて印刷機能が怪しくなり、最後の砦だった一九九八年製造の老兵もついに消えてしまった。

やむなくワープロから二〇一一年夏モデルのウインドウズ7のパソコンへと乗り換えざるを得なくなり、用途をワープロ機能と写真や音楽を取り込むことに絞ったパソコン生活が始まった。

ところが、すっかりパソコンの虜《とりこ》になっていたその翌年の五月の夜、パソコン起動中に湯呑みを倒して机にお茶をこぼしてしまった。とっさにパソコンを引き上げたのだが、少し裏面を濡らしたようだ。翌朝になると、バッテリー低下の警告が出て、耳を傾けていた倍賞千恵子の歌が途切れて、パソコンが動かなくなった。保証書にあった修理をお願いすると、担当者の話では「水が広範囲にしみこんでいて、全面修復するには一五万円ほどかかりますが…」ということだった。「それなら買い替えたほうがよほどいい」と返事をして修理を断念し、パソコンを求めての流浪の旅に出た。

一年も使わないうちにパソコンを壊してみると、新品を買い求めるのは馬鹿らしく思えて、ワープロ機能を主体にした中古品も選択肢とした。最新型なのに半値ほどに表示されている中古品には、やはり決心がつかない。あちらこちらと渡り歩き、外国製品の格安さに気持ちが傾きかけてお金まで用意するところまでいきながら、七月になって梅雨が明け、連日三五度以上の猛暑が続くその日、予定などしていなかったのに何となく誘われるようにして入った秋葉原の中古品の店で、二万五千円のパソコンを目にすると、駄目で元々とやっと買い求める気になった。インストール手続に四苦八苦のパソコンだったが、そうして文章と写真と音楽の三つの機能に絞った活用が再開されたという訳だ。

そのウインドウズXPのサービス機能が近々打ち切られることは後で知ったが、インターネット機能は弊害も聞かされて端《はな》から利用しない方針なので、関係がないと割り切ることにした。このパソコンは、機体に厚みがある分、音響に優れているのが魅力だった。そんな日々を送っていた夏のある日、こんなにじりじりする暑さが続く毎日なのだから、パソコンに入った水だって蒸発してくれるのではないかとふと思い、パソコンを裏返して天日干しにして窓際に置き、様子を見ることにした。夕方帰宅して、パソコンのスイッチを入れてみると、見事に作動して元に戻っている。何という奇跡だ。

それからというもの、贅沢にもパソコン二台の機嫌を損ねないように平等に使っていた。ワープロや写真機能はウインドウズ7が、音楽機能はウインドウズXPのほうが勝っている感じを受けるものだから、かさむ電気代などお構いなしに、遊冶郎《ゆうやろう》よろしくどちらも本命だと言い含めるように愛用していたが、好事魔多しで、翌年机下の蛸足配線に自分の足が絡まって作動中のウインドウズXPを引き落としてしまった。もはや奇跡は起こらなかった。良質な音源を遂に失って、秋風が身に染みた。

容量一杯に情報が満載されるようになった本命にも、サービス機能の終了が告げられて、ましてやパソコンから撤退した東芝の製品とあってみれば、いよいよ崖っ縁に立たされた状態が続いている。

夏の日の思い出再録

日本の夏がすっかりグレードアップしてしまった。日射しは痛いほどで、地獄の責め苦のようだ。四〇度近い猛暑日も日常茶飯事で、引っ切り無しに出される熱中症警戒アラートに昼日中の外出もつい及び腰になる。クーラーはフル稼働だ。だから、この話は一服の清涼剤のようなものかもしれない。

全国の酒造組合の会長でもある秋田の有名な醸造会社の社長が開口一番、その端整な顔を曇らして、「今年は七月に入っても三〇度を越す日が、秋田では一日もない。稲の育ちも悪く、冷害に悩まされた平成五年のことが胸をよぎる」とつぶやいた。

二〇〇三年（平成一五年）七月二四日のことである。秋田に限らず、特に東日本では梅雨寒《つゆざむ》と言っていいのか、夏とは名ばかりの涼しい夏が続いていた。こんなことでは蝉も出番を失うのかと心配になるが、蝉にしてみたら死活問題だ。乙にすましている場合ではない。昼の散歩に芝公園界隈に足を伸ばすと、例年のにぎやかさではないにしても、蝉の声が聞こえてきた。自然の運行に狂いはない。

問題は、日本人の主食であり、酒の原料にもなる稲の生育状況のほうだ。これればかりは、一日も早く梅雨が明けて、カンカン照りの夏が到来するのをひたすら待つしかない。冷害のあった平成五年と言えば、ちょうど十年一昔になるが、ついこの間のように思われる。「天災は忘れた頃にやってくる」のが原則なら、ちと早すぎる。冷害など、例外として忘れたままでいて欲しいものである。稲は穂を出して実をつけ始める八月からが勝負なのだ。

その時、社長はもう一つ、別の事にも気をもんでおられた。母校秋田高校の甲子園出場を懸けた県予選の結果である。準々決勝に勝利したところだった。社長は、「創立百三十周年ということもあって、ずいぶんと力が入っている。どうも決勝まで残って、しかも勝ちそうだが、そうなると寄付金集めでまた頭が痛い」と、こちらのほうは半分顔が笑っている。甲子園の第一回大会で旧制秋田中学は栄えある準優勝校になっている。県下一の進学校にしてなお文武両道を維持しているのだから凄《すご》い。

ところで、二〇〇三年がいかに冷夏であるか克明に記録している人が、職場におられた。俳句も嗜むこの上司の手帳には、経済指標から世相まで、森羅万象と私事にわたる事柄の一切が、細かい字で書き留められている。いや、そう思われるほど、当意即妙に正確な数字やデータが飛び出してくる。案の定「日中最高気温の推移」なるメモが届いた。それによると、二〇〇三年の東京は、ちと涼しすぎる。前の年は、真夏日とされる三〇度を超える日が、七月は一一日から二四日まで一四日間も続いたというのに、三〇度を超えた日は、一一日、一二日、三一日のわずか三日だけで、前年の七月八日が三一・七度だったのに二一・六度といった「肌寒さ」なのだ。前の年は、さらに七月二九日から真夏日が連続一九日、また二五日から月末まで駄目を押すように続く堂々たる夏だった。果たして、この先ギラギラと太陽が照りつける夏っぽさを発揮してくれるのだろうか、といった案配なのだった。

ついでながら、今年（二〇二三年）の夏は、観測史上七月では最も暑い夏になったのに続き、八月も平均気温二七・四八度と、二〇一〇年の二七・〇七度や一九九四年の二六・七二度を凌駕して最高値を記録した。上司の故郷富山県高岡市では八月全日最高気温三〇度以上だった地域があったという。

さりとて、暑すぎる夏もそうなればなったで、全く耐え難いものだ。べっとりと流れる汗と共にほとほと観念させられたのは名古屋の夏だった。名古屋市の近郊に位置する集合住宅の回りは田畑ばかりで、時に食用蛙の合唱がにぎやかに聞こえる、クーラーも何もない一階の部屋で過ごした一夜は、窓を開けても空気はまるで死んでいるかのようだった。寝返りを打っては汗にまみれ、また寝返っては、汗にシーツがまとわりつくことの繰り返しで、そうやって殆どまんじりともせず、白々と夜が明けたような気がする。そんな暑い日は、自然の中へ救いを求めて脱出するに限る。海の思い出なら、沖縄出張の用務の終わった翌日、沖縄ならもう十分すぎるほど夏と言ってもよい六月、海洋博の施設を見物に行った際、車で案内してくれた地元の人がクーラーバックから出してくれたコカ・コーラの、CM通りの喉越しのスカッとしたさわやかさが、ぎらつく太陽の輝きとコバルトブルーの海を渡る風の残像を伴って想起される。山の思い出なら、中学生の頃、夏休みに登った月山の頂上に向かう道すがら、万年雪が溶けて沢になったと思われる清流に出会い、待っていましたとばかりに空瓶に濃縮ジュースを入れて、流れる水で薄めて飲んだ格別の味わいは、これまた喉越しの冷たさと共に忘れられない。頂上に着き、万年雪の中に　埋めてから味わった果物の缶詰の味も、NHKの『みんなのうた』で「アイスクリーム」を題材にした歌にあったように、「喉を音楽隊が通ります」といった感じだった。

軽井沢ほどではないにしても、東北の田舎の夏も捨てたものではない。

自然を生かして家が建っている田舎のこと、窓を開け放てば、必ずどこからか風が通り抜けていく。ましてや、生い茂る自然の中へ身を投ずる気になって一歩外へ出てみれば、木立を静かに揺るがせて風が気持ちよく吹き抜ける場所が必ず見つかる。多くは、広い敷地の農家の住宅の裏側に位置する土蔵の後ろの辺りで、こんな所は北側でひんやりしている。そこから畑などへと続く、周囲を取り囲む木々もこんもりとして豊かな空間はさわさわと風が渡り、天然のクーラーの様相を呈している。そんな場所を見つけて、本を持ち込んでは、ぼんやりと涼んでいたりした。もっとも、高校生の頃は、まるで読書家に値しなかった。教科書以外にまともに読み通した本と言えば、夏目漱石の『我が輩は猫である』一冊だけだったかもしれない。それも、オレンジ色の地に猫が描かれた角川文庫のカバーが気に入って買い求めたといった次第で、すっかり変色したページをめくると、「昭和四十年十二月三十日読破する」と書いてある。これでは「夏」ではなく、「冬」の日の思い出になってしまう。

ともかく、田舎育ちの習性から、夏は暑くても、どこからか風は起こって建物の中を通り抜けていくという思いがある。実際のところ、これまで住んでいた団地でも、風は面白いように部屋の中を駆け抜けて涼しさを運んできてくれた。このため、四棟九九世帯あった中で、当時クーラーを使わない家庭は僅か二軒だったが、終始一貫その名誉ある地位を占め続けていた。いかにも硬骨漢のようにも聞こえるが、実は以前住んでいた所で付けていたクーラーが故障してしまい、引越しの際に運び込んではきたものの、風が通ることをいいことにそのままベランダに放置してあったのだ。「人工的に冷やすよりも、自然の風が一番だよ」と、汗疹《あせも》だらけの子供たちに言い訳しながら、幾つもの夏を過ごして、クーラーなしは、額に汗して守り通した一家の数少ない伝統となっている。

こうして締めくくって、気象統計の恩恵に与かった上司にお見せしたところ、「社長にお送りしてみたら」と勧められた。恥を忍んで手紙を出してみると、社長からすぐに墨書による達筆の礼状が届いて、本当に恐縮したことがある。社長は、母校の甲子園出場を見届けられて、二〇〇五年の暮れに故人となられた。凛としてお元気なご様子だった印象からすると、とても信じられぬ思いがした。一家の伝統も、その後の暑さに勝てず、遂に白旗を揚げて宗旨変えしてしまったことは言うまでもない。

年賀状の出入り

ようやく年賀状の季節が終わった。やれやれといった心境だ。どこか確定申告に似ている。毎年繰り返すこの慣習は、かなりの負担だ。誰がこんな七面倒臭いことを始めたのかと、当たる宛てもなく呪いたくもなる。しかし、パソコンで年賀状を印刷できるようになると、年賀状への思いと手間暇も劇的に変わったが、その昔二〇〇七年にタイムスリップして、当時の様子を再現してみよう。

まず、師走に入る頃までに、自発的に出すものと返事する分と、一切合切賄えるだけの枚数を予測して、年賀状を買い込むのだが、これが競馬の予想のように難しい。頂戴する年賀状の枚数が年々少しずつ落ちていることや、喪中葉書の届き加減も勘定に入れて、当て推量してみる。その一方で、職場に年賀状の印刷の案内が、出入りの業者から回ってくるか、回ってこなければ、印刷を頼まなければならない。しかし、最近は、見本を何十種類か見せられても、選定するのに苦労する。というのは、例えば、「新春を寿ぎ、謹んでご祝詞申し上げます」とだけあって、干支に因んだ動物の絵などが全く書かれていない、シンプルなものを求めているのだが、ここ数年そうした見本にとんとお目にかかったことがない。文字だけの場合でも、「本年もよろしくお願い申し上げます」といった言葉が、必ずと言っていいほど添えられている。それは私が書く領分で、余計なお世話なのだが、それを先回りして印刷されては、今度は違う文句の添え書きを、いちいちひねり出さなければならなくなる。それでは、印刷効果は半減する。結局、その年もそうした添え書きが印刷してあったばかりに、文字のほうは「頌春」とだけ書かれていたものを、心ならずも選んだ。ところが、この読み方が分からない。調べてもらったら、「しょうしゅん」だと判明し、一つ勉強になった。その「頌春」には、やっぱり絵柄がセットされている。これまた妥協を重ねて、目をつぶった。

さて、年賀状の印刷が出来上がっても、いざ書く段となると、日延べの連続である。年賀状投函開始のニュースが入って、やおら重い腰を上げ、前の年の年賀状の入った箱を持ち出し、喪中の挨拶状とも引き比べながら、まず始めるのは年賀状を、いかに見込んだ枚数に絞り込むかだ。その年は三四〇枚のうち、返事用に四〇枚残して、三〇〇枚をそれに当てた。

ここで、参考とすべきは、前回相手方がいつ私の元に年賀状を届けてくれたかだ。元日に文句なく届いた年賀状は、翌年の優先順位が極めて高い。出した年賀状の返事と見られるものには、「返」という字を鉛筆で目印に付けているから、そうした浮世の義理で来たと推測されるものは、相手のご負担も考慮して、今回は、年賀状が余れば出すグループに編成替えとなる。ところが、最近の年賀状は、消印がないものだから、その判別に苦労する。二〇〇七年（平成一九年）一月一四日の新聞記事によれば、「年賀状の遅配　苦情二割増」とあり、「今年の年賀はがきの配達は、元旦が減る一方、一月二日以降が増え、後ずれ傾向が強まった」としているが、「民営化を控えた」郵政公社では、「差し出し遅く」「仕分け能力強化　余裕なし」と、小見出しで防戦している。私は苦情を寄せないまでも、結局、判定に迷った末、これは返事ではないだろうと良心的に考えて、また年賀状を出しては、今度は本物の返事と見られる時期に頂戴するか、そのままなしのつぶて、というケースを繰り返している。

ばつが悪いのは、今回差し控えた相手から、早々と年賀状が来る場合だ。そんな失礼をお詫びするように、翌年、いの一番に年賀状を差し上げると、今度は、遅れての返事である。お互いそんな呼吸の合わない、相撲の待ったのような堂々巡りを繰り返していることもある。中には、だいぶ前に引き上げて、当の本人は、所番地すら怪しくなった北海道に、毎年年賀状を出してくれる律義な人もある。また、名前はお馴染みでも、顔のほうがお馴染みではなくなって、道で出会っても気付かずに通り過ぎるだろうなあ、と自信を持って答えられる人も、何人か混じっている。もう十年以上会っていない人も相当の数に上るから、お互いとっさには分からないというケースもあるだろう。人生、上首尾にいっているかどうかはともかく、年賀状は目下のところ生きていることの何よりの証だ。職場や日常の付き合いなどで、本当に縁が深かった人とは意外に年賀状のやり取りがなく、年末年始に挨拶を交わす程度で済ますことも多い。

昨今はメール全盛で、前述の新聞記事でも、年賀状はその煽《あお》りを受けて、「昨年より一億四千万枚少ない一九億一九〇〇万枚で、七年連続の減少」だというが、簡便なものは、その分ありがた味も薄く、またある程度親しくないと、メールは出しにくいものだ。その点、年賀状は、何か書いてあってもわずか数行、しかもおめでたい正月でのこと、お屠蘇《とそ》気分も手伝って、相手は必ず目を通してくれる感じがする。これほど確実な伝達手段はないようにも思う。

ところで、字が極端に下手なので、年賀状は宛名書きだけでも、毎回冷や汗ものだった。おまけに、めっきり登板の機会の少なくなった万年筆が、機嫌を損ねているのか、安物だからか、インクがとぎれて出なかったり、そこを重ね書きすると、今度は線がうまく繋がらなかったり、修正液の出番も、ひっきりなしで、私まで機嫌を損ねること度々だ。字が馬鹿みたいに大きいものだから、住所が一、二行で収まり切れず焦ることも多い。こうした苦労の宛名書きに何日か費やしてしまうが、そこまでできあがると、何も書かずに年賀状を出す人も多いのだから、年中行事も八割方終わりかと、さすがにホッとする。パソコンで印刷できるようになり、ようやくその桎梏《しっこく》の苦しみから解放されている。

さて、次なる作業は、十年一日の如き添え書きを書き入れることである。添え書きのない年賀状は、味も素っ気もないと思うからだが、その割には、万感の思いがあっても、結局、無難なところを文字で現すと、「本年もよろしくお願いいたします」となってしまうこともあって、万感の思いがあってもなくても、この平凡な文句が定番となってしまった。これでは、何も書かないのと大差ない。もっとも、特にお世話になった人には、この機会に思いを込めて、と腹を決めると、案外、楽に気持ちよく書けるもので、びっしり書き込んでしまうこともある。絵心などまるでないから、目を楽しませることもできない。だから、素晴らしい版画や絵、さらには毛筆などで、見事に表現された年賀状を手にするにつけ、その人の趣味の豊かさに唸《うな》りたくなるが、全くもって羨望の念を禁じ得ない。

そんなふうにもらったりやったりする年賀状だが、気が付けば、亡くなる人あり、自然と途絶える人あり、年賀状をやめると通告する人あり、まれに別に入ってくる人ありで、議会の議席の入れ替わりを見ているかのようだ。ショッキングで心痛むのは、遺族から「本人は亡くなりました」との返事を頂戴する時だ。その年は、返事を出すのに足りなくなって、買い増しした年賀状も、ほんの二、三枚と、まずまず見通し通りだった。今では年賀状の枚数も、二〇〇枚に届かなくなってしまっている。

年賀状の極め付けは、お年玉抽選だ。切手セットくらいしか殆ど当たったためしがないが、それでも当たった年賀状の、その人との縁を、年の初めに改めて噛み締めてみる。お年玉の力には、大人もからっきし弱く、かくして年賀状狂騒曲にアンコールの拍手が続くのである。

稲盛和夫の経営哲学

二〇二二年八月二四日に九〇歳で亡くなられた実業家稲盛和夫の著作は、実体験に裏付けられた経営哲学と仏道修行の果実がコラボして、無限の説得力がある。会議に向かったあるホテルで、前方に著者を垣間見たことがある。長身のすらりとしたスーツ姿で、脂《あぶら》ぎったような印象の全くない、禅僧の如く何か考え込んでおられるふうな感じを残して、通り過ぎて行かれた。

NHKの『**100年インタビュー**』に登場した稲盛和夫は、一九三二年に七人兄弟の次男として鹿児島市に生まれた。印刷屋を営む裕福な家庭だったが、戦禍で家も工場も焼失して生活環境は一転した。

一二歳で旧制中学の受験に失敗し、翌年結核にかかり、受験も再び不合格となるが、そのまま就職することを覚悟していたところ、学校の先生から私立中学に願書を出しているからと勧められて進学する。高校でも地元の銀行にでも勤めて親の助けになりたいと思っていると、先生に大学に行きなさいと勧められて、第一志望は失敗するが、鹿児島大学工学部に進学する。重要な岐路に立った時、こうした善意の申し出を率直に受け入れる心があるかないかで転轍機が変わっていくと、八二歳の彼は、人生の節目で素晴しい方に出会って助けられてきたと、感謝の思いで「挫折だらけの青春」を振り返る。

一九九五年に大学の先生の紹介で碍子《がいし》を製造する京都の松風工業に入るが、経営状態も悪く給料の遅配もある中、研究課に寝起きしてセラミック素材の開発に打ち込み、わが国で初めてその合成に成功し、松下のテレビの部品に使われて業績は上向くが、日立から依頼されたセラミック真空管の試作に苦労していると、「京大工学部を出た連中にやらすからいいよ」と言う上司と対立し、辞めてしまう。

一九五九年に、世のため人のためと会社の使命を定めた血判状を作って誓い合った八人の仲間と、二七歳で電子部品メーカーの京都セラミック、今では京セラと呼ばれる会社を興すが、その際に何度も相談を受けた京都の宮木電機の西枝専務は「技術開発の先端で成功することは、千に一つもあればいいほうだよ」と言いながら、彼が中心となって資本金となる三百万円が集められ、会社の運転資金にするために彼は御所の側の家屋敷を担保に入れて銀行から一千万円の借金をしてくれたという。篤志家の面目躍如だが、稲盛和夫の将来を見込んだが故であるにしても、なかなかできることではない。

若手から給料と賞与の保証の要求があったことに目覚めて、「社員を幸せにする」ために徹した経営を行い、世界的企業になった後も、世のため人のための挑戦をやめない。五二歳の時には、全く畑違いの第二電電、現在のＫＤＤＩの設立に乗り出す。「動機は善なりや私心なかりしや」と半年の間自問自答を重ねた末のことだった。さらに、その判断基準は、「人間にとって正しいことか」の一点である。また、経営の苦労以前に、彼には「生き物として必死に生きるのが当然の義務」でもあった。そして、「世の中には生きとし生けるものがすべてうまくゆくようにという追い風が吹いている」という信念を持ち、前向きなきれいな心を考え方の基本に据えてかかれば、それが他力の力を招来して追い風を背に受け、熱意と能力も相乗して順風満帆となる。卑しいエゴの心ではそうはならないと言うのだ。

そんな彼を世間が放っておくはずもない。七八歳の時、固辞したものの経営破綻したＪＡＬの再建を任される。しかし、「もし失敗したらというのはこれっぽっちもなかった」という。これまでの経験則から、「もし駄目だったらと、ふっとでも思ったらそれは駄目だ」と思うほどに、引き受けるに当たって些《いささ》かの疑念も湧かなかった。五〇を過ぎた幹部社員に愚直に「愛と誠実さ」を説き、「立派な人間性」に基づいて意識を変えるよう求め、京セラでも行ってきたように「全社員の物心両面の幸福を追求する」ことを企業理念として確立し、僅《わず》か二年半で株式の再上場を果たすまでにV字回復させている。それは、大手航空会社が一社になってしまっては世の中のためにならないとの大義からだった。

経営など全く分からないまま技術者から身を起こして大経営者となった彼は、経営を学ぶ環境を自ら提供すべく塾を起こし、多くの本も出版していく。その著書に世界中の人々が魅せられている。

そして、100年後のメッセージとして「人類は生き延びていけるか、大変困難な時代を迎えているだろうが、果てしなく広がる人類の欲望との闘いであり、自分だけよければいいという利己の心ではなく、美しい心、利他の心を持ち、分かち合うこと、そうした人間の心が一番問われるのが100年後の世界だろう」と締めくくっている。

その『**心。**』という本には、著者の人生観がコンパクトにまとめられている。

心がすべてを決めているのである。それは、幼少の頃恐れていた結核に罹った自分と対比させて、病気を恐れず懸命に看病してくれた父や平然と生活をしていた兄が罹患しなかった事実からも明らかだと説き起こす。企業経営に携わるようになってからは、善なる動機から発していると確信できたことは、かならずや良い結果に導くことができたとの信念が生まれる。利他の心や「なんまん、なんまん、ありがとう」と感謝する心も当然そこに付随する。そして、仕事に没入していくことで、宇宙の真理というか、解が得られるようになり、そこに神のささやきがあることを実感するのだ。

著者は、天から与えられた富も才能も、社会に還元するのをモットーとし、強き心で成し遂げる思いの力を原動力としながら、人間としての正しさを常に経営の原点に置くのだ。そして、人格こそが決め手となって、組織はそのリーダーの「器」以上のものにならないと結論付けるのである。

心がすべてを決めているとする点には、全く異論がない。

真剣に心の底から願った事柄は成就するのに対して、どこかすっきりせず、生半可な思いや物事への恐れといったものが伴えば、皮肉にもまるではた迷惑であるかのように、不首尾な結果を招来するものだ。決断の動機は殊《こと》の外《ほか》重要である。動機が善なりやと自問自答する中には、世のため人のためといった利他の心が必ず作用する。商品を利用していただくお客様への感謝の心には、その期待に応えてさらに改良を図ろうとする思いも付随していくものだ。商品の改良に没頭すれば、現場に潜む神のささやきに助けられるような感覚になるようでなければ、ついに完成には至るまい。動機は善なりやとは、経営の原点に正しさを置く姿勢に他ならない。さりとて、物事は順調にいくばかりではない。紆余曲折を経る中で、あきらめず、強き心で成し遂げる思いの力を頼みの綱としてきたが、絶妙のタイミングで成就する様子に驚かされることも一再ならず、何かのご加護を感じることもある。

天から与えられた才能は社会に還元するという著者の考え方も、分かる気がする。小集団に身を置けば、企画立案の全ては、自分で発案し周囲を納得させ、実現に漕ぎ付けたものばかりと言ってもいい程で何の衒《てら》いもないのだが、それがこの集団での役回りなのであり、些《いささ》かなりともそれを才能と呼べるとするならば、仕事を通じて業界に還元されていると思われる節もある。組織はリーダーの「器」以上にならないとはよく言われることで、トップで九九％決まると喝破した識者もいた。

『心を高める、経営を伸ばす』も『心。』のポイントと多くは重なるが、「真剣勝負で生きる」を信条としているから、「競馬、競輪の類は一切しません。人生という長丁場の舞台で、生きている毎日、いや瞬間瞬間が真剣勝負だと思っていますから、ギャンブルで勝った負けたには興味がない」と打ち明ける。真剣勝負なのだから、毎日に安住することなく、常に「これでいいのか」と改良点を探し求め、「日々新たに創造する」努力を惜しんではならない。その指針となるのは、「人間として何が正しいのか」という姿勢であり、誰しもが悩みの種ともなりがちな「本能心を抑える」ことで「理性心」を導き手として、「大胆にして細心であれ」と「両面をあわせ持つ」ことの必要性を説く。

職場では「言葉に〝遊び〟を感じる話し方」ではなく、心底から「魂を込めて語りかける」。訴求力は遥かに訥弁のほうにある。夢か現《うつ》つか定かならぬほど物事はとことん突き詰めて「『見える』まで考える」先に、ようやく解がある。それを図や文字に表して、成功を先取りしてイメージ化するやり方もある。リーダーの一挙手一投足は、良くも悪くも「職場のモラルを体現する」鑑《かがみ》となる。二二年間仕えた松下幸之助の語録にも裏付けられた江口克彦の**『経営者の教科書』**にも「部下は上司にとって、自分を映す鏡である」とある通りなのだ。リーダーの才は授かりものであり、私してはならず、「集団を幸福に導く」ために還元されるべきである。また、単なる「信用を超えて無条件に買っていただける」ほどの「お客様に尊敬される」徳性と器量を持つべきであり、「値決めが経営を左右する」と断言する。これは「トップが必ず行うべきもの」であり、「トップが持っている哲学に起因」し、「値決めによって会社の業績が悪くなるとすれば、それは経営者の器の問題であり、心の問題であり、経営者の持つ貧困な哲学のなせる業だ」と述べる。そして、「命をかけるくらいの責任感で毎日を生き、その姿勢をどのくらいの期間続けてきたかということで、経営者の真価が決まる」のだが、「自分の全身全霊をかけて打ち込むということは、大変過酷なこと」で、「世間ではよく、トップとナンバー2との間には、天と地ほどの差があると言われて」いる如く、覚悟して「経営に打ち込む」姿勢を求めている。それは『経営の教科書』でも、「『人生マイナス仕事＝ゼロ』を甘んじて受け入れる覚悟なくして、経営を引き受けるべきではない」と、厳しく釘を刺している。

「値決めが経営を左右する」との著者の考え方には、深く共鳴するところがある。建設共済保険は、一〇％刻みで年間完成工事高に応じて六段階だった無事故割引率を二割拡大して一二％刻みとしたことから、掛金の収入構造に歪みが生じたばかりでなく、掛金減収圧力が九・一％もかかるとあって、国の公共工事予算が増額の一途を辿っているのに、平成二七年度以降掛金収入の伸び悩みに苦しんだ。その間、単身で各県の建設業協会を全国行脚することで、未加入の会長企業を始めとして加入していただく流れができたことと、極端に低加入率だった協会のトップが制度のメリットを理解されて会員に呼びかけて加入促進を計画的に進めていただく強力なリーダーシップにも助けられた。収支相償の原則を満たしていくために掛金の負担割合を保険事業に八五％、共済事業に一五％と分離する制度改正を平成二八年度に行った後、次なるターゲットは無事故割引率の改定に絞られた。『経営者の教科書』にも「将来から現在を考えるのが経営者の発想、現在から将来を考えてはいけない」とある通りだ。先送りという名の放置をしていては、経営責任など全うに果たせるものではない。保険金の支払額の多寡で支払備金が収支状況を大きく左右する保険経理上の特殊事情から剰余金が多額に出た年もあって、周囲の理解はなかなか得られにくかったが、次第に逼迫した収支が現出するようになり、半ば見切り発車するように改正手続きに舵を切った。認可官庁の人事異動も幸いして何とか改正に漕ぎ着けた直後に、コロナ禍もあって財政が憂慮される事態に陥っても、この改正が救世主となっている。

無事故割引率を改定すべく新表を制定するまでの過程では、何百通りもの案を考えてはどこか満足できず自分で没を繰り返し、二年余りの月日を費やした。しかし、ある日、コロンブスの卵であるかのような数字の並びができて、これまでの迷いが嘘のように消えてしまった。結局、全くの修正なしにそのまま通って、制度が運用されている。契約者のために徹した考え方ができたからであろう。窮地に立たされる度に、何かに助けられるかのように打開策が湧き出たのも同じ流れに他ならない。

さらにもう一冊、『心。』の前に刊行された『**生き方**』もまた、まさに同工異曲である。人生・仕事の結果＝考え方×熱意×能力という方程式を掲げ、「狂」がつくほど強く思い、実現を信じて前向きに努力を重ねていくことに成功の要諦がある。そして、すみずみまで明瞭にイメージできたことは間違いなく成就するというのだ。そのためには、楽観的に構想し、悲観的に計画し、楽観的に実行することで、現場に宿っている神の声が聞こえてくるまで、有意注意の限りを尽くす。人間がほんとうに心からの喜びを得られる対象は、仕事の中にこそあると言い、働くことで得られる喜びは別格であり、遊びや趣味では決して代替できないというのは、著者の生活実感でもある。

わが国の向かうべき国柄を論じて、武力や経済力ではなく、徳という人間の崇高な精神を国家理念の土台にして世界に接していくことを理想とする。そして、足るを知ることの重要性を説き、因果の帳尻はきちんと合うと断言し、そこに宇宙の意思、偉大な力を感得し、生れたときよりも少しでも善き心、美しい心になって死んでいくこと、それこそが宇宙が生を授けた目的であり、真にすばらしい人間は「無名の野」にいるとしながら、魂は輪廻転生するという仏教の考え方を信奉し、世のため人のために尽くすことを全ての基本に据えるのである。

考え方と熱意はこの場合、同義なほどに接近し、要するに「狂」がつくほどの真剣度に集約される。能力は、神の声が聞こえてくるまで追いつめてこそ、初めて結果が出る。楽観もせず悲観もせずといった鷹揚な姿勢が肝心だが、基調は楽観でなければならない。有意注意の先には、見える化したイメージがある。遊びや趣味では、刹那的な楽しみは得られても永続せず、馴れによる飽きが伴うのが通例で、所詮は自《みずか》らの域を出ることのない閉じられた営みであってみれば、開かれた人間社会との繋がりにおいて、働くことに優るものはなく、人生の妙薬であることは、著者と見解を同じくする。

少子高齢化が止めどもなく進行し、やがて人口大減少社会を迎えるわが国の将来像は、武力によるも経済力によるも、いずれも相応《ふさわ》しくなかろう。著者の説くように、徳の文化を通じて、足るを知る世界、地球環境とも共存共栄できる、持続可能な人類社会の再構築に牽引力を発揮していくことであろう。それは、宇宙が生を授けてくれた目的を人類全体で確認していく大作業でもある。世のため人のためという発想を、全世界のため全人類のためへと翼を広げていくときでもある。加えて、真にすばらしい人間は「無名の野」にいるという考え方は、今後ますます受け入れられていくに相違ない。そこには、もはや特定の人間を徒《いたずら》に崇め奉ることなく、すばらしい人間の集合体としての叡智に人類の未来を懸けようとする、デジタル化した新世界がある。

秀吉と運

豊臣秀吉の足跡を辿るとき、殆ど人生とは運ではないかとの感慨を深くする。織田信長との出会いがなければ、大出世など考えようもない出自だったし、明智光秀が本能寺の変を起こして信長が横死しなければ、天下人にはなりようもなかったことだろう。信長の妹お市の方の長女茶々と関係が生じる前に、本妻ねねや数多くの側室との間に子供が授かっていたら、秀吉の跡目はまた違った展開をみせていただろうし、秀吉亡き後の展開も全く様相を異にしていただろう。反面、種としての人の一生に限ってみれば、果たして秀吉は幸運児と言えるのだろうか。華々しい出世など縁はなくても、良き伴侶に恵まれてお互いの血を引く子孫を数多く残した者のほうが勝っているとも思われなくもない。

『「太閤記」の人間学　豊臣秀吉』に寄せて、中山あい子は『「誇り高き女」淀君の反逆』と題して、「秀吉は哀れ」で「気の毒な男である」と規定し、「国盗りも淀君のため。立派な城も淀君のため。朝鮮征伐も――。いくら踏ん張っても、淀君の本心、真心、愛情の手応えなんかなかったのだ」としながら、「嫌いな男と寝る女はいないだろうくらいの、つまりは、尾張の百姓の発想なのだ。女は厭な男とだって、歯を食いしばって寝る生き方が出来るのである。それも、手ごめ同様の出発なら、恨みで心を冷やしながら、お前など、という気持ちでも、可能な関係を保つことが出来る。（略）そう考えれば、淀君の生涯はただ屈辱の明け暮れであったろう」と女性心理を分析するが、異性運はまた別物だ。

いずれにしろ、人の歩む道は殆どあの時こうでなかったらのイフだらけである。運と呼んできた摩訶不思議な働きは、表面的には判断できないとらえどころのなさがあり、到底一筋縄ではいかない。

とはいえ、多くの人は、折に触れて実感される運の作用に、生かされているとか何者かに導かれているといった感覚を持っているのではないだろうか。そもそも生まれることからして、両親の結びつきは運以外の何物でもないし、生育環境、学校での先生や学友との出会い、入試等の試験問題、就職の面接やその後の配属先と人間関係、恋愛や結婚の相手、男か女かを含む子供に纏《まつ》わる苦労、両親を見送るそのタイミングや家の始末等々からは逃れられないし、それに人の上に立つ責任の度合いによって、その人の運が器の要素と共に大きくのしかかり、また重要視されてくるのだ。

田坂広志は**『運気を引き寄せるリーダーの七つの心得』**の中で、「優れた経営者は、例外なく、運が強」く「運気を引き寄せる力がある」として、「ポジティブな絶対肯定の想念」と「無邪気な人格」を持ち、「その体験を通じて、深い死生観を定め」た先に、「人生の『幸運』は『不運』の姿をしてやってくる」と受け止め、「成功者の自叙伝」に「偶然」「たまたま」「ふとしたことで」「折よく」「幸運なことに」といった言葉が頻発するように、「不思議な偶然」が「人生の転機」となり、時に遠回りのようであっても人生は「『大いなる何か』に導かれているとの絶対の信」に繋がるが、それは「『大いなる何か』が囁く『小さな声』」に「賢明なもう一人の自分」である心の奥深くの「真我」が気づくことであり、そうしたリーダーの「雰囲気」に体現される「無意識」がメンバーの「無意識」に伝播することを覚悟しながら、「心を浄化」し、メンバーに「使命感」や「志」を語り続け、「導きたまえ」と「全託」の思いで祈り、真摯に対処していくその要諦を説くが、全人生を懸けて悟りにも似た勘所を自得する過程で、成功者は例外なく根拠なき自信を持ち、自分は運が強いと思っているものだ。少なくとも、運が弱いと自認するリーダーにメンバーは率いられたくはなかろうし、また組織を任せるべきではあるまい。

『その巨善と巨悪』の虚実

わが国の政治的人間を顧みる時、田中角栄を外すことができまい。この稀代の政治家の存在を知ったのは、ラジオから流れてきた政治討論会である。「まぁ、そのぉ」と独特の節回しで、人心をとらえて放さない迫力のある語り口の面白さは、政治の世界の言説であることを忘れさせるほどだった。一目たりとも目にした人物ならば、ある種の確信を持ってその人となりのアウトラインを直観できるのだが、残念という他ない。どういう流れからこんなやり取りになったのか思い出せないが、「君は田中角栄が好きかね」と聞かれて「好きですね」と応じた、ある銀行の重役面接の結果は採用内定だった。

水木楊の『**田中角栄 その巨善と巨悪**』は、その筆力に乗せられて、ぐいぐいと読まされてしまう。副題の「その巨善と巨悪」が、言い得て妙だ。この人物には、日本人の善と悪の全てが、離れ難く共存しているかのようだ。時の総理佐藤栄作と眦《まなじり》を決して向かい合う写真が残っているが、何人《なんぴと》であれ臆する所なく、相手の心を見透かすように欲望に振り回されて止まない人間の弱点をつかんでは人心を捉えて離さぬ胆力と気働きは、一頭地を抜けていた。浪花節を唸《うな》りながら吃音を克服し、本人の劣等感とは裏腹に高等教育を受けていないことが強みにすらなって、頭でっかちになりがちなインテリ特有の弱みに陥ることもなく、実利的、即物的に考え、コンピューター付きブルドーザーと綽名されたように真っ向勝負する。それが、型にはまった教養を持つ者の度肝を抜き、真似のできない傑物として強烈な印象を与え、頼もしい決断と実行の人と映る。並外れたエネルギーとパワーの持主だった。早くから社会に出て修羅場を潜り抜け、経験知を蔵してきた者にはなまじ学歴など無用なのであろう。

『その巨善と巨悪』の説くところによれば、極貧の境遇から土建会社を興して、戦後二八歳で代議士に当選し、炭管疑獄の人となったものの、周囲に「総理大臣になる」と豪語し、利権絡みの議員立法を数多く手がけ、故郷の二田村の領主だった江戸の屋敷跡を買い取って目白の御殿の住人となる。「代議士になって大きな家を建てた、広い土地を買ったというようなお話を耳にすると、いったいどうやってそれだけのお金を稼がれたのかしらと不思議になります」と、麻生和子の『**父　吉田茂**』にあるが、代議士も限られた歳費の俸給生活者とすれば、実業家でもあったとはいえ殆ど無から一代で財を成した離れ業には驚きを禁じ得ない。誰しも毀誉褒貶《きよほうへん》は付き物だが、首相歴任者からも品格を疑う声があった。薬師寺住職と法相宗《ほっそうしゅう》管長を兼ねた橋本凝胤《ぎょういん》師は、徳川夢声の『**問答無用**』の対談で、「ありゃ極道もんじゃで。私と同じ書道の師についとったのでよう知っとる」と前置きし、「極道に人間らしい政治はとれん」とにべもなかった。保阪正康の『**田中角栄の昭和**』では、軍隊時代に焦点が当てられている。昭和一三年、二〇歳の時に徴兵検査で甲種合格した田中角栄二等兵は、翌年満州に送られるが、翌々年に野戦病院へ入院し、「クルップス肺炎」の診断がなされて内地に送還されている。帰国して病気療養後の活躍は目覚ましいものがあり、軍の御用達になって財を築き、戦後の政界進出の足掛かりとなり、越山会という強固な後援会を組織して圧倒的な得票数で当選を重ねた。

『その巨善と巨悪』に戻り、三九歳で郵政大臣に就任以来三〇年政界に君臨した、この人物の実像かと思える箇所を拾うと、陳情者の証言として、「天下の代議士に頼むのだ。分かっているだろうな」と威《おど》しをかけたとする辺り、あるいは四四歳の史上最年少で大蔵大臣となり、記者たちが来ていることを知りながら、役人に聞くに耐えない罵声を浴びせたが故に廃人同様になった者もあるとの件《くだり》、何と言っても圧巻は、経営難に陥った山一証券を救済する秘密会議の席上、渋る三菱の頭取に対し、「手遅れになったらどうする！　それでもお前は銀行の頭取か」とドラ声を上げる場面、それでいて「永田町のカサノバ」と呼ばれたほど女性にはよくもてて子もなし、選挙区でも女性たちの熱烈なる後押しを受けるなど、「気配りの良さをもたらしていたのは風貌に似合わぬ繊細さ」であり、「豪放磊落に見える人間は、実は往々にして繊細な神経の持ち主であることが多い」が「田中はその典型」だと言い、自分の評判には殊《こと》の外《ほか》神経質で、書かれることを嫌ってマスコミとの軋轢《あつれき》も絶えず、「その筆跡はとんがり神経がむき身のまま蠢いているような」感じだ、と著者が指摘するところである。

持論の「日本列島改造」熱に石油ショックが重なって狂乱物価をもたらし、顔面神経痛で口元が曲がるほど対策に追われた。森省歩の『**田中角栄に消えた闇ガネ**』では金大中拉致事件の政治決着を企図する韓国側から大平外相の分を含めて四億円が田中首相の自宅で密使を介して手渡されたと証言を交えて記されているが、真偽のほどは分からない。田中内閣の最大の業績は、日中国交回復と言われるが、その舞台裏は危ういものだったようで、一筋縄ではいかない交渉にいらだつ盟友を「駄目でもともと」となだめながら、その実、血圧も二〇〇に跳ね上がり、血尿を流し、必死の思いでいたとのこと。とはいえ、帰国後両院議員総会に臨み、反対派を黙らせた論法と迫力は見事である。しかし、絶頂期はここまでで、企業ぐるみの金権選挙と言われた参議院選挙に破れ、田中金脈問題や身の回りの女性にまつわる話をスクープされて、あっけなく退陣に追い込まれてしまう。やがてロッキード疑獄が発覚して逮捕されるものの、逆風に棹さして田中派を拡大させて裏の権力を行使しつつ復権を図るが、一審で懲役四年、追徴金五億円の判決を受けて控訴中に、自分が佐藤派を乗っ取ったのと同じように竹下登に派を奪われて、激憤のあまり脳梗塞に倒れてもの言えぬ人となり、すっかり涙もろくなった写真が印象的だったが、闘病すること八年、七五歳でこの世を去ったのである。

ＮＨＫが未解決事件として放映したロッキード疑獄では、丸紅から渡された五億円の意味合いと、一兆円にも及んだ軍用機Ｐ３Ｃ（対潜哨戒機）の導入を巡って二一億円が渡ったとされる児玉誉士夫を介した金の行方のほうが、国産計画が急遽《きゅうきょ》中止されただけにむしろ気になるが、深い闇の中だ。

元首相と握手したこともあると言う松本市壽は、『**ヘタな人生論より一休のことば**』で、「かつて首相だった男は、新潟県柏崎の荒浜海岸をタダみたいな安い金で買収して東京電力に売りつけ、四億円の裏金をつくく」り、「裏金を配って自民党総裁選挙で当選し、総理大臣となった」が、一休が喝破するように「すべての人は、（略）じつは運命の操り舞台を踊らされている操り人形にすぎない」と述べる。

強い光と深い闇が交錯する田中角栄は、書く者の想像力を刺激し、評伝の出版は今も目白押しだ。しかし、どんなに褒め称えられようが、筆誅を加えられようが、真実は天知る吾知るのみだ。結局、評価以前に、当人が心底どんな思いで生き、どんな思いを残して世を去ったのか、これこそが最も肝心なことであろう。この人物の軌跡は戦後そのものを象徴するものだ。政治家批判にタブーなき現代は無論のこと、日本が戦後の混乱期を迎えていなければ「田中角栄」はあり得なかったかもしれない。しかし、徒手空拳だった人物を最高権力者にまで押し上げる日本は、何と開かれた民主国家だろうか。その巨悪を見せられれば、諸悪の根源として蛇蝎の如く忌み嫌う者もあり、その巨善に接すれば、不世出の英雄の一人として、今太閤の如く崇めて羨望する者も多い。その振幅はあまりにも大きい。

経営の教科書を現実に当てはめると

図らずも要請されるまま、ペーソス君が、平成二七年二月に臨時に開催された理事会と評議員会の決議を経て、理事長の職を務めることとなった。後で知ったことなのだが、この法人は、私財を投じて設立されたもので、取り扱う事業は特定業種への保険商品の販売であり、事実上民間企業と競合関係に立つ以上、そのトップと言うことは、一般的にイメージされる理事長と言うよりも、いわゆる経営者であるのも同然であり、実は生半可な覚悟では引き受けられないような役職なのだった。さらに、常に黒字を出すような健全経営を要請される保険事業と、公益財団法人を選択したが故に黒字を出さないことが至上命題とされる収支相償の原則とが真っ向から対立して、にっちもさっちもいかない状態に陥っていた。当方の担当者が内閣府に赴いた際にあまりの制約の厳しさをぼやいたところ、「公益法人を選んだのはそちらでしょうが」と言われたという。国も税収には苦労しているのだから、こんな苦労を抱えるくらいなら、応分の税負担はしたほうが良かったのではないかと、思えるほどだった。

就任してペーソス君が挨拶に伺った先では、「いっそ身売りでもしたらどうですか」といった軽口も聞かれたが、解決困難な実情をとうに見越しての発言でもあったのかもしれない。意地でも真っ当な解決策を打ち出してみせると、逆に闘志を燃やした。こうした難題が立ちはだかる中で、仕事のことが二四時間頭を離れなくなった。こんなことは、これまでの職業生活ではなかったことだ。ましてや、自《みずか》ら編み出した企画や意思決定を行うに当たって、その結果責任を己独りが全て負うなどといったことは、組織の一員であってみれば、通常ではあり得ないことだったのである。

ところが、常勤役員を併せても二〇人を少し上回る程度の小集団にあって、先を見通しながら思い切った企画に手を染めようとすれば、結局ペーソス君自らがアイデアを紡ぎ出し、部内と関係方面に当たって感触を確かめながら、一歩一歩前進させていくより手がなかった。そのアイデアが成案となるまでは、無意識的にも解を求めて模索を続けているようで、夜中にふと目が覚めて、行き詰まっていたアイデアを打開する別案を思いつくこともしばしばだった。そうなると寝返りを反復して、何の因果でこんな苦労を、とぼやきたくもなるのだった。実際にぼやいたこともある。ある懇親会場で、内閣府で要職にあった人に収支相償の原則の苦労話をしたところ、その道に詳しい彼は、しばし間があってから、「一般法人を選んでいたらよかったのに…」とポツリとコメントした。現に当時、多くの建設関係の法人はぎりぎりまで公益の道を選択肢としながら、最終的に一般の道に舵を切っている。

しかし、これも様々な事情の中から懸命に選んだ道なのであろう。どんなにその山道は険しくとも誰もが安心して通れる道筋をつけていかなければならない。一山乗り越えたかと思うと、ホッとする間もなく、まるで怠慢を許さぬかのように次の課題が待ち構えているか、新たな課題に自ら気づいてさらにチャレンジ精神を燃やし続けていくことになる。ペーソス君はそんな日常の繰り返しになった。

飯塚昭男の『**リーダーの研究 Part Ⅱ**』には、「社長の仕事は、想像以上に重く、ストレスも多く、夜も眠れずに睡眠薬の厄介になることもある」とした上で、ある社長の述懐として「副社長を務めている頃は、トップとの差は十対一ぐらいと思っていましたが、いざ運命のめぐり合わせで社長になってみると、(略)『無限大対一』という感じでした。(略)最終的には自分で決めなければなりませんから」を紹介し、「秩序やシステムが安定している時代では、トップ・リーダーの比重はそれほど重くない。

現場が良く働き、中堅幹部がしっかりしていれば、並の人間でも人格がしっかりしていればトップは務まる」が、「時代に合わなくなったものを切り捨てて、如何に新しい価値を創造するのか」、特に「危機に直面したり、失敗してから問題を処理することは誰でもやることだが、まだ余力のあるうちに現状を打破することはまことに難しい」とある。ともあれ、やり過ごす代替案などあり得なかったのだ。

かくして間欠的ながら眠りの浅い夜を幾晩も過ごしつつ、成案がいよいよ具体化するまでは、ペーソス君は決定の正しさを信ずる気持ちで不安や迷いを抑えながら、説明は全て一人で受け持ち、理事会や評議員会も通して関係官庁への申請に及び、予想外の紆余曲折はあったものの、ともかく事業構造・財政構造の見直しは認定・認可されて、平成二八年度からの実施に漕ぎつけたのだった。

次いで、この大幅な見直しが契約者に受け入れてもらえるかが心配の種となる。一年更新の保険商品は、契約更新率が鍵となるのだ。四月は九四％台と例年を一％以上も下回った。疑心暗鬼が募りかけたが、契約更新率はやがて上昇を始めて九六％台となり、年度後半からは九七％台に定着するようになって、そうした状況が最近まで続いている。誠にありがたい限りだ。

さらに、ペーソス君は、障害八級以下は国の労災保険で相応の補償が直接被災者に一時金で支払われるため、建設共済保険は一時金の補償が少ない七級以上の重度の障害と死亡に補償が絞られている設定なのに、八級以下の補償を他の保険とタイアップする話がまとまりかけていたのに待ったをかけて白紙に戻すと共に、平成二八年度の改正では後回しにせざるを得なかった無事故割引率の二割拡大で生じている歪みを是正する改定へと照準を定めた。というのは、一〇％から六〇％までの一〇％刻みで年間完成工事高の多寡に応じて六段階となっていた無事故割引率を平成二七年度に二割拡大したことで一〇％刻みが一二％刻みとなったため、一二％から七二％までと上下格差が拡大すると同時に、年間完成工事高の上昇傾向が強まり契約者間に二極分化の動きが顕著となっていく中で、年間完成工事高の区分が上昇すればするほど掛金が割安となる一方、下降すれば今度は割高となるだけでなく、保険金が支払われた翌年度の無事故割引率は半分となることから掛金が跳ね上がる状況も生まれ、全体としては掛金に押下げ圧力が九・一％も働くため、国土強靭化の流れもあって契約者全体の年間完成工事高が伸びているにもかかわらず、殆ど掛金収入が増加しない状態が数年続いていたのだ。減収となってもおかしくない状況を回避できたのは、必死の思いで全国行脚して未加入の会長企業に一一社、副会長企業に八社などご加入いただいたことと、意気投合した会長を擁する協会が二％程度だった会員加入率を年々高めて五〇％以上に達する勢いがあったからだ。このため、規模の大きな企業が増加する加入実態の変化と掛金の収入構造との調整を図るべく、随分とその折衝に時間がかかり困難を極めた末に、無事故割引率の二割拡大の改定に漕ぎ着け、年間完成工事高一〇億円以上の区分を細分化して全体を一二段階とする無事故割引率とするものの、激変緩和措置として五年間の経過措置を設け、年間完成工事高の区分が上昇する契約者と保険金の支払いがあった翌年度の契約者並びに新規契約者に限ってその改定内容を適用することとした。また、四千万円では足りないという声を受けて、二一年ぶりに保険金区分五千万円を新設した。併せて検討された剰余金の解消策については、労働安全衛生推進事業への運用が望めなくなったため、予定していた一九億六五百万円は異常危険準備金の上限に程近くなる水準まで全額積み増しを行い、財政基盤を盤石なものにしたが、さらに令和二年度に七億四二百万円の新たな剰余金が発生したので、収支相償の原則の桎梏《しっこく》に終止符を打つため、剰余金を三年平均にして全額還元する契約者割戻金制度を創設することとした。当団の経営方針の最初に契約者配当はしないと書かれていたが、その百八十度の転換である。こうした令和三年六月以降順次認可された一連の制度改正により、加入促進の道具立てが出揃ったことを踏まえて、令和四年一〇月に加入促進戦略を全面改定し、五千万円の新設を契機とした保険金区分の増額と未加入を含めた保険金区分一千万円プラス運動を提唱し、掛金収入四〇億円の早期達成を目指している。

経営学の世界的泰斗ドラッカーは、『**経営者の条件**』（上田惇生訳）の中で、「経営管理者のほとんどがエグゼクティブである」と規定し、「成果を上げることがエグゼクティブの仕事である。成果をあげるということは、物事をなすということである」が、「知力、想像力、知識と、成果をあげることとの間には、ほとんど関係がないかのようである。頭のよい者がしばしばあきれるほど成果をあげられない。彼らは頭のよさがそのまま成果に結びつくわけではないことを知らない」と、到底一筋縄ではいかない現実世界には、より幅広い能力が求められることを示唆しながら、「成果をあげ組織が成果をあげることを望む者は、計画、活動、仕事を常時点検する」のも「組織は油断するとすぐ体型を崩し、しまりをなくし、扱いがたいものになる」からで、その結果として、新しいものへのチャレンジが始まることが多いが、「新しいものに易しいものはない。新しいものは必ず問題にぶつかる」のだから「新しいもののために新しく人を雇うことは危険である」として、「新しいものは、実績のある人、ベテランによって始めなければならない」とする。

それは「新しい仕事というものは、どこかで誰かがすでに行っていることであってもすべて賭けである」からで、「したがって経験のある人ならば、門外漢を雇って新しい仕事を担当させるなどという賭けを倍にするようにまねはしない。よそで働いていたときには天才に見えた人が、自分のところで働き始めて半年もたたないうちに失敗してしまうという苦い経験を何度も味わっている」と釘を刺す。

物事を変革させることに手を染めようとすれば、現状維持派を中心に様々な抵抗が出てくるのは容易に想像できるが、「エグゼクティブが直面する問題は、満場一致で決められるようなものではない。

相反する意見の衝突、異なる視点との対話、異なる判断の間の選択があって初めてよく行いうる。したがって、決定において最も重要なことは、意見の不一致が存在しないときには決定を行うべきではないということである」と、反対意見に鍛えられて成案を得ていくことのプロセスの重要性を説く。この感覚は、そのような雰囲気や風潮に抗して自説を練り上げて粘り強く説得に努め、これまでの全てと言っていいくらい例外なく当初困難と見られていた物事を推し進めてきた限られた経験からも、実によく分かる。だから、「一般的に成果をあげる決定は苦い。ここで絶対にしてはならないことがある。もう一度調べようとの声に負けることである。それは臆病者の手である」。「決定の意味について完全に理解しているという確信なしに決定を急いではならない」のは鉄則でも、「意思決定の正しさを信ずる限り、困難や不快や恐怖があっても決定はしなければならない。しかしほんの一瞬であっても、理由はわからずとも、心配や不安や気がかりがあるならば、しばらく決定を待つべきである」が、「数日せいぜい数週間までである。それまでに神霊が話しかけてこなければ、好き嫌いにかかわらず精力的かつ迅速に決定をしなければならない」仕儀と相成り、決定者は結果責任を全て背負うことになるのだ。ドラッカーほどの人が、「神霊」といった言葉を使っているのには驚かされる。

フランスの文学者アンドレ・モーロアもまた、『**私の生活技術**』（中山真彦訳）の中で、出色の指導者論を展開する。「万人の指導における平等というものは考えられない。頭に立つもののいない社会というものは考えられない」ことがその出発点であるが、「そもそも指導者の決定という問題には、これこそが完全な解決策だといったものは存在しない」けれども、「ただいえることは、選挙されるにせよ、任命されるにせよ、生まれながらにしてまたは力によってみずから指導者となったにせよ、長たる者に不可欠ないくつかの能力を持っていなければ、その地位は長くは保てないということである」と当たり前のことに言及した後、「長たるものに許される情熱はただ一つしかない。自分の仕事と職務に対する情熱である」と規定し、「長たるものの役目の一つは、配下にある人間たちをよく知って、そこから腹心のメンバーを選抜することである」が、さらに「指導者の持つもう一つの権利は、存続する権利である。ある適当な期間在任することなしに、どうして大きな成果をあげることができようか?」と疑問を呈し、「実際やらせてみて、どうしても人選がまちがっていた、職務にふさわしい人間ではないということが明らかになった場合は別として、そうでなかったら、その地位を維持させてやることだ。在任期間が長ければ、顔も広くなり、権威も増すというものである。リヨテ将軍に、モロッコでの成功の秘訣は何であったか、とたずねた人がいた。『私は十三年間在職しました』というのが将軍の返事であった」と、地位を軽々にたらい回しする愚を避けるよう訴える。しかしそれは、「指導者は、みずからをその地位にふさわしいものにするよう日々努めてこそ、その権力を保つことができるのである」ことは言うまでもない。そして、「一つの集団なり一つの企業なりをひきいるものが、私利私欲に走るだけだとしたら、それは指導者とはいえない」ことはもとより、「人を指導する立場にありながら、怒りや恨みに左右されたり、あるいは逆にえこひいきをしたり、近親者だけを引き立てたりするのも、頭に立つべき人ではない」と警告するのだ。

また、「彼は軽々しく人に交わるべきではなく、神秘の雲につつまれる必要さえある」と述べ、「つくられた人物のイメージは、現実のその人に劣らず、世を指導し統治するものだ」とも説くのだが、理事長には、法人を代表してのトップセールスも欠かせない。コロナ禍で長らく中断のやむなきに至ったが、ペーソス君は就任当初から全国行脚を標榜し、初対面に近い都道府県建設業協会の会長と専務理事を中心に懇談会食する出張を時に連続して可能な限り日程に盛り込んだ。少ない職員に随行を求める余裕などなく、単身であることにはいつも驚かれたものだ。国土強靭化関係予算の拡充の流れとは逆行するかのように、掛金収入が殆ど増加しなかった苦しい時期が、平成二七年度に実施した無事故割引率二割拡大から令和三年一〇月の無事故割引率の改定を主とした制度改正まで六年も続いたが、未加入の会長企業等にご加入いただいたことで、その間を何とかしのぐことができたように思う。

役所にいれば、行動しないことも有力な選択肢となる。減点主義となれば、なおさらのことだ。しかし、それをこの法人で行ったら、業績は下降する一方となる。業界内の競争は厳しい。一生懸命に率先垂範していたのに手を緩め始めれば、掛金収入は、ピークだった平成一〇年度の七一・三億円が平成二四年度に三〇・九億円まで落ちたように、減少の一途となりかねない。顔の見えない相手や気心の知れない相手と提携関係を結ぼうとする者は少ない。ましてや、会長が交代すれば事情が一変するのが通例だ。繋ぎとめるには懸命な努力とトップ同士の信頼関係の再構築が必要とされる。だから、この法人の論理は限りなく民間企業に近い。こうしたことに腰が重いようでは、その前途は厳しい。

ドラッカーは前掲書で、「組織には、違うものの見方の人を部外から入れてやる必要がある。内部の力だけで成長しようとする組織は澱み、何も生み出せなくなる。しかしリスクが大きなトップの地位や、重要な新しい活動の責任者には、外部からの人間をつけてはならない。外部の者はまず初めに、トップの次の地位や明確で誤解のしようのない活動の責任者の地位につけるべきである」と人事の壺を伝授する。俗に言う水に合うか否かなのである。特に小集団においてトップ人事は死命を制する。

青木仁志は『**一生折れない自信のつくり方**』の中で、「当事者意識のない経営者は、経営者とは呼べません」と前置きし、「この『背負う』という考え方がとても重要」で「辞めないという気持ちこそ、よい経営者の条件」で、彼らには「『他の誰かに任せるぐらいなら自分がやる。自分がこの会社を守らずして誰が守れるんだ』という強烈な当事者意識が隠されている」と指摘し、「『すべて自分でやる』というのが経営者です。本来は1から10まですべて自分でやらなければなりません」と結論付ける。

このような組織における仕事の運び方であったから、あらゆるものの打ち出しには自分の言葉が書かれている。だから、各種の会合での挨拶は、全て自前のスピーチである。ある実力会長も、企画力や行動力に極めて優れ、弁が立ち、書かせても筆が立つのを見ている事務方は、会長が自作して対処するのを見越して、原稿を頼んでも通り一遍の物しか用意しないため、結局あらゆる会合の挨拶は自分で用意するしかなくなったと苦笑していた。当方も同じように、企画発案の基は自分にあるとなれば、その真実の狙いや思いを一番分かっているのは自分をおいて他にない。自作自演も、本当のところは頼りたくても頼りようもないからで、いつもメモなしで対処するようになった。ジェフリー・フェファーの『**出世7つの法則**』（櫻井佑子訳）にも、「メモを持たずに登壇して、テーマに精通している印象を与えることはとても大切だ」とあり、「万事心得ているという印象を与え、資料を見ずに聴衆と直接心を通わせるため」、「力強い印象を与えるために何より勧めたいのは、聴衆とのコンタクトの邪魔になるようなメモや小道具を使わないことだ」と力説するが、我が意を得たりとばかりに膝を打った。

飯塚昭男も前掲書で、「指導者たる者は、助言者の手を借りずに自分で会見を仕切り、一〇〇％自分の言葉で語り、どのような質問に対してもすぐに応接し、分かりやすく相手を説得しなければならなくなった。スピーチは、その人のすべてを語ると言ってよいだろう」と、説明責任をリーダーの必須の要件に掲げる。また、「誰にとっても『文章を書く』ということは大事」であり、経営者が「文章を書くことを軽視すれば」「議論や人を説得することが下手になり、仕事を進める上でどこかに欠陥が生じてしまう。そして幹部としては不適格になってしまう」と警告する。

他方、ドラッカーは、「人には『読む人』と『聞く人』がいる。読む人に対しては口で話しても時間の無駄である。逆に、聞く人に分厚い報告書を渡しても紙の無駄である」と説く。相手を見極めて臨む必要があるが、「聞く人」を基本に要領よく説明した上で「読む人」用に紙で駄目を押すべきだろう。

極端なほど世の中の変化のスピードが早くなった。変化したくなくても変化していくしかない、そんな時代を事業運営する者全てが迎えているのだ。ドラッカーも前掲書で、「自らの経営を疑いつつ、変化に即応していつでも自己革新の出来る人間でないとリーダーシップは発揮できない」とあり、「変化こそ状態である」から「古いものの計画的な廃棄こそ、新しいものを強力に進める唯一の方法である」だけに「一国の興亡は指導者にあり」と続ける。「自らの経営」を棚に上げて、業績悪化の理由をそれ以外に求める説明に長けた「経営者」であってはならないのだ。

四年ぶりの会長会

本日は大変お忙しい中お集まりいただきまして誠にありがとうございます。
また、皆様方には日頃から私どもの建設共済保険事業の推進に格別のご理解とご協力を賜っておりまして、この場をお借りして厚く御礼申し上げます。

四年ぶりの開催となりました。まるでオリンピックのようであります。

この間、当団は令和二年一一月に制度創設五〇周年を迎えましたけれども、コロナ禍によりまして記念式典は断念せざるを得ませんでしたが、その分制度改正に注力いたしました結果、ある業界紙の優秀な記者の表現によりますと、「建設共済保険は進化した」とのことであります。

ご案内のように、令和三年一〇月から無事故割引率の二割拡大の歪みを是正するために、無事故割引率の改定を五年間の経過措置を設けて実施しております。また、四千万円では足りないという青森や神奈川といった協会の意向を受けまして、保険金区分五千万円の新設を二一年ぶりに行いました。

その一方で、労働安全衛生推進事業の財源に予定しておりました累積剰余金一九億六五百万円については、その運用が望めなくなりましたので、全額異常危険準備金の法定の上限の程近い水準まで積み増しを行うことで、財政基盤は盤石なものとなりましたけれども、余りに多額な剰余金が出たものですから、保険事業の掛金負担割合は八五％から八二％に圧縮されて認可されたところであります。

これらを受けまして、手数料の改定、安全衛生用品の頒布額の見直し、一般助成や特別助成の要件の改正を行わせていただきました。

ところが、令和二年度においてまた剰余金が七億四二百万円発生いたしまして、新たな剰余金解消策が求められるところとなりましたので、損害保険業界としては初めてのことでありますが、契約者割戻金制度を創設して令和四年度から実施しております。これによりまして、剰余金が発生いたしますと、三年平均にして全額契約者に還元されることとなりますので、長い間苦しめられてまいりました収支相償の原則は恒久的にクリアできることになります。こうした一連の制度改正を経まして、加入促進の道具立てが一応整いましたので、令和元年度から毎年策定しております加入促進戦略を昨年一〇月に全面的に改定して今日に至っている次第であります。

そこで、令和四年度の決算見込みについてでありますが、今年度は契約者割戻金がスタートした年度でありますので、何としてもその原資となる剰余金を令和二年度の七億四二百万円以上に発生させたいものだと強く念願しておりましたが、お蔭様でどうやら達成できそうな状況であります。掛金収入は三六億二千万円でありまして、前年度比で三・六%、一億二七百万円のプラスであります。全体の完工高に殆ど変動がない中での増収は専ら制度改正の効果によるものであります。ちなみに、掛金収入が三五億円以上となったのは一四年ぶりのことです。このうち、保険事業収入は二九億六七百万円でありまして、前年度比で一・四%、四二百万円のプラスであります。これに対しまして、保険金の支払額のほうは一三億一千万円を見込んでおりまして、前年度比で八・二%、一億一六百万円のマイナスであります。予算上は一五億四千万円を計上し、収支差二億一六百万円を予定しておりましたが、保険会計上の特殊要因であります支払備金の繰入額に一億一千万円計上いたしていたところ、繰入どころか戻入が二億一四百万円発生することなどから、八億二九百万円の剰余金が発生する見込みであります。これは全額契約者割戻金準備金に繰り入れることとなりますが、その三分の一の二億七六百万円ずつ割戻されていくことになります（注1）。契約更新率は九七・〇％（最終的には九六・九％、以下同じ）で前年度比〇・四％（〇・四％）のマイナスであります。新規加入数は目標数が八七七社でありましたが、コロナ禍もありまして大きく下回る七〇〇社程度（七〇八社）にとどまる見通しであります。会員加入率は五二・四％（五二・五％）で前年度比〇・四％（〇・二％）のマイナスでありまして、会員は新規加入数も低下しておりますので、何らかの会員対策が必要であると考えております。

次に、来年度の重点でありますが、第一は何と言いましても契約者割戻金の第一回目の支払を滞《とどこお》りなく実施することであります。割戻金は過去に遡《さかのぼ》りまして、令和二年度分が二億四七百万円、令和三年度分も二億四七百万円、令和四年度分は二億四七百万円に見込ではありますが二億七六百万円を加えた五億二三百万円がそれぞれ割り戻される訳でありますが、ごく大雑把にイメージをつかんでいただくために申し上げますと、割戻率はそれぞれ九％、八・五％、一七・七％、これを掛金に置き直しますと七・五％、七％、一四・五％といったような具合でありまして、これら三年分が一括して九月に支払われますので、先ずは実感していただきまして、その後の加入促進に拍車をかけてまいりたいと考えております（注2）。

二つ目は、昨年一〇月に全面改定した加入促進戦略を積極展開することであります（注3）。協会が重点とする支部が二六協会で七四支部ございますので、支部対策としては現在、会員加入率九〇％の支部については、会員数三〇以上は五〇万円、三〇未満は四〇万円、ただし会員数一〇以上三〇未満については会員加入率が一〇〇%の場合四五万円助成しておりますが、これを五〇万円に引き上げることといたします。また、保険金区分五千万円、現在七七一社（年度末で七八三社）にご加入いただいておりますが、この新設に伴い保険金区分の増額と未加入を含めた保険金区分一千万円プラス運動を提唱いたしておりますが、単なる掛声だけではない相連動した会員対策が必要であります。そこで、令和五年度から令和八年度までの当面の間、一千万円プラス運動における会員の増加割合に応じて、すなわち令和四年一〇月一日以降の会員の保険金区分増額実増数に会員の新規加入数を加えたものを令和四年一二月末の協会会員数で割って得たパーセンテージが一〇%刻みで増加する毎に五〇万円を一般助成金に上乗せして協会にお支払いすることといたします。ただし、その年の一二月末の協会会員加入数が基準となる令和四年一二月末の協会会員加入数を上回っていることが大前提となります。このようにして会員加入率の向上を目指してまいりますが、実際の支払は令和六年度からとなります。

三点目は、全国の会長企業の加入が四〇社に及び、前会長企業が引き続いて加入している分も加えますと、全くの空白区は四協会となる中で、完工高一千億円を超えるような会長企業等については、令和四年度の事業計画にも明記しておりますが、来年度は当団が掛金の一〇%を充てて実施しております育英奨学事業と四七都道府県建設業協会の活動を支援する一般助成事業の趣旨にご賛同いただける場合には、経審情報の完工高に基づく掛金の一〇%相当額を目安にして当団と協議の上で、賛助掛金といった形でご寄付いただくことも選択肢の一つとして新たに提案させていただきたいと考えております。大変難しい課題であることは重々承知いたしておりますが、ご検討を願えれば誠に有難く存ずる次第であります（注4）。

次に、工事現場単位契約と他の保険との重複加入問題につきましては、公共工事の受注の際には法定外の労災保険の加入証明書の写を提出すれば何もわざわざ重複加入する必要など全くないことを関係六三四企業に通知いたしましたので、更に徹底してまいります（注5）。

以上でありますが、当団は特約を結んでおります全建と来年度もタイアップして二人三脚で、「契約者と業界の発展のために」をモットーに、四七協会共々になりますと、四九人五〇脚で足並みを揃えて邁進したいと願っております。契約者割戻金が支払われる来年度を契機として進化する建設共済保険をできるだけ分かりやすい資料を作成するなどしてアピールしてまいります。どうか皆様方の倍旧のご支援・ご協力を切にお願い申し上げまして、私の挨拶とさせていただきます。

（二〇二三年三月一五日・経団連ホール）

（注1）　毎年三月の保険金の支払動向に当該年度の保険収支が大きく左右されているが、過去一〇年間では二〜三億円支払われた年度が半数を占めていたところ、令和四年度は前年度（未払金一六百万円を含む五八百万円）に続いて支払額が七千万円にとどまったため、保険金の支払額は見込額を一億円強下回る一二億八百万円に収まり、連動して支払備金も見込みを一億円弱上回る三億一千万円の戻入となった一方で、掛金収入は三六億五八百万円と前年度比四・七％一億六五百万円増で、保険事業収入は二九億九八百万円と前年度比で見込みを三百万円強上回る二・五％七三百万円増となったため、八億二九百万円と見込まれた剰余金は一〇億四八百万円に達するところとなり、全額を契約者割戻金準備金に繰り入れて、その三分の一に当たる三億四九百万円ずつ契約者に割り戻されることとなった。

もっとも、新年度になってからの四月の保険金の支払額が過去一〇年間で最高の一億七七百万円に上り、月の前半だけで一億円強あったことからすると、これらが仮に三月中に支払われていたとするなら、ほぼ見込み通りの八億円余の剰余金が発生していたことになる。令和四年度は契約者割戻金がスタートした年度でもあり、可能な限り多額の剰余金が得られるよう境内の金刀比羅宮参拝の際には強く祈願していたところでもあったが、こうした時間差による僥倖には深謝する他ない。

（注2）　契約者割戻金の第一回目の支払いは令和五年九月に令和二年度分、三年度分、四年度分が一括して行われることになるが、対象となる剰余金は、それぞれ二・四七億円、二・四七億円、五・九六億円で、割戻率は、九・〇一％、八・六％、二〇・五三％となる。令和二年度の剰余金七億四二百万円は全額割り戻されてしまう代わりに、令和五年度の剰余金一〇億四八百万円が令和七年度まで三億四九百万円ずつ割り戻されて、それにその年度に剰余金が発生すれば三分の一ずつ上乗せされていくので、新規加入の大きなアドバンテージとなるが、契約更新率の向上にも繋がるものと期待される。

（注3）　令和五年一〇月に改定される加入促進戦略（令和五年度版）で重点とするのは、第一に「建設共済保険で安心・充実キャンペーン」と銘打ち、加入促進を図る上で隘路とも壁ともなりがちな、障害八級以下の補償がない点は、国から相応の補償が本人になされていること、入院通院費の補償がない点は、同じく国から本人に支払われる特別支給金で対応可能であること、それよりも労災の申請から給付まで通常一カ月以上かかると言われるその期間をどう繋ぐかという点は、会社が見舞金や給料の一時的な立替払いを行い、必要があれば本人に国から支払われる休業補償給付で清算すれば足りると考えられること、現に当団が行った有力七二社のアンケート結果でも過半数の三九社が労災上乗せ補償は建設共済保険のみの加入であり、企業規模の別なく「建設共済保険で充分」との回答が寄せ

られていることなど、各種ポイントとなる情報を相互に共有して幅広く活用できる分かりやすい資料を本格的に整備したこと、第二に保険金区分五千万円の新設に伴いその加入が年度内にも千社が視野に入り、契約者割戻金は第一回目の支払い後も令和五年度と六年度の割戻率が一〇％以上となるのが確実な中、これらも追い風として新規加入と保険金区分の増額のための一千万円プラス運動を積極展開していくこと、第三に次代を担う青年部や女性部は、当団が各協会に実施を呼びかけている「担い手確保育成広報モデル」の一翼を担う役割を期待されていることから、当団の若手中堅職員を中心に制度の説明等に伺って連携を図ることを通じて、担い手確保や女性就労環境対策推進の一助とすべく、建設共済保険制度の理解の増進と加入促進のための分かりやすい資料の提供を行うことの三点である。

（注4）　賛助掛金の提案は、業界を牽引する全建を含む年間完成工事高一千億円を超える会長企業等が担い手確保対策等の諸活動に注力する各協会の会員企業と協力関係にある実態にも鑑み、新しい資本主義が掲げる「成長」と「分配」の建設業における一つのあり方として単なる保険ではない「共済」の考え方を発展させて「公益」に照準を当てるものであり、全国の協会幹部企業の加入が進む中で加入が困難な場合には、かかる企業と実質的に同様の拠出をお願いできないか理解を求めていく。なお、賛助の目的を各協会の活動支援に絞り、名称を建協支援賛助金に改め、一定額を目安にご寄付いただく場合、返礼品として安全衛生用品を送付し、会員加入率の算定に加える方向で検討したい。

（注5）　工事現場単位契約は、専ら公共工事受注の際に活用されており、労働福祉の保険の趣旨に悖《もと》るため、重複加入問題からもう一歩進めて、令和六年九月末で販売を停止して事実上廃止する方針とし、全工事をカバーして掛金も安く補償も手厚い年間完成工事高契約への切り替えを要請していく。

ロータリークラブ卓話

皆様、こんにちは。ただ今御紹介いただきました茂木でございます。皆様方には日頃より私どもの行政の推進について格別のご理解とご協力を賜っておりまして、心から感謝申し上げます。

私は一昨年七月から千葉労働基準局長を命じられておりまして、局長の仕事などというものは殆ど挨拶要員ではないかと思うくらいでありまして、これまで大中小数えきれない会合で自作自演の挨拶をしてまいりましたが、これ以上の負担になることは御免被りたいものだと、講演などは依頼がありましても極力断ってまいりました。しかし、日頃懇意にしていただいておりますN社の支店長のご依頼とあれば嫌とはなかなか言いにくくて、やむなく節を曲げてこうしてまかり出た次第でございます。決して好きで来ている訳でも何でもないということは、一つご理解いただき、かつ、ご同情いただきたいと思います。そこで、本日は、最近の経済の動きと労働事情、競争の在り方と安全、健康と無菌国家の将来といった内容で、三十分厳守ということで、殆ど私見でございますが、お話をさせていただきたいと思います。

先ず、最近の経済の動きと労働事情についてでありますが、ご案内のように、わが国経済は一昨年来の消費税率の引上げ、特別減税の廃止、公共投資の削減等によりまして、いわばバブル崩壊後の不況をひどくさせないためのつっかえ棒を失ったような形となりまして、加えて金融破綻が相次ぐ中、昨年四月からはいよいよ金融ビッグバンに突入して、まさに大変な時代を迎えておりまして、政府は一六兆円もの総合経済対策、さらには二四兆円の緊急経済対策を講じて懸命に景気浮揚に努めている訳でありますが、残念ながら平成一〇年度の経済見通しは当初一・九%の成長を見込んでおりましたが、堺屋太一経済企画庁長官になりましてから一〇月にマイナス一・八%程度に下降修正されまして、実績見通しとなりますとさらに下回ってマイナス二・二%の見込みとのことであります。

私はこのところの最大の不況の要因は金融不安にあると思うのであります。昔、池田通産大臣が、「五人や十人の中小企業の業者が倒産し自殺してもそれはやむを得ない、日本経済の再建にとって一度は受けなければならぬ試練である」といったようなことを広言して罷免されたことがありましたが、今、その愛弟子に当たる宮沢大蔵大臣が、「経営の思わしくない金融機関は市場からご退場いただくしかない。すなわち、つぶれても仕方がない」といった趣旨の発言をされても、どこからもその政治責任を問う声は聞かれません。それだけ経済状況が逼迫の度を加えているということであろうかと思います。そして、このたび二度目の公的資金が導入される一方で、先の臨時国会で成立いたしましたいわゆる金融再生法による金融界の淘汰がこの先さらに進められようとしておりまして、行く手には外国資本が手ぐすねして待っている訳であります。

私は、あの自己資本比率の八%とか四%といった数字も根拠は極めて薄弱なような気がいたしますし、その水準を満たしたからといって絶対大丈夫である保証などどこにもない訳ですし、そうした数字にむしろ振り回されてこの先も信用収縮が続き景気回復が遅れるようなことになりますと、不良債権をさらに増やすだけのことで素人ながら何か理不尽なものを感じるのでありますが、それでは金融ビッグバンの行き着く先はどうなるかということですが、昨年の暮にNHKスペシャルで四回シリーズで『マネー革命』という番組が放映されておりました。それを興味深く見ておりますと、アメリカではノーベル賞級の経済学者を二人もデリバティブといった信用取引に投入して利鞘稼ぎをしている、しかし世界最高級の頭脳をもってしても失敗して会社は解散のやむなきに至ったということですが、その会社にはアメリカの大手銀行が随分と資金を投入していたようであります。

さらに、最近はヘッジファンドという現代の妖怪のような投機的資金が世界を駆け巡っておりまして、一国の経済を揺るがしかねない時代にありまして、その代表的人物がハンガリー生まれのユダヤ人ソロスであります。ソロスは、一九九二年九月にポンド売りを仕掛けまして九億五千万ドルもの利益を得て、女王様の銀行と言われたイングランド銀行を破綻させ、ポンドを切下げに追い込んだ張本人であります。

こうした物作りに結びつかない投機的な資金が現在年間四三〇兆ドルも世界の金融市場に流れ込んでいるということでありまして、片や紛れもなく真っ当な取引であります貿易取引のほうは年間五兆ドルと言いますから、貿易取引の八〇倍以上の資金が投入されている訳であります。何か額に汗して地道に物を作るのが馬鹿らしくなるような荒涼とした世界が一方に広がっている訳であります。

こうしたカジノまがいの金融市場を目の当たりにいたしますと、資本主義の将来にも不安を抱く方も多いのではないかと思いますが、そのソロン自身がこう述懐しているのであります。

「金融市場は建物を破壊する鉄球のように一国の経済をぶち壊しているのです。資本主義システムは崩壊しかけているのです。このままでは金融市場そのものも崩壊する」

一国の経済をぶち壊している当の本人がこんな悲鳴のような言葉を発しているのであります。

こうした諸々の不安に加えまして、このところの消費性向はほぼ一貫して低下傾向を辿っておりまして、一昨年の消費税率引上げもありまして、今回の不況は消費不況の面も強い訳であります。その背景に少子高齢化社会が著しく進行しているという現実があることは間違いのないところでありまして、今から一五年ほど前、わが国の六〇歳以上の総人口に占める割合は一三％程度でありました。それが最近では二二％と、九％も高齢化が進んでおります。高齢者になりますと、そう物を買ってくれません。それが証拠に消費性向は、一五年ほど前は七九％でありましたが、最近では七二％と七％低落しております。わが国の経済はＧＤＰ五百兆円の六割を個人消費で占めるようになっておりまして、この七％の低落分を現在の金額に置き直すと約二〇兆円に当たるということであります。加えて、今春闘はベアゼロどころか賃下げ提案などが経営側から出されるような厳しい状況にありまして、いずれにしても所得が伸びずこの先も超低金利時代が続くとなれば国民はますます財布の紐を締めてかかる訳でありまして、この一月の消費性向も七〇・八％ということであります。

そのようなことで、企業ではリストラが進行しておりまして、経費も節減し、在庫調整や設備投資の抑制、さらには一部資産の整理も行い、今や最大の固定費であります労務費削減、特に人減らしに向かっている訳であります。このところの失業率は四・四％と戦後最悪の高止まりの状態を続けておりますし、求人倍率は〇・五を下回り、千葉県では〇・三八と聞いているところであります。

その一方では、銚子で中国人実習生への大掛かりなピンハネ事件が発生しておりまして、銚子は昨年日本一の魚の水揚げ量を誇っているのでありますが、その銚子の地場の最大の産業であるとも言える水産加工業を地元の人間で守り立てていけないというのは何とも悲しい現実であります。これほど雇用失業情勢が悪くても日本人の働き手は殆どなくて外国人に頼るしかない現実が何とも残念でなりません。よくヒト・モノ・カネの自由化と言われてまいりましたが、最後に残っているヒトの自由化、これは端的に申し上げれば単純労働力を導入するかどうかという問題でありますが、これすなわち移民労働者問題ということでもあります。恐らくこの先景気が上向いてきますと、再び外国人労働力の導入問題がクローズアップされてくるものと思いますが、私は導入を決定した時点で今の「日本」及び「日本人」は確実に終わりの時代を迎えるだろうと思っております。すなわち、日本は多民族国家になってしまうということでありまして、この問題は慎重の上にも慎重に対処していくべき問題であると考えます。

ただ現在明確に言えることは、これまでのような右肩上がりの経済が少子高齢化、環境や資源の制約などから終わりの時代を迎えつつあるということであります。

したがって、右肩上がりの経済を暗黙の前提にわが国の雇用システムとして堅持してまいりました終身雇用制度をベースとしたいわゆる職能型の年功序列賃金制度が大きく揺らいでいるということが言えようかと思います。すなわち、アメリカなどの職務型賃金体系にないわが国の職能型年功賃金は、労働力の高齢化、あるいは規制緩和による競争の激化、さらには技術開発面でも新技術がなかなか生まれず遅れをとってしまうようなことになりますと、コストの高いものにつきがちになる訳であります。現在、パート労働者は一千万人を超えまして全雇用者に占める割合は二割となっておりまして、これは十年前の倍になっております。このように、正社員とパートの二極分化が進むと同時に、四月からは改正男女雇用機会均等法の規定によりまして女子の昇進等差別も禁止されます。また、深夜業制限の撤廃等女子の保護規定も廃止となりまして、これからは女性を抜きにしてはもはや経済を語れない時代になります。女性と言えばハムレットの台詞《せりふ》ではありませんが、「弱き者よ　汝の名は女なり」であったはずでありまして、インドの古典ラーマーヤナの一節にこんな文句があります。「妻の頼るはただ一人、父にもあらず、子にあらず、己にあらず、友ならず、あの世この世に夫のみ」女性は強いように見えてやはり弱い、そうした弱いはずの女性でありましたが、現在ウォール街の株式取引は女性が四〇％担当しているということであります。

そして、正社員も男女の分け隔てなく、個人の専門性、スペシャリストとしての実力が問われておりまして、社内公募制とか、あるいは業績給や年俸制となって賃金や退職金制度にも跳ね返ってまいります。さらには、労働者派遣法の対象職種も今国会で改正されるとなりますと、建設や港湾等を除き原則自由化となりますので、一層いわゆるアウトソーシングが進んで、いろいろな形態の複線型の雇用システムが職場に混在して、内外の生き残り競争はますます激しくなりまして、もはやサラリーマンは気楽な稼業などといっておれなくなってきております。

アナリストの田中勝博氏によりますと、二〇一〇年には日本の中流階級は消滅し、一〇％の富める者と九〇％の貧しい者に階層分化すると予測されております。本日お集まりの方々は、全て一〇％に入る方々ばかりであります。

そして、先行き不透明な超低金利時代となれば、これまでのような退職金の一時払いから、例えば松下電器のように平成一〇年度から新入社員八六〇人中の希望者四四％の者に対して年収に一部上乗せる形で前払いをしたり、あるいは一〇年ないし一五年有期の年金払いに移行する企業も出てきております。

また、企業年金も現役世代が負担するいわゆる賦課方式によるこれまでの確定給付型を見直して、年金は自分で積み立てる積み立て方式にして自己責任で運用する確定拠出型に急速に傾斜し、いわゆる日本版四〇一Kプランが来年度にも導入される動きにありますし、政府の経済戦略会議の最終答申では厚生年金の報酬比例部分を三〇年後に完全民営化すべきであるとの提言もなされております。さらに、厚生省は厚生年金の報酬比例部分の給付水準を引下げ、支給開始年齢も段階的に六五歳に引き上げる等の年金制度改正案を発表しております。これらは極めて重要な提案であります。

私は今、わが国の社会保障の概念が極めて曖昧になってきていると思っております。あえて社会保障の機能を分類するならば、次の三つになるもののようであります。

一つは、所得分配的な機能でありまして、ナショナルミニマムと言いますか、最低限の生活を保障する機能でありまして、こうしたものとしては年金の基礎的部分や生活保護、介護福祉などが挙げられると思いますが、こうしたものは財源としては原則として税に最もなじむ分野ではないかと思います。二つ目は、リスク分散機能でありまして、保険事故に対応させ逆選択を防ぐために強制加入させるもので、医療保険、雇用保険や労災保険、あるいは年金の報酬比例部分の一部も入るかもしれません。こうしたものは広い意味での社会保険になじむ分野と言えるのではないかと思います。三つ目は、貯蓄的な機能でありまして、いわゆる上乗せ保障的機能を有するもので、年金の報酬比例部分が該当するのではないかと思います。こうしたものは財源としては民間保険になじむ分野と言えると思うのでありますが、ここまで国の制度に頼ろうとするならば、保険料は上げるけれども給付水準は下げて、なおかつ、支給開始年齢は引き上げていくしか道はありません。果たしてそれでも賄いきれるのか、社会保障としての制度の意義と限界というものをそろそろ見極めていくことが必要な時期に来ているように思います。このままでは国民負担率を五〇%以下に抑えようというのが政府の目標ですけれども、五〇%どころかさらに上昇することは不可避でありましょう。

そのようなことを考え併せますと、人生八十年時代と言われながらも、私は高齢者の労働能力は過小評価され過ぎているように思えてならないのであります。年齢による差別をなくし、私はこれからの時代は例えば八〇歳まで年金に頼らず、むしろ年金を返上して生涯現役を通すような生き方こそ真に勲一等に値するのではないかとさえ思っております。

さらには、わが国の経済がグローバル化し、世界的大競争時代を迎える中で、社会の多様なニーズや働く側の意識の変化によりまして、労働時間管理のあり方にもさまざまなバライティを持たせて運用していかなければならない時代に入っておりまして、そうした観点も踏まえて週四〇時間労働制をベースとして年間総実労働時間一八〇〇時間の実現を目指した労働基準法の大改正も昨年行われたところでありまして、わが国経済が構造改革を迫られて大きく変化すればするほど、労務管理全般のビッグバンもまた必至の情勢になるのではないかというふうに思います。

次に、競争のあり方と安全に入ります。

今、市場経済、規制緩和という錦の御旗が盛んに振られております。例えば、ガソリンの値引き競争や宅配便の価格や速さの競争は熾烈を極めているようであります。確かに消費者にすれば安くて速いに越したことはない訳ではありますが、果たしてあれで本当に引き合っているのだろうかとよそごとながら心配にもなります。消費者が求めやすい価格で品物がふんだんに手に入る、これはまことに結構なことでありますが、安い分だけどうしても無駄遣いもいたしますし、物を大切にせず簡単に捨てもする訳であります。企業の側からすれば、薄利多売となりますから、資源はますます消費され、その分環境は劣化してまいります。そもそも競争に負けた企業とその社員はどうなるのでしょうか。その辺りの配慮が殆どなされていないように思います。

いやしくも人を雇って事業を行う以上、適正な値段が付いて一定の利潤が確保されませんと、リストラや価格破壊競争がエスカレートしてますますギスギスするだけのことで、地域経済も、ひいては地球社会も安定的に成り立っていかないと思うのであります。

果たして競争だけが善なのかということでありますが、これは昭和五〇年頃デンマークに行った人の話でありますが、当時デンマークで一番のカールスバークというビール会社とツボルクという二番目のビール会社が合併したというので、すっかり時の人となりましたカールスバーグの会長とその方が面会したところ、その会長はこう豪語していたと言うのであります。

「両社が合併したことによってシェアは七〇%になった。こんなことは、日本ならば独禁法問題があってとてもできない相談でしょう。しかし、合併したお陰で四百から五百くらいある弱小のビール会社は全部助かっている。なぜかと言えば、こうした弱小ビール会社が生きていけるような値段を自分達が付けてあげるからだ。そうすると、自分達は儲かって仕方がない。儲かる代わりに税金はうんと払う。それでも余ったら街の人に公園を寄付したりいろいろなことをやる。独占がいけない、競争が正しいなんて言うのは、開発途上国の程度の低い人間の考えることだ」

この話を聞いたその人は、これまでは競争至上主義者だったのに、目から鱗《うろこ》が落ちる思いがしたというのであります。

ところが、時代は今全く逆の方向に進んでおりまして、グローバル・スタンダードの名の下に世界的大競争時代を迎えている訳でありますが、仮に昭和五〇年頃のデンマークで起きたような共存共栄的な経済の仕組みが世界的に実現するならば、資源も随分節約できて、仕事にも余裕ができる分、労働災害も激減するはずでございます。

今、わが国は未曽有の不況に喘いでおりますが、仕事が減って時間的に余裕ができた分、労働災害の死亡者数も大幅に減少をみておりまして、千葉県の場合ですと、昨年は一昨年より一九人減の六二人と昭和四七年に労働安全衛生法が施行されて以来の最少記録を達成しております。ちなみに、これまでのピークは昭和四四年の二〇五人でありまして、まさに隔世の感があります。全国的にも同じような傾向にありまして、平成一〇年は長年の悲願でありました二千人を大幅に下回って千八百人台となることは確実な情勢であります。

ただし、安全は一時たりとも気が許せない分野であります。現にＪＲの保線作業中に管理態勢の緩みと安全確認を怠ったために五人もの死者を出しておりまして、千葉県でも今年に入りまして、死亡事故が増加傾向にございます。引き続き、安全第一でお願いしたいと思います。

最後に、健康と無菌国家の将来について触れてみたいと思います。

最近は、これで九十代なんだろうか、これで百歳なんだろうかとその年齢を疑いたくなるような元気な高齢者が増えております。

以前群馬県に本社のある自動車部品と自動販売機の大手メーカーであるサンデンという会社に講演を頼まれて伺ったことがありましたが、その会社の創業者という方は当時九一歳で、最高顧問をされておりまして、未だにこの最高顧問が最も忙しいスケジュールをこなしているということでした。ちょうどその日もフランスで新たに立ち上がる工場のほうに出かけていて不在でしたが、この最高顧問がある日子飼いの経理部長を呼んでいろいろと指図をした後でしみじみとおっしゃるには、「俺がこうしてお前を直々に指導できるのもあと十年くらいなものかなあ」その言葉を聞いて経理部長は「なに、あと十年経ったら、百歳越えているではないか。このおじいさんはまだやる気なんだ」と、その飽くなき事業意欲に舌を巻いたということであります。

そうした元気な高齢者の代表格と言えば、何と言っても双子姉妹のきんさん・ぎんさんであります。そのきんさん・ぎんさんが長生きの秘訣だと言う「気力」で人間はどこまで長生きできるかということですが、一説によりますと、生物の大脳の完成する年数掛ける五倍だそうであります。人間の場合、大脳が完成するまでに二五年かかる、したがって、寿命は一二五歳ということになります。人生八十年時代と言われておりますが、それではいかにも目標が低過ぎるという方は目標をもっと上げてください。九五歳でも一一〇歳でも一向に構いません。ただし、家族や社会の迷惑にならないように長生きをしたいものだと思います。

ところで、最近の一般定期健康診断結果によりますと、三人に一人が有所見者という実態にありまして、職場環境も様々なストレスが多い中で、所得番付でも健康食品の製造販売業者が上位にランクされるなど、国民の健康への関心は異常な程に高い訳でありますが、特に最近気になる動きとして、わが国は必要以上に無菌国家の方向に傾斜しているのではないかというふうに思えてなりません。

これは以前に新聞に出ておりましたが、マニラに駐在する四二歳の男性、この方は子供の頃お多福風邪にかかったことがなく、免疫のないまま赴任して現地でお多福風邪にかかった。こうした子供っぽい病気にいい加減の年になってからかかりますと、むしろ余病を併発するほうが怖い。現にこの男性も睾丸炎を併発した。この睾丸炎というのは最悪の場合子供ができなくなる病気だそうですが、これが女性ですと、卵巣炎を併発してやはり同じようなことになるそうであります。また、ある年、ジャワ島でコレラが発生した。その時の患者は全て日本から来た人ばかりで、よその国から来た人は誰もかかっていない。もちろん現地人はかかりもしない。果たしてこんなことでいいのかどうか。

もう一方では、環境ホルモンによる自然のメス化というようなことがしきりに叫ばれております。何でも男性の精子の数がずいぶん減っているようでありまして、ＷＨＯの基準を満たす者が二十代で四パーセント、むしろ中年のほうが元気なのだが、それでも九パーセントで一〇人に一人もいないという状態です。こんなところにも少子化の原因があるのかもしれません。

さらには、世の中全体、国家全体も何となく元気がなくて、メス化してきているように思います。そして、こうした流れと先ほど述べた無菌国家の流れとが私は繋がっているように思うのであります。

すなわち、生物体としての人間にとって本来あるべき自然な状態、衛生的な状態とは何なのか。無闇に抗菌化、無菌化すればそれでいいのか。それすら我々は分からなくなってしまっているのではないか。いずれにしろ、国際国家日本が様々な衛生状態や風習にある国々や大自然とどう折り合いをつけて共生していくか確実に問われている訳でありますが、今や環境ホルモンに代表されるように誰一人として科学文明全体を掌握できなくなってしまって、ここまでは大丈夫だがここから先は危ないんだよと、確信を持って警鐘を鳴らせる者がいなくなっているのではないか。専門分化があまりに進んで、世界中で一日に四千もの人口化学物質が生み出されていると言うけれども、産業国家全体としても制御不可能な状態に近づいているのではないかと危惧するものであります。

二一世紀はこれらをもう一度巨視的に統合できる政治的・経済的・科学的な哲学が求められているのではないでしょうか。すなわち、人間社会のあるべき未来像とは何なのか。要するに、アメリカン・ライフ・スタイルをグローバル・スタンダードにしていいのかどうかが問われているのではないかと思います。最近シリーズで『世紀を越えて』という番組がＮＨＫで放映されておりますが、二一世紀の鍵を握るのは、人口の増加をどこまで抑制できるか、生産と消費をどうバランスをとり大量消費大量生産型でない社会を実現していくか、荒廃した自然と人間社会をどう蘇えらせて地球環境を守っていくか、そんなところにあるように思います。

そうした混迷する二一世紀の拠って立つ基盤は何かということですが、養老孟司さんの言葉に「人からもらった正解で生きていけるほど人生は甘くない」というのがあります。それは、個人をめぐる事情も時代も全て違うからであります。正解は結局自分で見つけるしかないんだということを申し上げまして、私の話を終わらせていただきます。ご清聴、誠にありがとうございました。

（一九九九年三月一二日）

史的システムとしての資本主義文明の行方

第二次世界大戦後に奇跡的な復興を遂げて高度経済成長を経て、安定成長からバブル経済へと突き進んだものの、バブルが弾けて失われた二〇年とも三〇年とも言われる低成長に呻吟するわが国の資本主義経済の行方は、世界経済の動向とも絡んで大いに気になるところだが、ウォーラーステインは『**資本主義の文明**』(川北稔訳)でこう解析する。

そのバランス・シートとしては、ひとつはそれがあまりにも平等主義的であり、社会の平和と共同体の調和を乱すとして、資本主義を叱責するもの、もう一組の批判はあらゆる利害の調和という神話のもとに、史的システムとしての資本主義はおそろしく不平等なものだとするものである。その見解の対立は、かつて保守と革新に代表されたように常に国論を二分してきたが、いずれにしても、その行く手に立ちはだかるのは、ヨハネ黙示録の馬上の四人に代表される、戦争、内戦、飢饉、疫病や天変地異や野獣による死であり、平和と楽しみや満足の破壊を象徴する現世の恐怖そのものでもある。

こうした諸悪には、政治的—つまり、現世での—解決策はないという前提に立っているにもかかわらず、資本主義の文明の異常なところは、不可避な諸悪のディレンマは解決できるし、地上に神の王国を築くこともできると言い張っていることである。しかし、V・E・フランクルが『**苦悩の存在論**』(真行寺功訳)で述べるように、「すべての問題は、政治によって解決できると政治に期待することに警戒しなければならない。政治は万能薬ではない。現在、人間が非常に苦悩している状況に政治自身も当然属しているのだから、万能薬でありうるはずがない。それ自身症状であるものが治療法でありえない」ことは、ともすると頭数を数えるより頭を叩き割るほうへと傾きかける、一人の独善的な指導者の横暴な扇動が招くアメリカの政治的混乱を見れば推して知るべし。資本主義の文明の世界が、すでに両極化して、さらに分解していく世界であるとしているのは、すべての史的システムは、寿命に限りがあり、われわれのシステムもまた、永久に安泰でなどありえないのは当然だからでもある。

次に将来の見通しとしては、標準的な調整の仕方が三種類あり、いずれも全体としての利潤の水準を引き上げ、「世界経済」の拡大過程の再開に基礎を与えるものであると著者は主張する。

ひとつは、競争になっている生産物の生産コストの引き下げを可能にするもの、いまひとつは、競争になっている生産物に新たなバイヤーを見つけることを可能にするもの、最後のやり方は、大きな市場の存在する新たな生産物を見いだすことである。

資本主義文明の最も典型的な産物として、一方で普遍主義、他方で人種主義と性差別が取りざたされる。普遍主義とは、人類を道徳的に均質化するという意味が含まれており、特権を持つ人間がいるという考え方にも、集団間には生まれつき能力に差があるという主張にも、つねに疑いの目を向ける傾向があるのに対し、人種主義と性差別が実際に意味していることは、これらとまさに正反対である。

五〇〇年に及ぶ資本主義の文明では、この［相反する］二つの命題が、同時に強く信じられ、一方の実践が他方のそれを強めるといった調子で、普遍主義は、ここで言われている矛盾は存在しないという結論を導き、そこからどんな特権が現れたとしても、万人が平等に機会を与えられた状態のもとで、より優れた成果をあげた結果だとして正当化されて、二〇世紀になって能力主義として体系化される一方で、人種主義と性差別は、機会を提供されても、首尾よくやる能力がないために、万人の万人に対する果てしない闘争に敗れたのだとみなすことで、互いに相手を抑制し合い、つねに一方を牽制して他方を利用することを可能とする「ジグザグ」の過程を辿った。共産主義の崩壊は、資本主義の文明の安定にとっては、深刻な打撃となった。着実な社会変革による進歩の可能性は、はるかに遠いものになったとはいえ、資本主義の文明は終わるだろうと著者は見ている。

そして、世界システムの歴史からみれば、社会のゆくえにかかわる三つのタイプの公式が在りうると主張する。ひとつは、一種の新封建制度とでもいうべきもので、地域的に限定された主権、かなり自給的な性格を持つ諸地域、地方別の階層秩序などを特徴とする世界が想定される。このようなシステムの原動力として、あくなき資本蓄積はもはや機能しないが、それが平等なシステムになることもなさそうで、自然の階層秩序を信じる方向へ復帰していくであろう。藩のようなイメージであろうか。

第二の公式は、いわば一種の民主的ファシズムで、世界はカースト風の二つの階層に区分され、上の方の階層は、世界人口の五分の一からなり、高度に平等主義的な分配が保障される可能性があり、残りの八〇%の人びとを、完全に非武装の労働プロレタリアートとしておくことができるかもしれない。ヒトラーの新世界秩序は、このようなヴィジョンを心に描いたものであったとする。

第三の公式は、もっと急進的で、至るところで高度に分権化され、高度に平等化された世界秩序である。政治も洗練され、技術の進歩もあって、それを実現することも可能になっているはずだが、むろん、確実というわけではまったくないとする見通しである。どこまで進化するか想像すらつかない生成ＡＩが主導する時代相であろうか。

そして、三〇〇〇年頃ともなれば、資本主義的世界システムを、人類史上の魅力的な演習であったとして、回想することになるかもしれず、例外的で、本筋を離れた時代ではあったが、より平等主義的な世界に至る超長期の移行期のなかでも、歴史的に重要な瞬間であったとしてみるか、あるいは、本質的に不安定な人間搾取の一形態であり、それを通過した世界は、より安定的な形態に戻っていったのだと見るか、のいずれかであろうと著者は結論付ける。特権と差別の問題に発展しがちな能力と平等の議論はエンドレスに続いていくかのようでもあるが、その行方は人間の持つ価値観が経済以外の分野にまで広がりを見せていくような世界を形成できるか否かにかかっていくのではないだろうか。

こうした見通しの中で欠落しているように思われるのは、ヨハネ黙示録の馬上の四人の存在への対処であり、彼らはなお現代世界を襲ってやまないが、とりわけ深刻なのは地球環境問題であろう。

レイチェル・カーソンの『**沈黙の春**』は、環境問題を告発した古典的名著であるが、DDTを始めとする殺虫剤や農薬の被害、それも一害虫を駆除せんがために多くの益虫だけではなく動物さらには人間まで巻き添えにしてしまうというのに、それでいてその害虫はやがて勢いを吹き返し遂に撲滅することあたわず、一層強力な農薬の開発に執念を燃やし、後先の影響は考えないかのように商品化しようとする、あくまで近視眼的な発想の上に立つ文明の利器の恐ろしさがそこにある。所詮、人間の考えることに神のごとき万全という結果は望むべくもなく、著者は自然の力を借りて、つまり天敵を利用して遥かに大きな害虫駆除の成果を収めた例を挙げて、人間が勝手に得意になっているだけで大きなしっぺ返しを食らうのが関の山である「自然の征服」といった思い上がりの方向ではない別の道に曙光を見いだそうとする。この本が書かれたのは一九六二年だが、環境問題は悪化の一途を辿り、二酸化酸素の大量排出に伴う地球の温暖化、森林の乱伐や酸性雨による森林の枯渇、フロンガスによるオゾン層の破壊、ダイオキシンに代表される化学物質の複合作用のもたらす環境ホルモンの影響とみられる自然のメス化など、人類の生存を足元から脅かすまでになっている。科学文明は西洋の精神的基盤である「分析」を通じて専門分化を極端にまで進めてきたが、その結果として高度な産業経済社会を構築してきたことと引き替えに、もはや誰一人として全体を見渡せなくなってしまい、「合成の誤謬」をもたらす制御不可能な状態に立ち至っているのではあるまいか。各分野に細分化された専門家や企業家に対して、社会全体の維持保全という観点から、確信を持ってその活動を抑え込みないしは止めることができなくなってしまっているのである。人間の知性もまた、恐竜の巨大な姿にも似て止めどなく膨脹し、その巨大さなるが故に多くの解決不能な問題を抱えてしまったようでもある。

さらにわが国の場合、南海トラフ地震による大災厄が近未来に高い確率で予測されており、小松左京の**『日本沈没』**の脅威も荒唐無稽な夢物語とは言い切れなくなっている。

あの小説は、地球物理学界で異端とされていた田所博士の指摘通り、「漂う日本列島！　それは現在でも、年一センチないし二センチのスピードで、全体として南南東へ動いている。そしてそのすすむ正面から、年間四センチメートルの速度で、日本列島へむけてマントル移動が行われている。マントルの大波にさからってすすむ日本列島！」は、「プレートテクトニクス理論」さながらに、日本海溝での異変と共に地震や火山の噴火が頻発するようになり、「過去に一度も起こったことのないようなことが—はたして起こり得るんですか？」といった疑念も、「歴史というものは、そういうものだ」との諦観と共に、「未来は絶対に完全にデテイルにいたるまでは、予測し得ない」数々の事態を呼び起こし、遂に関東の大地震で首都は壊滅し、富士山が大噴火するに至り、日本列島は沈没していき、政府は日本人全員を海外に移住させようと躍起になる展開に、危機に際した官僚と政治家の在り方と奔放な娘玲子と海洋開発の若手技術者小野寺の恋を絡めた大作だった。

その年の「五月に、皇室はひそかにスイスに移り、日本の政府機関も、七月にパリに仮住居をおいた」が、世界各地に日本人が分散されて生き残りを図ろうとする中、二千万人にも及ぶ残留者の多くは、救出を辞退する老人たちであったが、「すでに十分長く生きたから、足手まといであるから、あるいは日本をはなれがたいから、この美しい、なれ親しんだ国土が永遠に失われては、もはや生きている甲斐もないから」という理由からだった。その気持ちを裏返せば、「日本人はみんな、俺たちの愛するこの島といっしょに死んでくれ。…なぜといって、…海外に逃れて、これから日本人が…味わわねばならない、辛酸のことを考えると…」という思いでもあった。かつては日本なんかどうでもよく、わしには世界があるとうそぶいていた田所博士ですら、「こんな豊かな変化に富み、こんなデリケートな自然をはぐくみ、その中に生きる人間が、こんなにラッキーな歴史を経てきた島、というのは、世界じゅうさがしても、ほかになかった」と、日本沈没と心中する覚悟だったが、長老から「日本人全体がな…これまで、幸せな幼児だったのじゃな」とたしなめられ、「日本人はな…これから苦労するよ…いわばこれは、日本民族が、否応なしにおとなにならなければならないチャンスかもしれん…」と喝を入れられる有様だった。国家の定義は領土と国民と主権であるが、領土を失い、世界各地に日本民族が散らばり、統治機能を果たすことも困難を極める日本人に、日本という国の矜持《きょうじ》は保てるのだろうか。しかし、小説の絵空事とはいえ、ひとり日本だけの警告とは限るまい。資本主義文明の行方は、現在の単なる延長線上にはなく、想定外の有事や天変地異に左右されていくのかもしれない。

あとがき

小さな活字でびっしり組まれた拙文を最後まで読んでいただき感謝申し上げたい。

三〇年以上も前のものからごく最近のものまで長いスパンに渡っているが、本質的なところは何も変わっていないようでもあり、相変わらず根本的な問題は少しも解決されず、ますます混迷を深めているようにも思われる。時代を画する精神というか、コンセプトを見失って久しいのである。弥縫策《びほうさく》では先送りにも等しいのだ。もはやわが社だけ良ければわが国だけ良ければといった旧態依然とした社是や国是は限界に達しているようにも思われる。個人の生き方も然り。

人類がこぞって解決すべき差し迫った難題は山のようにあるのに、ロシアのウクライナ侵攻は続き、プーチンの領土拡張意欲は止まない。仮に拡張し得たとしても、一体それが最終的にロシアや世界に何をもたらすのだろうか。『きけ　わだつみのこえ』や『戦争は女の顔をしていない』に収録された絶叫とその結末に思いを致せば、戦争の悲惨と無意味さに立ち至るはずなのである。

随筆の「玉手箱」は、便宜的に三つの小箱に分けられている。

Ⅰは映画と人間についての洞察から、自分自身になるための方途を哲学的とはとても言えないまでも探ってみたもの、Ⅱは生き方の各論と言うか、そのバリエーションを文学的な味わいを付けたつもりでオムニバス風にちりばめたもの、Ⅲは政治経済にも思いを馳せて、さまざまな場面でその感慨を述べたものである。全三二篇のうち、新たに書き下ろしたもの一七篇、書き溜めていたものを大幅に加筆したもの五篇、殆どそのまま収録したもの四篇、『母の歌心 親心』のエッセイを今風にアレンジして再録したもの六篇で、意外性に富んだ指針満載の内容となっている。

今回も大きめの活字は端《はな》から無理な代わり、一部に太字を用い、可能な限り行間を開けるよう考慮し、スキップしながらでも最後のページまで到達できるよう工夫してみた。本文中の敬称並びに本の出版元や映画の製作年等は、一部を除いて今回も省略を原則とさせていただいた。

苦行にも等しいわが身一人の校正であるため、前著でも「自家薬籠中」を「自己薬籠中」と表記してしまったように、誤記等があればご海容願いたい。公的な内容に関わる記述は、どこまでも個人的見解であることは言うまでもない。また、小説仕立ての設定は、架空のものであり、フィクションであることをお断りしておく。今回も用語の指南は、三省堂国語辞典（第七版）のお世話になった。

国会図書館への納本を主たる目的としており、発行部数も八百部ほどでしかないが、まえがきにも記したように、興味深く読めて少しでも得る所があってくれればいいのだが、と願っている。また、映画を愛好する方やエッセイに読む愉楽を見いだしている方には、『母の歌心 親心』にあった内容を増補して再録したことで、『生き方のスケッチ 55の小宇宙』以来シリーズとしてきた文章群は、特に映画を中心にひと纏《まとま》りとなったが、実務的な面で物足りなさを感じる向きには、『生き方のスケッチ 55の小宇宙』の他に、『無事の効用』『映像と本の光の花束』も併読していただければ幸いである。

これまでと同様に、家族に感謝し、亡き両親と妹の霊前に改めて拙作を捧げたい。合掌。

令和五年八月
茂木 繁

【著者略歴】

茂木 繁（もき・しげる）

山形県出身。一九七二年東京大学法学部卒業。旧労働省に入り、旧労働福祉事業団総務部総務課長、大臣官房総務課行政改革実施準備室長、職業安定局高齢・障害者対策部高齢者雇用対策課長、中央労働委員会事務局審査第二課長、中央労働災害防止協会ゼロ災推進部長、千葉労働基準局長、勤労者退職金共済機構総務部長、厚生労働省北海道労働局長、勤労者退職金共済機構理事、中央職業能力開発協会常務理事、損害保険ジャパン顧問などを経て、公益財団法人建設業福祉共済団理事長。

著書に『ゼロ災運動の新たなる展開 茂木繁講義集』（中央労働災害防止協会）、『母の歌心 親心』（文芸社・編著）、『生き方のスケッチ 55の小宇宙』、『無事の効用』、『映像と本の光の花束』（いずれもブイツーソリューション）などがある。

随筆の玉手箱

二〇二四年一月三十日 初版第一刷発行

著　者 茂木 繁
発行者 谷村勇輔
発行所 ブイツーソリューション
〒四六六・〇八四八
名古屋市昭和区長戸町四・四〇
電　話 〇五二・七九九・七三九一
ＦＡＸ 〇五二・七九九・七九八四
発売元 星雲社（共同出版社・流通責任出版社）
〒一一二・〇〇〇五
東京都文京区水道一・三・三〇
電　話 〇三・三八六八・三二七五
ＦＡＸ 〇三・三八六八・六五八八
印刷所 藤原印刷

ISBN978-4-434-32576-2